AF301788

Gero Pfeiffer wurde 1976 in Gelnhausen geboren, wo er bis heute zu Hause ist. Hauptberuflich arbeitet er in Frankfurt am Main als Rechtsanwalt und Notar in einer großen Wirtschaftskanzlei. Sein erster Roman Tod im Container erschien 2010 als klassischer „Whodunit"-Krimi. Seitdem liegt sein Fokus auf dem Gebiet des Psychothrillers und der Suspense-Literatur.

DAS LETZTE SPIEL

GERO PFEIFFER

We're only pawns in our own game.

Joshua Kadison, Delilah Blue

Prolog

Das Böse ist allgegenwärtig!

Ganz gleich, wohin das Schicksal uns treibt, auf welche fernen Pfade die Vorsehung uns lenkt – das Böse hat stets seine Schlinge schon geworfen. Mit tückischer List umgarnt es uns, webt trügerische Schleier und belauert uns aus allen Winkeln wie eine giftige Schlange, bereit, seine spitzen Zähne in unser Fleisch zu schlagen.

Auswege versperrt es. Eingänge verwehrt es. Und wenn wir endlich glauben, einen Lichtstreif am Horizont zu erblicken, hebt es seine knochigen Hände, um uns zurück in die grimme Nacht zu stoßen.

Allein ein starker Geist vermag seiner Niedertracht zu trotzen. Mit Verstand gelingt es ihm, Gewissheit von Lüge zu scheiden, Licht vom Dunkel zu trennen und endlich den langen Schatten der Täuschung zu überspringen, ohne an seinen gierigen Fängen haften zu bleiben.

Der Verirrte jedoch ist der grausamen Geißel schutzlos ausgeliefert. Ohnmächtig streift er durch die Finsternis wie ein versehrtes Tier, das seine Fährte längst verloren hat. Das Böse bleibt ihm auf den Fersen. Die Wunde witternd, beginnt es die Jagd, verfolgt ihn, ergreift ihn und verschlingt ihn endlich mit Haut und Haaren, auf dass er eins wird mit der trostlosen Schwärze des ewigen Nichts ...

Derart düstere Gedanken kreisten im Kopf des alten Mannes, während er in dem Ohrensessel saß und stumm in die nächtliche Leere starrte. Reglos lagen die hageren Hände auf den Lehnen, deren Leder mit den Jahren so dünn und grau geworden war wie seine eigene Haut.

Das dumpfe Mondlicht, das durch die unverhangenen Fenster einfiel, ließ das Gesicht des Alten seltsam bleich erscheinen. Doch die diffuse Dunkelheit beruhigte ihn. Vielleicht, weil sie für eine Weile den Schatten verbarg, der auf seinem Gewissen lag. Ein bleierner Schatten, der sein Denken trübte wie eine unheilkündende Wolke.

Der Alte spürte, dass etwas Entsetzliches vor sich ging. Etwas, das aus den Tiefen der Finsternis heraufgekrochen war, um seine Krallen nun nach allen Seiten zu schlagen. Noch war er nicht sicher, was er mit dieser Eingebung anfangen sollte. Der Verdacht gor in seinem Innern wie eine faule Frucht und war doch nichts weiter als das splittrige Gebilde seines Instinkts. Eines erfahrenen Instinkts, der ihn selten betrogen hatte, der jedoch mit den Jahren blasser, schwächer geworden sein mochte. So wie alles an ihm blasser, schwächer und gebrechlicher geworden war. Und so wähnte er, dass auch sein Argwohn nur die Spiegelung jener Unzulänglichkeiten sein könnte, die ihm die Zeit umgehängt hatte wie eine schwere, rostige Kette.

Seufzend schloss er die Augen. – War er zu alt, um zu urteilen? Hatte sein Verstand verlernt, abzuwägen? – Einen Verdacht grundlos zu erheben, konnte ebenso fatale Folgen haben, wie ihn feige zu verleugnen. Doch konnte man das, was im Raum stand, überhaupt mit den Maßstäben der Gerechtigkeit messen?

Das Gesicht des Alten hatte sich zu einer kalten Maske verformt. Ihm war klar, dass jedes falsche Zögern durch noch mehr Blut vergolten würde. Das Böse kannte keinen Zweifel, kein Zaudern. Und es würde gewiss nicht weichen, nur weil er einen gestaltlosen Verdacht vor sich her trug ...

Das leise Winseln aus dem Zwinger ließ ihn aufhorchen. Auch dem Hund schien die Vollmondnacht den Schlaf zu rauben. Doch was dem Tier das Licht war, das war seinem Herrn die Finsternis. Jenes dunkle Nichts, das in seinem Kopf waltete und das im Begriff war, sich seines ganzen Ichs zu bemächtigen, wenn er weiter vor einer Entscheidung davonlief ...

Unvermittelt schlug er die Augen auf. Der plötzliche Bruch in der Stille kam ihm wie eine Warnung vor. Der alte Mann wusste jetzt, dass er nicht länger warten, sein Gewissen nicht weiter winden würde. Er mochte in seinem Urteil schwach geworden sein, aber er hatte in seinem Leben zu viele Abgründe gesehen, um an Zufälle zu glauben. Jetzt lag es an ihm, seinen Verstand auf die Probe zu stellen. Und genau dies würde er tun – ganz gleich, welche Konsequenzen es hätte!

Nach diesem Entschluss blieb er noch einige Minuten sitzen, lauschte dem nächtlichen Frieden, der ihm nun beinahe zynisch vorkam. Schließlich erhob er sich, verließ das Wohnzimmer und schritt Augenblicke später durch das kleine Foyer, in dessen Mitte eine ausgetretene Holztreppe ins Obergeschoss führte. Auch hier war es angenehm dunkel. Lediglich einige Strahlen gedämpften Mondscheins verirrten sich herein und warfen ihren Schimmer auf das lackierte Geländer, das sich zu beiden Seiten der Treppe emporschwang.

Bedächtig stieg er die Stufen hinauf – um plötzlich innezuhalten. War da nicht ein Geräusch gewesen? Unten im Arbeitszimmer? Oder auf der Veranda?

Er hielt den Atem an und lauschte. – Nichts.

Kopfschüttelnd setzte er seinen Gang fort. Das Gebäude war alt und ächzte unter den Jahren. Daran hatte er sich gewöhnt, es war ohne Belang.

Oben angelangt, betrat er das Badezimmer, das mit einer schmalen Gaube versehen war. Selbst hier verzichtete er auf künstliche Beleuchtung. Das einfallende Mondlicht genügte und gab ihm das beruhigende Gefühl, sich mit der Nacht zu vereinen.

Nachdenklich betrachtete er sein Spiegelbild, das sich stirnrunzelnd aus dem silbrigen Zwielicht abzeichnete. – Er würde noch einmal Stärke beweisen müssen, befand er. Ein einziges Mal noch. Seiner Verantwortung konnte er nicht entfliehen, so sehr er es sich auch wünschte …

Derart in Gedanken versunken, bemerkte er nicht, wie sich geräuschlos die Badezimmertür öffnete. Die unheimliche Gestalt, die einen Moment später hinter ihm auftauchte, nahm er erst wahr, als es schon zu spät war. Und dann – nur den Bruchteil einer Sekunde lang – blickte er in die Augen des Bösen. Aber es waren nicht die Augen, die ihn am meisten verstörten – tote Pupillen in tiefen Höhlen. Es war das merkwürdige Etwas, das zwischen ihnen prangte. Mein Gott, dachte der Alte. Es sah aus wie ein riesiger Schnabel!

Das war das Letzte, was ihm durch den Kopf schoss.

Dann drang die scharfe Klinge in seinen Hals ein. Und seine Gedanken verschmolzen für immer mit der Finsternis.

Erster Teil

– Eröffnung –

1.

Ungeduldig jagte der silberne Porsche Cayenne über die Autobahn, die sich in einem leicht ansteigenden Band aus Kurven immer weiter von der Stadt entfernte. Vor ein paar Stunden war hier noch die blecherne Schlange der Pendler dem Wochenende entgegen gekrochen; nun herrschte stadtauswärts kaum noch Verkehr.

Philipp, den Fuß fest auf dem Gaspedal, blinzelte mürrisch in die untergehende Abendsonne. Er kannte die Strecke auswendig, zählte unbewusst jeden Kilometer, den er noch zu fahren hatte. – Ein einziges kühles Bier im Garten, bevor es dunkel wurde. Mehr erwartete er nicht.

An einem Freitagabend um diese Zeit nach Hause zu kommen, war keine Seltenheit. Genauer gesagt war es zur Regel geworden. Zu einer deprimierenden Routine, von der Philipp nicht wusste, ob er sie bereits akzeptiert hatte oder noch immer im Stillen bekämpfte. Aber so war es nun mal. Kein Mensch zwang ihn zu dem, was er tat. Die Entscheidung lag ganz bei ihm selbst.

Philipp atmete tief ein und seufzte. Manchmal wünschte er sich mehr Entschlusskraft, mehr Mut. Sich dem Schicksal zu ergeben, mochte kurzfristig die bequemere Alternative sein. Auf lange Sicht aber war sie dem konstanten Lebensglück nicht gerade zuträglich. Und mit Mitte dreißig hätte er sich eine gewisse Konstanz durchaus gewünscht, auch wenn er nicht ernsthaft behaupten konnte, unglücklich zu sein. Doch Glück war bekanntlich Ansichtssache.

Hinter einer Biegung tauchten die ersten Dächer von Bad Grünau auf. Ein Haufen pittoresker Gebäude, die sich terrassenartig am Berghang bis zum Waldrand hinaufzogen. Der hochgeschossene Glockenturm, der zu der romanischen Kirche im Zentrum des Städtchens gehörte, ragte wie ein mahnender Finger aus dem unruhigen Häusermeer empor.

Der Anblick bewirkte bei Philipp eine sofort spürbare Entspannung. Die Bilder waren ihm vertraut, sie gaben ihm ein wohltuendes Gefühl der Geborgenheit, dessen Wurzeln weit zurück in seine Kindheit reichten. Soeben hatte er die Schwelle überschritten, die seine Welt von der Welt der anderen trennte.

Philipp nahm die Ausfahrt und erklomm wenig später die abschüssige Hangstraße, die ihn in das beschauliche Wohngebiet unterhalb des Stadtwalds führte. Zahlreiche Designerbauten, die mit adretten Altbauvillen um die Wette eiferten, verliehen der Gegend eine dezent-exklusive Note. Im sanften Abendlicht muteten die schmucken Fassaden hinter gepflegten Vorgärten in einem fast unwirklichen Ausmaß idyllisch an.

Philipp hielt vor einem der älteren Gebäude am Ende einer Seitenstraße. Tanjas Mini war nirgends zu sehen, was bedeutete, dass sie ausgeflogen war. Die Freitage gehörten ihrer Clique. Leute in ihrem Alter, die einen Abend wie diesen lieber in irgendeinem Club in der Stadt verbrachten. Philipp hatte nie Verlangen verspürt, sich dieser Gesellschaft anzuschließen. Unter Tanjas Freunden galt er als Langweiler; eine Einschätzung, die gemeinhin auf Gegenseitigkeit beruhte. Sein

Leben folgte anderen Rhythmen. Sollte sich Tanja doch austoben – so konnte er wenigstens den Feierabend nach seinem Belieben verbringen.

Das Haus, das er nun betrat, war weder groß noch luxuriös, wies aber durch seine schlichte Gradlinigkeit einen eigenen Charme auf. Außerdem besaß es auf der Rückseite einen Garten mit alten Obstbäumen und einigen schönen Rosensträuchern. Philipp hatte es vor ein paar Jahren von seiner Großmutter geerbt und seitdem keine nennenswerten Veränderungen vorgenommen. Natürlich abgesehen von der Einrichtung, die er modernisiert, hauptsächlich aber an Tanjas Geschmack angepasst hatte. Auf diese Weise war eine behagliche Komposition aus Alt und Neu entstanden. Ein Ort, an dem das Damals eine versöhnliche Symbiose mit dem Heute eingegangen war.

Philipp zog Jeans und ein bequemes Poloshirt an, nahm sich eine Flasche Bier aus dem Kühlschrank und begab sich hinaus auf die Terrasse, auf der sich gerade die letzten Sonnenstrahlen wie ein Teppich aus glänzendem Samt ausbreiteten. Die Erschöpfung kam, kaum dass er sich gesetzt hatte. Mit einem matten Stöhnen ließ er sich im Stuhl zurückfallen und sog die frische Abendluft ein, die hier, in der Nähe des Waldes, besonders klar und mild war.

Schon wieder war eine Woche vergangen. Wieder eine Woche, die ihr Netz aus Pflichten und Zwängen über ihn geworfen hatte. Die Zeit floss unbarmherzig an ihm vorüber und schien dabei sein Leben mitzureißen wie einen steuerlosen Kahn. Doch es war nicht die Zeit, die Philipp zu schaffen machte. Vor allem war es die Einsicht, dass er schon lange nicht mehr über sich selbst bestimmen konnte. Er war zu einem Rädchen mutiert, das sich unaufhörlich drehte, um die große Mühle am Laufen zu halten. Jederzeit auswechselbar und dennoch so unentbehrlich, dass er stets das Gefühl haben musste, jede Stunde seiner Abwesenheit würde unkontrollierbare Folgen haben.

Die Beförderung zum Juniorpartner der Sozietät hatte diesen Zustand noch einmal verschärft. Keine Frage, er verdiente gutes Geld; erheblich mehr als andere Anwälte, die sich in kleineren Kanzleien oder als Einzelkämpfer behaupten mussten. Aber dem großen Geld standen ebenso große Opfer gegenüber. Entbehrungen, die weit in sein Privatleben reichten. Und deren Kompromisslosigkeit ihn zusehends zu erdrücken begann.

Philipp schloss die Augen, während das kalte Bier seine Kehle hinunter lief. Ein friedliches Sommerwochenende lag vor ihm, und er beabsichtigte keineswegs, diese Aussicht mit verdrießlichen Gedanken zu trüben.

In diesem Moment klingelte drinnen sein Mobiltelefon. Widerstrebend stand er auf. Das Gerät lag in der Diele, unterhalb der Garderobe. Als er diese passierte, stolperte er beinahe über die dort abgestellten Joggingschuhe. (Sie sollten ihn an einen jüngst gefassten Vorsatz gemahnen.) Philipp reagierte mit einem Grunzen.

Das Display kündigte seinen Studienfreund Walter an.

Philipp zögerte. Eine plötzliche Unlust hielt ihn davon ab, den Anruf anzunehmen. Er war von dieser Reaktion nicht überrascht, dennoch irritierte sie ihn. Walter Dreyfus war ein langjähriger Weggefährte, mit dem er nicht nur seinen Beruf, sondern auch unzählige private

Erinnerungen teilte. Beide kannten sich schon seit der Schulzeit. Trotzdem löste die Vorstellung, gleich Walters Stimme zu hören, bei Philipp eine merkwürdige Beklemmung aus. Natürlich ahnte er, was Walter auf dem Herzen hatte. Das alte Thema – langsam sollte es also wieder ernst werden ...

Das Klingeln verstummte. Philipp wartete eine Weile, bis er nach dem Telefon griff und die Mailbox abhörte. Walter wollte sich mit ihm auf einen Drink treffen und bat um Rückruf. Philipp zuckte verdrossen mit den Schultern und kehrte wieder zurück auf die Terrasse.

Inzwischen war die Sonne fast hinter den Bäumen verschwunden, ein unruhiges Zwielicht hatte sich wie ein gesprenkeltes Gitter über den Garten gelegt. Philipp ging langsam über den Rasen in Richtung des großen Kirschbaums. Die Kirschen hatten bereits eine kräftige Farbe angenommen und hingen wie rote Reben in verschwenderischer Zahl von den Zweigen. Er würde sie demnächst pflücken müssen, auch wenn es für diese Ernte vermutlich wieder mal keine Verwendung gab. Tanja hatte eine Abneigung gegen jede Art von Hausarbeit, und so würde am Ende doch wieder nur der Kompost gefüttert werden.

Philipp schüttelte nachsichtig den Kopf. In vielen Aspekten glich Tanja noch immer einem Kind. Ihre ungebrochene Energie (meist konsequent an der falschen Stelle investiert), ihre Traumtänzereien – selbst ihr trotziger Sturkopf: All das übte auch heute noch einen erfrischenden Reiz auf ihn aus. Meistens jedenfalls. Trotzdem gab es Momente, in denen er sich eine Gefährtin mit mehr Einfühlungsvermögen gewünscht hätte. Mit mehr innerer Reife. Tanja war fast zehn

Jahre jünger als er, und je älter er wurde, desto größer schien der Unterschied zu werden.

Ein plötzlicher Schauder ließ ihn zusammenfahren. Der Abend hatte seine Kälte ohne Vorwarnung ausgeschüttet. Vom Wald herüberziehend, spürte Philipp einen klammen Luftzug über sein Gesicht streicheln. Mit eiligen Schritten kehrte er dem Garten den Rücken und ging ins Haus.

Dort schnappte er sein Handy und wählte Walters Nummer.

Sie verabredeten sich für halb elf im *El Dorado*, einer Bar in der Altstadt von Bad Grünau, die für ihre ausgezeichneten Cocktails bekannt war. Philipp nahm den Wagen, obwohl er die kurze Strecke auch hätte zu Fuß gehen können. Aber so fühlte er sich flexibler. Bereit, jederzeit seinen Standort zu wechseln – oder einfach in sein Nest zurückzukehren, wenn ihm danach war. Er wusste, dass sich Treffen mit Walter in die Länge ziehen konnten, vor allem wenn sein Freund anfing, von alten Zeiten zu plaudern, oder sich im Schmieden gemeinsamer Pläne erging.

Es stellte sich heraus, dass das *El Dorado* an diesem Abend gut besucht war. Die Bar befand sich im Keller eines liebevoll restaurierten Fachwerkhauses und vermittelte durch ihre niedrige Gewölbedecke den Eindruck einer wohlberechneten Enge.

Philipps Bedenken, keinen Platz zu bekommen, wurden zerstreut, als er Walter in einer Nische erblickte. An der Wand hatte man farbenfrohe Fotografien aufgehängt. Karibische Impressionen – oder zumindest etwas, das bei Philipp entsprechende Vorstellungen hervorrief.

Sie begrüßten sich herzlich. Philipp sah seinem Gegenüber an, dass ihn etwas beschäftigte, empfand es aber nicht als dringend, das Thema von sich aus zur Sprache zu bringen.

Philipp bestellte seinen Lieblingscocktail, einen Planter's Punch mit einem Extraschuss Ananassaft. Walter blieb – wie immer, wenn er sich in einer Trainingsphase befand – bei alkoholfreiem Iso-Bier. Während sie auf die Getränke warteten, berichtete Walter von irgendeinem Volkslauf, an dem er diesen Sonntag teilnehmen würde. Philipp bemühte sich, interessiert zu wirken. Die detailverliebten Schilderungen seines Hobbys, in welche sein Freund gerne verfiel, konnten ihn schnell langweilen. Andererseits empfand er aufrichtige Bewunderung für Walters Begeisterung, wünschte sich hiervon sogar heimlich ein kleines Stück für sich selbst.

»Ich sollte mich auch mal wieder bewegen. Die Schuhe stehen bereit, allein die Motivation lässt auf sich warten.«

Walter kommentierte mit aufmunternden Worten, hinter denen sich, wie Philipp wusste, echte Anteilnahme verbarg.

Wenig später stießen sie auf Walters kommenden Wettkampf an. Der Cocktail war gut, so wie Philipp ihn liebte. Das feine Aroma der Ananas verursachte ein Prickeln auf seiner Zunge, blies einen Hauch von Exotik in seine Nase. Unwillkürlich verfing sich sein Blick an einem der Fotos, das an der Wand hinter Walter hing.

Ein altes Fischerboot vor dem Panorama eines bunten Hafenstädtchens. Das Bild gefiel ihm. Philipp mochte das Meer, seine Weite, seine Gleichförmigkeit. Und er mochte auch das kleine Boot, das dem großen Ozean mit weiser Gelassenheit zu trotzen schien. Es würde sich nicht aus der Ruhe bringen lassen, dachte er, ganz gleich, was ringsumher geschah. – Mit einem Mal wurde Philipp bewusst, wie gerne er selbst in dem Boot gesessen hätte …

»Wie war deine Woche?« Walters Stimme riss ihn wie eine Ohrfeige aus seinen Gedanken.

»Ganz in Ordnung. Du weißt ja, wie es ist.«

Walter nickte vielsagend. Er wusste es tatsächlich, war er doch selbst viele Jahre Anwalt in einer großen Wirtschaftskanzlei gewesen. Aufreibende Jahre, in denen sie sich gegenseitig ihr Leid geklagt hatten. Am Ende von langen Arbeitstagen, in irgendwelchen lärmenden Kneipen, um sich gegen den Trubel des nächsten Tages zu betäuben. In dieser Zeit hatte Walter rund zwanzig Kilo zugelegt, und Philipp war in Sorge gewesen, die Gesundheit seines Freundes würde bleibenden Schaden nehmen. Doch Walter war vernünftig gewesen. Anders als Philipp hatte er rechtzeitig die Notbremse gezogen. Nach seiner Kündigung war er ein befristetes Arbeitsverhältnis mit irgendeinem Verband eingegangen. Nichts Aufregendes, aber begleitet von den nötigen Freiräumen, die er für sich und seine Interessen benötigte.

»Und bei dir?«

Ein unsicheres Grinsen huschte über Walters Gesicht. »Der gewohnte Kleinkrieg an der Bürokratenfront. Nicht der Rede wert.« Nach einer kurzen Pause setzte er ernst hinzu: »Sicher hast du nicht vergessen, dass mein Vertrag in zwei Monaten ausläuft.«

Feststellung, Frage und Anklage. Philipp unterdrückte ein Seufzen. – Dann also doch.

»Nein, natürlich nicht. Du erinnerst mich ja oft genug daran. – Und nun? Wie soll es weitergehen?«

Walter schabte zögerlich am Etikett seiner Bierflasche. »Ich habe mir in den letzten Tagen einige Büros angesehen. Eins liegt in der Altstadt, nicht weit von hier. Gut geschnitten – ideal für zwei Berufsträger.« Er sah Philipp auffordernd an, als erwarte er Anzeichen von Begeisterung, doch Philipp nickte nur stumm.

»Die Konditionen erscheinen mir gut. Momentan sind Büroräume in Bad Grünau schwer zu bekommen. Ich werde mich in der nächsten Woche entscheiden müssen, sonst geht das Angebot flöten.«

»Du willst es also tatsächlich durchziehen?« Philipp fühlte sich durch den Eifer seines Freundes überrumpelt. Er hatte zwar damit gerechnet, aber nun ging ihm die Sache entschieden zu schnell.

»Natürlich will ich! Wir haben das doch unzählige Male diskutiert. Die eigene Kanzlei – das Projekt, auf das wir hinarbeiten wollten, das uns ein Stück Freiheit zurückgeben sollte ...«

Philipp zuckte vage mit den Schultern. Der Plan, sich gemeinsam als Rechtsanwälte in Bad Grünau niederzulassen, war fast so alt wie ihre Freundschaft. Mit den Jahren war er manchmal in den Hintergrund getreten, aber nie gänzlich verschwunden. Je höher der Frustpegel gestiegen war, desto ambitionierter hatten sie das

Thema erörtert, hatten sich an den Gedanken geklammert wie an einen Rettungsring, der sie irgendwann vor dem Ertrinken bewahren würde.

»Du gehst doch inzwischen auf dem Zahnfleisch. Willst du wirklich so weitermachen?«

Philipp rang sich ein Lächeln ab. »Du kennst meine Bedenken. Ich habe ein Haus zu unterhalten, zwei Autos und ganz nebenbei noch eine verwöhnte Dauerstudentin, die imstande wäre, ein Monatsgehalt in eine Handtasche zu investieren. Unter diesen Voraussetzungen kann ich mir finanzielle Experimente kaum erlauben.«

Den Vortrag, der nun folgte, kannte Philipp auswendig. Walter war immer ein Optimist gewesen – und er war eitel. Auf seine eigenen Fähigkeiten ließ er nichts kommen, und so stand außer Frage, dass auch diese Herausforderung kein Hindernis darstellen durfte. Philipp war anders. Er war sich der Gefahren bewusst, die ein Sprung in die lokale Selbstständigkeit mit sich brachte. Doch gleichzeitig sah er ein, dass genau dies der Weg war, den er sich wünschte. Seine persönliche Flucht in die Zukunft, heraus aus einer Welt, die ihm verhasst war, die im Begriff war, ihn immer weiter von sich und seiner Umgebung zu entfremden.

Philipp fühlte, wie sich eine tiefe Müdigkeit in ihm ausbreitete. Die plötzliche Leere in seinem Kopf ließ Walters Worte wie ein entferntes Echo klingen. Wie eine hohle Predigt, die überzeugen wollte, wo es keiner Überzeugung bedurfte. Allenfalls Überredung. Oder einfach nur Mut?

»Lass uns nach dem Wochenende noch einmal darüber sprechen. Heute bin ich nicht mehr in der Lage, einen vernünftigen Gedanken zu fassen.« Walter sah ihm abfällig in die Augen. »Und genau das ist das Problem, mein Lieber! Das Hamsterrad hat dich derart im Griff, dass du nicht einmal die Kraft aufbringst, über Auswege nachzudenken. Traurig ist das –« Er brach ab und beugte sich ein Stück vor, ehe er hinzufügte: »Und auf lange Sicht auch keineswegs ungefährlich.«

Philipp fuhr nachdenklich mit dem Finger über den Rand seines leeren Glases. »Vielleicht hast du recht. Allzu lange sollte man Entscheidungen nicht aufschieben, dafür ist das Leben zu kurz.« Er stand auf. »Lass uns das Thema vertiefen, sobald ich wieder einen klaren Kopf habe.«

Sie zahlten, Philipp bestand darauf, die Rechnung zu übernehmen. Als sie wenig später nach draußen traten, fühlte er sich sogleich befreiter.

»Übrigens, bevor ich es vergesse: Wie wäre es mit ein paar Kilo Kirschen?«

Walter musste ungewollt schmunzeln. »Jedes Jahr dasselbe, was? Wann suchst du dir eine Freundin, die kochen und backen kann?«

Stumm schlenderten sie in Richtung des Parkplatzes. Philipp war froh, dass ihm Walter sein Zaudern nicht allzu übel nahm. Das Angebot, ihn zu Hause abzusetzen, schlug er jedoch aus. Walter zog es vor zu laufen, auch wenn dies zwanzig Minuten Fußmarsch bedeutete, aber für einen Sportler war das wahrscheinlich eine Frage der Ehre.

Dann verabschiedeten sie sich

2.

Am nächsten Morgen war Philipp gegen neun Uhr auf den Beinen. Er fühlte sich ausgeruht, bereit für einen freien Tag ohne Eile und Verabredungen. Tanja war schon aufgestanden und räumte gerade ihr Frühstücksgeschirr in die Spülmaschine, als er mit einem heiteren Lächeln die Küche betrat.

»Guten Morgen, Prinzessin!«

»Morgen«, murmelte sie zerstreut, während sie eine verbrannte Toastbrotscheibe in den Abfalleimer gleiten ließ. Philipp wartete, ob noch etwas käme, doch Tanjas Gedanken schienen woanders zu weilen.

»Ich will spätestens um vier zurück sein«, erklärte sie unvermittelt. »Dann kann ich mich vorher noch etwas ausruhen. Es dürfte reichen, wenn wir kurz nach acht aufschlagen, was denkst du?«

Tanjas Gedankensprünge waren zuweilen abenteuerlich. Philipp musste sich einen Augenblick besinnen, bevor er begriff. Doch dann erinnerte er sich mit Schrecken: Die Geburtstagsparty ihres Vaters! Tanja hatte zugesagt, Frau Pirol, der Haushälterin des alten Herrn, bei den Vorbereitungen zur Hand zu gehen. Ein unbedachtes Versprechen, das sie jetzt vermutlich bereute. Jedenfalls machte sie keinen besonders fröhlichen Eindruck, fand Philipp.

»Je später wir kommen, desto schneller haben wir es hinter uns«, erwiderte er in einem Tonfall, der nur bedingt ironisch klang.

Tanja bemühte sich, eine missbilligende Miene aufzusetzen. »Ich bin sicher, du wirst es auch dieses Jahr überstehen. Hauptsache, du fängst nicht wieder einen Streit mit Papa an!«

Philipp runzelte die Stirn. Er würde heute Morgen keine Diskussion über dieses Thema führen, entschied er. Dass er mit Tanjas Vater regelmäßig aneinander geriet, war kein Geheimnis. Seiner Ansicht nach lag die Schuld daran keineswegs bei ihm. Aus einem unerfindlichen Grund konnte ihn der Alte nicht ausstehen. Und da Tanja hierfür ebenfalls keine Erklärung hatte, war es nun mal einfacher, Philipp die Verantwortung zuzuschanzen.

»Ich werde mir Mühe geben.«

Tanja gab ein leises Stöhnen von sich, unterließ aber weitere Bemerkungen. Ein flüchtiger Wangenkuss, dann brach sie auf.

Philipp nahm ein Tablett und setzte sich, leise vor sich hin pfeifend, im Pyjama auf die Terrasse. Zwei Scheiben Toast, etwas Joghurt, einige Tassen starken Kaffee, mehr brauchte er nicht. Obwohl nicht einmal halb zehn, lag schon jetzt eine hochsommerliche Schwüle in der Luft. Einige dicke Quellwolken hingen am Himmel, vielleicht würde es später am Tag noch ein Gewitter geben.

Nach dem Frühstück zog er seine älteste Hose an, dazu eines der löchrigen T-Shirts, die er zum Heimwerken aufbewahrte. Er wollte den Vormittag nutzen, um einige längst überfällige Arbeiten zu erledigen.

Gegen Mittag war er fertig. Er ging ins Haus zurück und briet sich Rührei mit Schinken. Großen Appetit hatte er nicht, sicher würde ihn am Abend ein pompöses Gelage erwarten. Seine Geburtstagsempfänge waren von Tanjas Vater zum Statussymbol erhoben worden, mit dem er die Provinzprominenz jedes Jahr aufs Neue zu beeindrucken suchte. Und das Erbärmliche war, dass er damit stets Erfolg hatte und sich angespornt fühlte, den Triumph im Folgejahr zu überbieten. Heute Abend würde Philipp dem Possenspiel ein weiteres Mal beiwohnen – bei dem Gedanken daran schüttelte es ihn. Doch im Augenblick wollte er sich mit diesem Thema nicht weiter belasten.

Langsam fuhr er sich durch sein glattes, schwarzes Haar. Was sollte er mit dem beginnenden Nachmittag anfangen? Einen Moment lang erwog er, seine Joggingschuhe zu schnappen, verwarf den Gedanken aber sogleich. Nach dem Essen wäre das idiotisch. Außerdem hatte er insgeheim andere Pläne, die er sich bloß noch nicht eingestehen wollte.

Kurz vor zwei fiel die Entscheidung. Nachdem er geduscht, sich rasiert und das Niveau seiner Garderobe angehoben hatte, stieg er ins Auto und fuhr los.

Er nahm die Bundesstraße, die an Bad Grünau vorbei durchs Tal nach Westen lief. Nach einigen Kilometern bog er auf eine kleinere Landstraße ab, die ihn durch eine Handvoll verschlafener Dörfer führte, bis er schließlich hinter einem Wäldchen einen Punkt erreichte, an dem zwei gegenläufige Schotterpfade von der Fahrbahn abzweigten. Ein Wegweiser war nicht in Sicht. Er hatte eine vage Vorstellung, wo sein Ziel liegen mochte, war sich aber über die genaue Position keineswegs sicher. Intuitiv nahm er den linken Weg, der sich bald wie eine Schneise durch hohe Weizenfelder wand.

Zwei Minuten später wusste Philipp, dass er richtig lag. In einiger Entfernung schimmerte das blaue Dach der großen Halle durch die Baumwipfel, daneben das hufeisenförmige Hauptgebäude, hinter dem sich die Ställe befinden mussten.

Der *Erlenhof.*

Automatisch verringerte er das Tempo und rollte verhalten auf das Anwesen zu. Als Kind, entsann er sich, war er hier einige Male mit seinen Großeltern gewesen, hatte die Pferde bestaunt, den Reitunterricht beobachtet. – Plötzlich sah er sich wieder am Rand des sandigen Platzes stehen: Lachende Kinder traben auf Ponys an ihm vorüber, fröhliche Rufe stolzer Mütter und Väter schallen über das Gelände; neben ihm zwei graue Herrschaften mit ernsten Gesichtern, ihn fest an der Hand haltend, als hätten sie Angst, er würde gleich losrennen und sich zwischen die Tiere in den Staub werfen ...

Damals hatte er zum ersten Mal gespürt, dass etwas nicht so war wie bei den anderen – dass ihm etwas fehlte, dessen Bedeutung ihm zu dieser Zeit nur unterschwellig bewusst war. Und dieses Gefühl war immer wieder gekommen, jedes Mal wenn sie auf dem *Erlenhof* gewesen waren und er die Kinder auf den Ponys beobachtet hatte ...

Die Bilder hatten ihn ganz unvermittelt getroffen. Philipp zuckte unwillkürlich mit dem Kopf, als wollte er die Erinnerung so schnell wie möglich abschütteln. Was gestern war, zählte nicht. Heute waren es andere Beweggründe, die ihn herführten.

Er parkte den Cayenne in gebührendem Abstand am Wegesrand und marschierte dann schnurstracks zu den Gebäuden.

Dort musste er verblüfft feststellen, dass sich in all den Jahren kaum etwas verändert hatte. Das Gut war ein echtes Kleinod. Der große, gepflasterte Innenhof wurde von einem dreiseitigen Backsteinkomplex eingefasst, unter dessen Fensterbänken überquellende Kästen mit roten Geranien hingen. Zur Linken schloss sich der Übungsparcours an, weiter hinten stand eine halboffene Reithalle.

Das Areal wirkte wie ausgestorben. Allein in der hinteren Ecke des Hofs hievte ein junger Bursche Strohballen von einem Anhänger herab. Philipp beobachtete ihn eine Zeit lang verstohlen, dann ging er langsam um den Seitenflügel herum, bis er zu den Stallungen gelangte. Hier war es etwas belebter, Kinder schleppten Sättel umher, ein paar Frauen waren mit Pferden zugange; über allem hing der süßlich-herbe Geruch von Stallmist.

Keine Menschenseele nahm Notiz von ihm.

Es verging eine Weile, bis er Viola entdeckte. Sie stand vor einer der Boxen und war gerade dabei, einen ansehnlichen Schimmel zu bürsten (Philipp erinnerte sich, dass sie ein eigenes Pferd besaß, sie hatte es ihm gegenüber einmal erwähnt). Wie immer, wenn er sich in Violas Nähe begab, verspürte er eine leichte Nervosität in sich keimen. Kein unangenehmes Gefühl, eher anregend, aber in gewisser Weise auch unberechenbar.

Er atmete tief ein und ging gemessenen Schrittes in ihre Richtung, bis sie ihn mit einem Ausruf freudiger

Überraschung bemerkte. »Du hast tatsächlich hergefunden!« Ein strahlendes Lächeln grub sich in ihre Wangen, die vor Anstrengung leicht gerötet waren.

»Aber klar! Komme ich ungelegen?«

Viola warf grinsend den Kopf in den Nacken. »Du hast Glück, ich kehre gerade zurück. Wegen der Hitze war der Ausritt ziemlich beschwerlich, Tristan ist ganz schön ins Schwitzen geraten.« Während der letzten Worte hatte sie dem Schimmel sanft auf den weiß-gescheckten Hals geklopft, bis er ein nasales Geräusch des Wohlbehagens von sich gab. Philipp bewunderte die Sicherheit, die Anmut, die Viola im Umgang mit dem mächtigen Tier offenbarte. Diese Frau wusste, was sie tat, und ihr Umfeld schien dies zu spüren, ohne dass sie irgendetwas dazu beitragen musste.

»Ich bin mit Tristan jeden Augenblick fertig. Wenn du dich noch etwas geduldest, könnten wir einen kleinen Spaziergang machen.«

Philipp nickte. Zufrieden schlenderte er zurück zum Hauptgebäude, setzte sich auf eine der Holzbänke vor der Hauswand und streckte die Beine aus. Vor ihm tat sich ein einträchtiges Bild auf. Ein Stillleben in weichem Pastell, dessen warme Farben seine kindlichen Erinnerungen fast gänzlich überdeckten.

Den Kopf gegen die Mauer gelehnt, schloss Philipp die Augen. – Warum war er hergekommen? Was hatte ihn gelockt? Genügten ihm die Abende in der Stadt nicht mehr? – Bisher hatten sie sich stets nach der Arbeit, in irgendwelchen Restaurants oder Bars getroffen. Zuletzt vergangenen Dienstag in einem dieser hippen Innenstadt-Clubs, die Philipp alleine nie betreten hätte.

War er deshalb hier? Wollte er Viola unbewusst aus der Dunkelheit holen, sie dem Schatten der Nacht entziehen? Der Flüchtigkeit eines späten Feierabends, der den Blick auf die Realität vernebelte? – Oder war es gar der brüchige Reiz, Viola ausgerechnet *hier* zu treffen? Um sich zu holen, was ihm dieser Ort schuldig geblieben war?

Ein Meer aus Fragen schäumte in seinem Kopf. Antworten wusste er nicht. Und noch weniger wusste er, wie das Ganze ausgehen sollte. Er würde das Spiel nicht immer so weitertreiben können. Bisher hatte sich Tanja mit dem Hinweis auf berufliche Termine zufriedengegeben. Aber Philipp durfte nicht auf unbegrenztes Vertrauen setzen. Und auch Viola würde irgendwann merken, dass es noch jemand anders in seinem Leben gab. Wahrscheinlich ahnte sie es bereits. Sonderbarerweise hatten sie noch nie darüber gesprochen.

»Hey, nicht einschlafen!«

Philipp schlug die Augen auf und sah in das fröhliche Gesicht von Viola. Sie hatte sich umgezogen, trug jetzt Jeans und eine schlichte weiße Sportbluse, dazu ein fliederfarbenes Halstuch, lässig umgebunden, als harmonischen Kontrast zu ihren haselnussbraunen, leicht gewellten Haaren. Lächelnd schwang er sich von der Bank, ging auf sie zu und küsste sie auf die Wange. Auch bei Tageslicht wirkte ihr Gesicht annähernd makellos.

»Schön, dass du dich erinnert hast«, sagte sie fast flüsternd, während sie sanft über seinen Arm strich.

Natürlich hatte er sich erinnert, schließlich hatte sie ihm ja wiederholt vom *Erlenhof* berichtet, hatte ihn sogar eingeladen, sie dort zu besuchen.

Fröhlich plaudernd verließen sie den Hof, bogen auf einen Spazierpfad ab, der in die entgegengesetzte Richtung des Wegs führte, auf dem Philipp gekommen war. Sofort stellte sich wieder dieses Gefühl vertrauter Geborgenheit ein, das ihn bei jeder ihrer Begegnungen nach kurzer Zeit wie ein wärmender Strom durchdrang. Viola strahlte etwas aus, das er nur schwer fassen konnte. Alles, was sie tat und sagte, passte auf vollkommene Weise zusammen, zeugte von einer tiefen Einsicht und war doch von einer schlichten Unkompliziertheit, die Philipp jedes Mal aufs Neue fesselte.

Munter marschierten sie vorbei an Feldern und frisch gemähten Wiesen, auf denen gelegentlich graue Fischreiher wie steinerne Denkmäler standen. Viola erzählte von ihrem Job in der Unternehmensberatung, von den Projekten, an denen sie arbeitete und von den Menschen, mit denen sie zusammenkam. Sie tat dies mit einer Begeisterung, zu der Philipp selbst nie fähig gewesen wäre, und nicht ohne einen stillen Anflug von Bitterkeit musste er sich eingestehen, dass Viola offensichtlich Spaß hatte an dem, was sie machte.

»Wusstest du, dass Philipp ›der Pferdefreund‹ bedeutet?« Ihre Frage kam unvermittelt, als sie gerade das Gatter einer verwaisten Pferdekoppel passierten.

»Ich habe einmal darüber gelesen«, bekannte er. »Leider habe ich dem Namen bisher keine Ehre erwiesen. Als Kind wollte ich eine Zeit lang Ponyreiten –« Er brach ab und zuckte ratlos mit den Schultern. »Aber es hatte sich irgendwie nie ergeben.«

Viola nickte stumm. Philipp kam es vor, als ob sie die leichte Beklemmung bemerkt hätte, doch sie stellte keine Fragen. Und plötzlich wusste er, dass sie ihn verstand. Ohne Erklärung, ohne Begründung. Es war eine Erkenntnis, die ihn berührte – und die doch zugleich eine Verunsicherung in ihm auslöste, wie er sie selten empfunden hatte.

Inzwischen war der Reiterhof außer Sichtweite. Der Himmel hatte sich weiter verdunkelt, in der Ferne konnte man erste Donnerschläge vernehmen.

»Lass uns umkehren, bevor der Regen kommt.« Er ergriff ihre Hand und beschleunigte das Tempo. Es irritierte ihn, dass er den Wetterumschwung nicht bemerkt hatte. Wieder einmal war er derart in Violas Bann geraten, dass er jeden Blick für seine Umwelt verloren hatte.

Die ersten Tropfen fielen. Philipp nahm wahr, wie sich Violas Hand fester um die seine klammerte. Sie hätten jetzt einfach losrennen können, aber sie taten es nicht. Stattdessen schritten sie gleichmäßig nebeneinander her und ließen die weichen Tropfen auf sich niedergehen als wären es Blütenblätter, die der Himmel über ihnen ausstreute. Ein merkwürdiger Moment, dem auf eigene Weise etwas Sinnliches anhaftete.

Nach etwa hundert Metern erreichten sie den kleinen Unterstand, an dem sie wenige Minuten zuvor vorbeigekommen waren. Ein klappriges Rondell aus morschen Brettern, das in früherer Zeit als Raststätte für Wanderer gedient haben musste. – Jedenfalls besser als nichts, meinte Philipp.

Eine Weile standen sie stumm in dem engen Verschlag und beobachteten das Unwetter, das sich draußen entlud. Ein paarmal ließ Philipp – wie zufällig –

verstohlene Blicke auf Viola gleiten. Er fühlte eine Erregung in sich aufsteigen, die ihn beschämte. War er im Begriff, den einen Schritt zu viel zu machen? Den Schritt, der kaputtmachen würde, was er mühsam zusammenzuhalten versuchte …

In diesem Moment zog ihn Viola an sich. Ihr Kuss war wie eine Explosion, die jäh alle Gedanken in Philipps Kopf wegfegte. Die Leidenschaft, die sie ihm entgegenwarf, war so heftig, dass er Mühe hatte, das Gleichgewicht zu halten. Berauscht von der Plötzlichkeit des Augenblicks schoben sie sich weiter hinein in die schmale Hütte. Philipp spürte die rauen Bretter an seinem Rücken reiben. Ihm war, als würde er im Wasser eines stürmenden Ozeans versinken. Doch statt sich zu wehren, ließ er sich treiben, ließ sich immer tiefer in den Sog fallen, der ihn umgab. Bis er schließlich ganz und gar in den heißen Fluten ertrank.

Als sie eine halbe Stunde später auf den *Erlenhof* zurückkehrten, hatte es aufgehört zu regnen. Es war bereits halb fünf, Philipp musste sich beeilen, um nicht Tanjas Unmut zu riskieren. Mit Viola verabredete er sich für die kommende Woche, ohne einen bestimmten Tag festzulegen. Dann fuhr er so schnell er konnte nach Hause.

⌘

Marti saß auf der wackeligen Holzbank und beobachtete vergnügt, wie sein Freund Lukas langsam die quadratische Fläche umkreiste, unschlüssig, wie er auf Martis neuerlichen Vorstoß reagieren sollte. Das Schachfeld bestand aus hellen und dunklen Steinplatten, die man vor Jahren in den weichen Waldboden eingelassen hatte. Witterung und Moosbefall ließen die ursprüngliche Färbung kaum noch erkennen. Um die etwa hüfthohen Spielfiguren aus rauem Kunststoff, die verstreut auf dem Feld standen, war es nicht viel besser bestellt, aber immerhin waren sie vollzählig gewesen.

Eigentlich hatten sie ihre Radtour nur für eine kurze Rast auf dem alten Waldfestplatz unterbrechen wollen. Doch als Marti beim Pinkeln das Spiel entdeckt hatte, etwas abseits auf einer Lichtung gelegen, hatte er Lukas spontan zu einer Partie überredet.

Mit konzentrierter Miene versetzte dieser soeben einen der weißen Bauern. Marti musste grinsen. Eine bessere Vorlage hätte ihm sein Freund nicht geben können. Er nahm einen Schluck aus seiner Bierdose und stand auf. Nur einen Augenblick später hatte die schwarze Dame den Läufer geschlagen. Lukas war doch wirklich blind wie ein Maulwurf!

»Mist, nicht gesehen!« Unzufrieden trat Lukas mit dem Fuß gegen die verlorene Figur, die jetzt achtlos neben dem Spielfeld kullerte. In diesem Moment ließ ein leises Rascheln im Unterholz die Jungen aufhorchen. Marti, in Richtung des Geräuschs starrend, war sich plötzlich sicher, eine Bewegung bemerkt zu haben. Einen flüchtigen Schatten, der für den Bruchteil einer Sekunde hinter den Baumstämmen aufgetaucht zu sein schien.

»Hast du das auch gesehen?«

»Was?«

»Den Schatten dort hinten.«

Lukas ließ seinen Blick über die Bäume streifen, die sich wie düstere Säulen in der Tiefe des Waldes verloren. Dann zuckte er mit den Schultern. »Keine Ahnung. Ein Tier vielleicht?«

Marti war nicht überzeugt. Während sich sein Freund wieder dem Schachfeld zuwandte, versuchte er vergeblich, in dem dichten Gehölz irgendetwas Ungewöhnliches zu erspähen. Mittlerweile hatte sich eine graue Wolkendecke vor die Sonne geschoben, die dem Wald alle Farben raubte und ihn wie einen konturlosen Verschnitt aus dunkelgrünen Schemen erscheinen ließ.

»Hüh, alter Gaul!« Lukas hatte seinen Springer ins Spiel gebracht. Doch Marti war nicht mehr bei der Sache. Er konnte das Gefühl nicht loswerden, dass dort hinten etwas war, was nicht hergehörte.

Geistesabwesend schob er die schwarze Dame auf ihre Ausgangsposition. Lukas wollte diesen Rückzug mit Hohn beschenken, doch seine Worte wurden von einem jähen Donner übertönt, der sie zusammenzucken ließ. Wie ein heftiger Kanonenschlag, der aus den Weiten des Waldes von allen Seiten zu ihnen hallte.

»Ein Gewitter!«

»Lass uns abhauen!«

Hastig schnappten sie ihre Rucksäcke und liefen das kurze Stück zur Festwiese, wo ihre Fahrräder standen. Bei Gewitter im Wald zu sein, war ebenso töricht wie gefährlich! – Unwillkürlich warf Marti einen letzten Blick zurück zum Spiel. Eine seltsame Stimmung hatte sich über die Lichtung gelegt. Ein Firnis von etwas Bedrohlichem, etwas Ungreifbarem. Die Figuren erschienen Marti mit einem Mal wie finstere Gestalten. Kalt und feindselig. Dämonen, die ihn hinter gesichtslosen

Masken anstarrten. Seine Irritation war einem tiefen Unbehagen gewichen.

Lukas bemerkte den angsterfüllten Ausdruck in seinem Gesicht. »Du spinnst! Da war nichts!«

Dann schwangen sie sich auf ihre Räder und sprinteten davon. Bevor der Regen einsetzte, hatten sie schon beinahe den Waldrand erreicht.

Und da war doch etwas, dachte Marti.

3.

Als Philipp kurz nach zwanzig Uhr in den Platanenweg einbog (eine der nobelsten Adressen von Bad Grünau), war dieser bereits auf beiden Seiten mit Fahrzeugen zugestellt. Mit Glück fand er eine Parklücke, allerdings so abgelegen, dass er mit Tanja fast die gesamte Straße zurücklaufen musste.

»Dein Vater scheint die halbe Stadt eingeladen zu haben!«

Tanja gab einen argwöhnischen Seufzer von sich. Ihre Schuhe waren für Fußmärsche auf grobem Asphalt kaum geeignet.

Kurz darauf standen sie vor Nummer acht, einem auffallenden Gebäude, das zurückgesetzt hinter einer breiten Rasenfläche lag. Auf den ersten Blick wirkte das fünfeckige Haus wie eine Mischung aus Ritterburg und Bürobau. Die leicht gewundene Fassade aus braunem Granit wurde von einer Vielzahl gläserner und metallener Elemente durchbrochen, die den Eindruck machten, als wollten sie das Auge des Betrachters mit ihrer Überflüssigkeit beeindrucken. An der Rückseite zog sich ein runder, gedrungener Turm empor, der im unteren Bereich mit dem Hauptgebäude verschmolz, dann aber fast zehn Meter in die Höhe ragte und von einem Kranz bronzefarbener Zinnen bekrönt wurde.

Tanja behauptete, dass ihr Vater diesen Teil als Aktendepot nutzte, aber so wirklich wusste niemand, was der Alte dort oben trieb.

Wie immer, wenn Philipp herkam, stieß ihn der Anblick ab. Ein Gebräu aus Protz und Geschmacklosigkeit, fand er. Und dennoch absolut konsequent: Das, was er sah, war der steingewordene Charakter seines Erbauers. Das perfekte Abbild eines Mannes, der keinerlei Kompromisse zuließ, der sich rücksichtslos über alles erhob, was ihn umgab.

Frau Pirol öffnete die Tür und entließ sie in die weitläufige Halle, in der sich schätzungsweise drei Dutzend Gäste tummelten. Geblümte Jazzklänge mischten sich unter das Geplapper, und Philipp überkam eine heftige Unlust, sich auch nur einen Schritt weiter in diese Kulisse hineinzubewegen.

Im selben Moment kam eine unförmige Frau auf Tanja zugestürmt. »Wenn das nicht die Tochter des Hauses ist! Es muss Jahre her sein …« Sie warf einen unsicheren Blick auf Philipp, dem das zerfurchte Gesicht fremd war. »Und Ihren Mann haben Sie auch mitgebracht – wie nett!«

Philipp rang sich ein Lächeln ab. Natürlich waren sie nicht verheiratet, doch verspürte er augenblicklich nicht das geringste Bedürfnis, in diesem Detail für Aufklärung zu sorgen. Demonstrativ ging er weiter in den Salon, um sich etwas zu trinken zu holen. Auch hier herrschte dichtes Gedränge.

Langsam taxierte Philipp seine Umgebung. Der Großteil des Publikums bestand aus älteren Herrschaften jenseits der siebzig, die Tanjas Vater noch aus einer Zeit kennen mussten, in der dieser zu den erfolgreichsten

Bauunternehmern der Region gezählt hatte. Soweit jüngere Leute geladen waren, schienen sich diese überwiegend draußen auf der Terrasse aufzuhalten, die nahtlos in den parkähnlichen Garten mündete.

Vorsichtig schob sich Philipp durch das Gewühl. Ein paarmal nickte er weitläufig bekannten Gesichtern zu, erwiderte flüchtige Grüße. Schließlich trat er durch die gläserne Panoramatür ins Freie, nahm sich ein Glas Riesling und schlenderte gemächlich an den Rand der Terrasse. Hier roch es süßlich, nach Kiefern und Fichten. Die Spuren, die der Regen hinterlassen hatte, waren nur noch schwach erkennbar. Nun ergoss die Abendsonne ihr warmes Licht wie das zuversichtliche Versprechen einer Versöhnung mit dem ausklingenden Tag.

Das leichte Baumwolljackett war die richtige Entscheidung gewesen, befand Philipp. Die Tatsache, dass er heute Nachmittag vollkommen durchnässt nach Hause gekommen war, hatte erfreulicherweise keinen Anlass für Nachfragen gegeben. Ein unerwarteter Schauer während eines einsamen Spaziergangs – so etwas konnte passieren.

In diesem Moment tauchte Tanja auf. »Wo treibst du dich rum? Ich habe nach dir gesucht!« Entschlossen packte sie ihn am Arm. »Dort hinten steht Papa, wir sollten wenigstens Hallo sagen.«

Mit einem unterdrückten Seufzer folgte ihr Philipp zu einer Gruppe grauer Herren, die sich um den Gastgeber geschart hatten wie beflissene Bienen um ihre Königin. Siegfried Harth war Anfang siebzig, groß, hager, mit kahlem Kopf und einer auffälligen Adlernase, die seinem braungebrannten Gesicht einen ausgesprochen autoritären Zug verlieh. Als er die beiden erblickte, verzog er keine Miene.

Philipp presste eine Begrüßung heraus, die ohne Erwiderung blieb. Stattdessen wandte sich Tanjas Vater an das servile Häuflein, das ihn umgab: »Meine Tochter werden Sie alle kennen. Inzwischen ist aus dem Mädchen eine Frau im besten Alter geworden, und ich gestehe, dass mich ihre Anwesenheit wie immer mit Stolz erfüllt.« (Wohlwollende Blicke streiften über Tanja.) »Dabei kann ich froh sein«, fuhr Harth mit zynischer Stimme fort, »dass sie sich mit einem alten Schurken wie mir überhaupt noch abgibt! Seitdem ihr der feine Herr Anwalt den Hof macht, lebe ich mit der dauernden Angst, ihren moralischen Ansprüchen nicht mehr genügen zu können –«

»Hör schon auf, Papa!«

Tanja bemühte sich um einen beiläufigen Tonfall, doch Siegfried Harth ließ sich nicht aus dem Konzept bringen. Energisch hob er den Zeigefinger wie zu einer allgemeinen Warnung: »Nehmt euch in Acht vor den Rechtsverdrehern! Ich habe in meinem Leben oft genug mit dieser Zunft zu tun gehabt. Noch bevor der erste Spatenstich getan ist, kommen sie wie Schmeißfliegen herbei und versuchen dich auszubremsen. Glücklicherweise wusste ich immer, mich zur Wehr zu setzen, auch wenn es mich viel Geld und Nerven gekostet hat!«

Die versammelten Bienen ließen gefällige Gluckser entweichen, Philipp spürte, wie ihm das Blut in den Kopf schoss.

»Wenn ich diesen Leuten nachgegeben hätte, wäre unsere Region um viele Bauwerke ärmer! Schulen,

Sporthallen, Krankenhäuser – Einrichtungen, von denen die Menschen heute profitieren, und die dennoch beinahe von starrköpfigen Paragrafenreitern verhindert worden wären!«

Harth schnaubte verächtlich, bevor er mit Bedeutung nachschob: »Es gehört zu den großen Enttäuschungen meines Lebens, dass sich mein einziges Kind ausgerechnet zu diesem Stand hingezogen fühlt. Aber genug davon! Welche Tochter hört schon auf ihren alten Vater!«

Damit war die Begegnung mit dem Hausherrn beendet. Ein Gefühl von Wut und Enttäuschung brandete in Philipp wie eine Welle, die auf scharfe Klippen schlägt. Wenn es etwas gab, was ihn zutiefst verletzen konnte, war es Bloßstellung, Erniedrigung. Etwas, das Siegfried Harth meisterlich beherrschte wie kein zweiter. Warum konnte sich der alte Widerling nicht ein einziges Mal zusammenreißen?

Er leerte sein Weinglas und marschierte zielstrebig in Richtung Buffet, dessen Dimensionen unersättlich anmuteten. Tanja war schon wieder von irgendjemandem in Beschlag genommen worden, doch das kümmerte ihn im Augenblick nicht. Wenn er schon all das hier erdulden musste, wollte er wenigstens etwas Anständiges zwischen die Zähne bekommen!

Ausgerüstet mit einem respektablen Steak und einem Glas Rotwein begab sich Philipp zu einem der Holztische, die auf dem Rasen aufgestellt waren. Er hatte sich kaum gesetzt, als ein breiter Schatten hinter ihm auftauchte.

»Philipp Wendelstein! Hätte mir denken können, dass du heute hier bist!«

Die grobe Stimme gehörte einer ebenso groben Erscheinung. – Thomas Moser, wenn sich Philipp richtig entsann.

»Manche Dinge lassen sich nicht vermeiden«, knurrte er.

»Stört dich hoffentlich nicht, wenn ich mich dazusetze?«

Philipp nickte gleichmütig. Die Bekanntschaft mit Moser war vage und wurzelte in einer Zeit, in der Philipp ein knappes Jahr lang im örtlichen Fußballverein gewesen war, bevor er entschieden hatte, dass dieser Sport nicht recht zu ihm passte. Danach hatte man sich aus den Augen verloren. Soviel er wusste, war Moser in das Abbruch- und Entsorgungsunternehmen seines Vaters eingestiegen, und Philipp hatte die Vermutung, dass er dort nicht allein kaufmännische Funktionen ausübte. Seine heutige Anwesenheit beruhte wahrscheinlich auf irgendeiner geschäftlichen Zusammenarbeit mit dem Bauunternehmen Harth.

Scheppernd parkte Moser seinen Humpen auf dem Tisch und pflanzte sich neben Philipp. »So, so, du bist jetzt mit der kleinen Harth zusammen, was? Wer hätte das gedacht! Früher musste man dir die Bräute vor die Füße setzen, bis du sie mal angesehen hast. Du lieber Gott, das waren Zeiten! Kannst du dich noch an unser Trainingslager in Tirol erinnern?«

Er begann eine umständliche Geschichte – eine von der Sorte, die man als Betroffener lieber vergessen und als Beobachter besser verschweigen sollte. Philipp hörte nur mit halbem Ohr hin. Er dachte an den alten Mann, als dessen Gast er gekommen war und als dessen Feind er sich behandeln ließ. Philipp erwartete nicht, von jedermann gemocht zu werden, aber jemanden zu respektieren, bedeutete auch noch nicht, ihn zu mögen. Wie wenig Würde musste ein Mann besitzen, der seine Rücksichtslosigkeit derart offenkundig zur Schau trug; wie wenig Selbstachtung, dass er sich von seinen innersten Befindlichkeiten solchermaßen treiben ließ? Philipp erinnerte sich, irgendwo gelesen zu haben, dass der Mangel an Respekt nichts anderes wäre als die Schwäche des eigenen Ichs. Ein Gedanke, den er treffend fand, der ihn aber zugleich auf seltsame Weise betroffen stimmte. – Vielleicht, weil er selbst noch nie Respekt für Siegfried Harth empfunden hatte?

Philipp spürte, wie sich Unruhe in ihm zu winden begann. Hier herumzusitzen erschien ihm mit einem Mal unerträglich. Mit ein paar dürren Floskeln beendete er Mosers Erzählung und war Sekunden später wieder in die Menge eingetaucht, die ihm nun wie ein flüchtiger Schutzschild gegen seine Unrast vorkam. Gab es denn auf dieser verdammten Party keinen einzigen normalen Menschen?

Mit finsterer Miene bahnte sich Philipp den Weg zu dem kleinen Zeltpavillon auf der anderen Seite der Terrasse. Dort ließ er sich einen ausgezeichneten Mojito mixen und kehrte anschließend zurück ins Haus, wo er bald schon auf Tanja stieß, die plaudernd bei einem Pärchen ihres Alters stand.

»Trink nicht wieder so viel«, raunte sie ihm ins Ohr, bevor sie ihn, ganz Dame von Welt, den anderen vorstellte. Philipp blickte in die unsicher grinsenden Gesichter und fragte sich, ob die beiden ebenso langweilig sein würden wie sie aussahen.

»Mit Claudia bin ich zur Schule gegangen«, erklärte Tanja. »Stell dir vor, sie und Jakob haben Anfang des Jahres geheiratet! Jakob engagiert sich in der Bad Grünauer Stadtpolitik. Nebenbei studiert er übrigens Physik und möchte später in die Forschung gehen!«

Philipp drückte zwei schlaffe Hände und ließ aufmunternde Bemerkungen in Richtung des jungen Ehemannes fallen. Er kannte diese Spezies, die *nebenbei* studierte und meinte, die ganze Menschheit würde auf sie warten. Leider fiel Tanja in gewisser Hinsicht ebenfalls in diese Kategorie, mit dem Unterschied, dass ihre Prioritäten ausschließlich privaten Vergnügungen galten. Ihr BWL-Studium schien seit Jahren auf der Stelle zu treten, mittlerweile hatte er aufgehört, sich danach zu erkundigen.

Er unterhielt sich eine Zeit lang mit Claudias Mann über politische Themen. Jakob berichtete von seiner Arbeit im Stadtparlament und den provinziellen Scharmützeln dort, deren einzig interessanter Aspekt darin bestand, dass sie sich erstaunlich häufig mit Gesichtern anwesender Personen illustrieren ließen. Für Philipp nicht überraschend, stellte sich heraus, dass ein Großteil der heutigen Gäste mehr oder weniger starke Bezüge zur Lokalpolitik hatte – ein Phänomen, dessen Wurzeln zweifellos in Siegfried Harths Vergangenheit lagen. Philipp wusste, dass der alte Herr wesentliche Teile seines Vermögens mit öffentlichen Aufträgen verdient hatte, bei deren Vergabe gute Kontakte in die Rathäuser von Nutzen waren. Dass er sich in dieser Beziehung mehr als einmal die Hände schmutzig gemacht hatte, war ein offenes Geheimnis. Und wahrscheinlich war dies auch der Grund für seine krankhafte Abneigung gegen Juristen aller Couleur.

Als sie sich schließlich von Tanjas Bekannten verabschiedeten, hatte das Maß an Überdruss bei Philipp einen empfindlichen Punkt erreicht. Die spießbürgerliche Welt, als deren natürlichen Teil man ihn hier betrachtete, und mit der ihn doch nichts weiter verband als seine schiere Anwesenheit, langweilte ihn zu Tode. Es ärgerte ihn, dass er seine Freizeit auf diese Weise verschwenden musste. Die Leute, die Themen, sie ödeten ihn an, und er hatte es gründlich satt, sich auch noch am Wochenende in eine Rolle zu zwängen, für die es keine größere Fehlbesetzung gab als ihn selbst.

Tanja hatte eine Freundin erspäht und war wieder entschwunden, als Philipp entschied, ein weiteres Mal die Zeltbar aufzusuchen. Inzwischen war die kleine Band im Salon zu flotteren Rhythmen übergegangen, die Stimmung unter den Gästen begann sich zu heben.

Eine Weile wanderte er ziellos umher, bis er feststellte, dass der Alkohol bereits merkliche Spuren hinterließ. Philipp schlug noch einmal den Weg zum Buffet ein. Als er sich gerade einen Teller Thunfischsalat genommen hatte, bemerkte er Siegfried Harth, der ein paar Schritte entfernt im Getümmel stand, scheinbar in ein Gespräch vertieft. Doch als Philipp genauer hinsah, wurde ihm klar, dass ihn der alte Mann aus der Menge heraus beobachtete, ihm direkt in die Augen starrte. Ein verschlagener, hasserfüllter Blick war es, der aus seinem Gesicht trieb wie ein giftiger Dorn.

Hastig wandte sich Philipp ab. Sein Magen zog sich zusammen. Er hatte das Gefühl, ohnmächtig werden zu müssen, wenn er noch eine Sekunde länger hier verweilte. Mit eiligen Schritten kehrte er ins Haus zurück. Die Toilette im Eingangsbereich war belegt. Philipp lief kurzerhand den Flur entlang, der von der Lobby aus in einen Seitenflügel abzweigte. In diesem Teil des Gebäudes war er zuvor noch nie gewesen, aber er vermutete, dass sich hier ein weiteres Bad befinden könnte.

Als Philipp fündig wurde, musste er sich sofort übergeben. Das Verlangen, sich seines Widerwillens zu entledigen, ließ seinen ganzen Körper erbeben. Er füllte das Waschbecken mit kaltem Wasser und tauchte sein Gesicht ein, um die Hitze loszuwerden, die in seinem Kopf flimmerte wie sengende Glut.

Danach fühlte er sich besser.

Langsam schritt er den Korridor zurück, dessen dicker Teppichboden den Partylärm beinahe zu verschlucken schien. Auf einmal stutzte er. Das antike Ölgemälde, das schwer gerahmt an der Wand zwischen zwei Türen hing, war ihm vorhin gar nicht aufgefallen. Fast automatisch blieb er stehen und betrachtete das Bild, das ihn auf sonderbare Weise in seinen Bann zog. Philipp verstand nur wenig von Malerei. Wie es schien, handelte es sich um die Kopie irgendeines niederländischen Meisterwerks. Einer dieser uralten Schinken, die getränkt waren von Düsternis und Trostlosigkeit und die Philipp schon als Kind deprimiert hatten, wenn er mit seinen Großeltern stundenlang durch staubige Museen laufen musste.

Dieses Exemplar war ein besonders schauriges Beispiel. Es zeigte einen Edelmann undefinierbaren Alters, der, an einem Tisch kauernd, mit starrer Miene über einem Schachspiel brütete. Ihm gegenüber hatte der Tod

Platz genommen – ein fahles Gerippe, das den Zeigefinger der linken Hand mahnend erhoben hatte, während die rechte im Begriff war, eine Figur auf dem Brett zu bewegen. Im Hintergrund waren die trüben Umrisse eines Regals erkennbar, auf dem sich verbrannte Kerzen, verwelkende Blumen und andere unerfreuliche Gegenstände befanden. Symbole der Vergänglichkeit, des flüchtigen Lebens. Zu Philipps Überraschung saß dort – in einem goldenen Käfig – auch ein Papagei, dessen bunte Federn einen beinahe vulgären Kontrast zu seiner Umgebung boten. Der Vogel wirkte wie ein Fremdkörper in der Gedrücktheit, die dem Gemälde innewohnte, und Philipp fragte sich, ob er von dessen Schöpfer vielleicht hinzugefügt worden war, weil dieser sich selbst vor dem morbiden Rest gefürchtet hatte.

»Ein bemerkenswertes Bild, finden Sie nicht?«

Philipp zuckte zusammen und blickte in das faltige Gesicht, das plötzlich neben ihm erschienen war. Er musste sich einen Moment sortieren, bis ihm die Erinnerung kam. – Wie viele Jahre mochte es her sein, seit er Dr. Arnold zuletzt begegnet war? Nach dessen Eintritt in den Ruhestand war Philipp als Privatpatient noch hin und wieder bei ihm gewesen, aber auch dies lag eine Ewigkeit zurück. Mittlerweile ging er zu einem jüngeren Arzt in der Nähe seines Büros, und der alte Mann hatte sich ebenso still und unbemerkt aus seinem Gedächtnis geschlichen, wie er jetzt wieder aufgetaucht war.

»Ich finde es unheimlich«, gestand Philipp. »Nichts, was ich mir zu Hause an die Wand hängen würde.«

Der Alte wippte gedankenversunken mit dem Kopf. »Unheimlich ist es fürwahr. Und dennoch steckt in dem Gemälde mehr Optimismus als man ahnt.«

»Ich kann keine Anzeichen von Optimismus erkennen.«

Dr. Arnold deutete ein schwaches Lächeln an. Seine Stimme war leise, fast brüchig, und dennoch lag in ihr die Überzeugtheit eines Mannes, der es gewohnt war, seine Meinung nicht dem Urteil anderer zu überlassen.

»Den Tod herauszufordern, kann nur einem Menschen mit besonderem Selbstbewusstsein einfallen. Jemandem, der den Ausgang nicht scheut. Der sich für stark genug hält, das Spiel zu gewinnen.«

Philipp überlegte einen Moment lang. »Was ist so außergewöhnlich daran, sein Schicksal in die eigenen Hände zu nehmen?«

Dr. Arnold hatte sich wieder dem Gemälde zugewandt und betrachtete es mit ernster Miene. »Als dieses Bild gemalt wurde, dachte man, das Schicksal wäre eine Fügung des Himmels. Ein unabänderliches Los, das dem Menschen in die Wiege gelegt wird. Sich hiergegen aufzulehnen, erforderte überragenden Mut und Entschlossenheit. Etwas, was nur die wenigsten gewagt hätten. Diejenigen nämlich, die bereit waren, die größte denkbare Sünde auf sich zu nehmen: Die Verneinung der göttlichen Ordnung – das Aufbegehren gegen den Schöpfer selbst.«

Er strich sich nachdenklich übers Kinn, bevor er fortfuhr. »Ich weiß, heute betrachtet man die Welt in anderem Licht. Die Menschen meinen, sie könnten bestimmen, wohin ihr Weg führt. Aber ich bezweifle, dass sie damit richtig liegen. Gewiss, es mag Situationen geben, die wir unter Kontrolle haben, die wir in die eine oder andere Richtung lenken können. Aber sind das nicht immer bloß Momentaufnahmen? Was das große Ganze betrifft, so hält die Natur ihr eigenes Programm bereit. Einen Fahrplan, der unausweichlich auf das eine Ziel zuläuft, das uns verheißen ist.«

Der alte Mann schien jetzt mehr zu sich selbst als zu Philipp zu sprechen. »Das Schicksal ist unser Verhängnis! Wie er es auch versucht – keiner entkommt ihm, auch wenn er sich noch so sehr um einen Ausweg bemüht!« Seine Hände deuteten eine Geste der Resignation an. »Trotzdem haben es die Menschen zu allen Zeiten versucht. Und ebenso alt wie ihr Bestreben ist die Erkenntnis, dass sie damit scheitern müssen!«

Philipp sah den schmalen Greis nachdenklich von der Seite an. Was mochte sich hinter diesem Gewölk aus Fatalismus verbergen? Stand hier einer, der mit seinem eigenen Schicksal haderte und nun Trost darin suchte, dieses durch eine Philosophie der Ausweglosigkeit zu relativieren? Sich einzureden, dass es keine Alternativen gegeben hätte? – Soweit Philipp wusste, war Dr. Arnold kinderlos und seit vielen Jahren verwitwet. Ein Krebsleiden oder etwas Ähnliches, an dem seine Frau unter unschönen Umständen zugrunde gegangen war. Danach war er alleine geblieben; ein Eigenbrötler, dessen einzige Vertrauten seine Stammpatienten waren, zu denen auch Philipps Großeltern und – für kurze Zeit – seine Eltern gezählt hatten. Unwillkürlich runzelte Philipp die Stirn. Inzwischen musste Dr. Arnold steinalt sein – und dabei hatte er alle in Philipps Familie, bis auf ihn selbst, überlebt.

»Eine interessante Interpretation«, bemerkte er vorsichtig. »Aber eins verstehe ich nicht: Was, um alles in der Welt, hat der bunte Vogel dort verloren?«

Dr. Arnold hüllte sich einen Moment lang in Schweigen, den Blick von Neuem auf das Gemälde gerichtet. Dann wandte er sich um und sah Philipp aus klaren Augen an, die dem Alter auf sonderbare Weise entronnen zu sein schienen.

»Wer glaubt, er könne Gevatter Tod überlisten, erliegt der eigenen Eitelkeit, die Mut in Anmaßung verwandelt. Der Papagei ist hierfür ein Symbol: Ein Tier in gefärbtem Kleid, das nachplappert, was es aufschnappt, ohne zu verstehen, was es bedeutet. Ähnlich dem Menschen, der flüchtigen Moden nachläuft und dabei die alles entscheidende Einsicht aus den Augen verliert.«

Philipp lachte lautlos auf. Der Papagei als Spiegel der menschlichen Eitelkeit – kein schlechter Vergleich, wenn er an manch einen der aufgeblasenen Vögel heute Abend dachte ...

»Die *alles entscheidende Einsicht*?«, fragte er mechanisch. Die Entschlossenheit, mit der Dr. Arnold seine Feststellungen versah, hatte etwas grundsätzlich Faszinierendes, verursachte in ihm aber gleichzeitig ein wachsendes Gefühl des Unbehagens.

Der alte Mann sah ihn lange an, bevor er es erklärte: »Sein eigenes Schicksal zu verstehen und zu versuchen, sich mit ihm zu arrangieren. Das ist alles, was zählt. Das wahre Leben ist kein Schachbrett, auf dem wir Figuren beliebig hin und her schieben können. Wenn überhaupt, dann gleicht es einem Würfelspiel. Einem solchen allerdings, bei dem die Würfel schon vor langer Zeit gefallen sind. Viel früher als wir glauben. Und ohne dass wir je Einfluss auf das Ergebnis hätten nehmen können.«

Philipp zuckte mit den Schultern. Schachspiel, Würfelspiel … was machte das schon? Klang beides nicht reichlich albern? Die Vorstellung vom Leben als Spielzeug fremder Mächte war ihm nicht geheuer. Tatsächlich verspürte er sogar einen heftigen Widerwillen gegen die Ansichten von Dr. Arnold, die ihm mit einem Mal wie selbstgefällige Dogmen vorkamen. Und plötzlich erschien es ihm grotesk, hier zu stehen und tiefschürfende Betrachtungen über den Sinn des Lebens anzustellen, während nebenan die Oberflächlichkeit einer ganzen Kleinstadt versammelt war.

Mit einer Geste des Aufbruchs meinte er: »Wie wäre es jetzt mit einem Gläschen im Salon?«

Dr. Arnold zögerte, ob er den einmal gesponnenen Faden erneut aufnehmen sollte. Doch er beließ es dabei.

Gemächlich schlenderten sie nach vorne. Als sie beinahe das Foyer erreicht hatten, blickte sich Philipp, wie aus einem Reflex heraus, noch einmal um. Und im selben Moment wusste er, warum. Im hinteren Teil des Flures, schien es, hatte sich etwas geregt. Dort, wo der Gang einen Knick machte, so dass man seinen weiteren Verlauf nicht einsehen konnte. Er bat Dr. Arnold, schon vorauszugehen, dann schlich er so leise wie möglich zurück. Sein Herz schlug hart, doch als er sich vorsichtig um die Ecke schob, war dort keine Menschenseele zu sehen. Behutsam öffnete er die Tür zum Badezimmer – auch hier fand sich kein Hinweis auf etwas Ungewöhnliches.

Sonderbar, dachte Philipp. War es nur Einbildung? Trotzdem hätte er schwören können, dass irgendetwas nicht stimmte.

Nachdenklich machte er kehrt, abermals das unheimliche Gemälde passierend, dem er einen letzten, trotzigen Blick schenkte. In diesem Moment kehrte das Flimmern zurück. Alles um ihn herum begann sich zu bewegen, als würde er durch einen wabernden Tunnel aus Gummi laufen. Der Boden unter seinen Füßen schien sich in schwindelerregendem Tempo aufzulösen und ihn in ein tiefes Loch aus Nichts zu werfen.

Dann wurde es nachtschwarz ...

Als er die Augen aufschlug, sah er in Tanjas Gesicht, auf dem sich Besorgnis und Verärgerung um die Vorherrschaft stritten. Auch Dr. Arnold und zwei, drei weitere Personen standen um das Bett herum, auf dem Philipp der Länge nach lag.

»Er kommt zu sich!«

»Wahrscheinlich eine Kreislaufschwäche, weiter nichts –«

Man hatte ihn in eines der Gästezimmer gelegt. Tanjas Stimme drang zu ihm wie ein herannahender Zug: »Wie oft soll ich dir noch sagen, dass du nicht so viel trinken sollst! Kannst du aufstehen? Ich habe den Wagen vorgefahren.«

Philipp nickte langsam. Sein Schädel trommelte wie ein Presslufthammer, aber sonst hatte er keine Beschwerden. »Mit mir ist alles in Ordnung«, nuschelte er im Aufstehen; und zu den Anwesenden: »Bitte verzeihen Sie den kleinen Aussetzer.«

Verständnisvolles Murmeln schwappte zu ihm herüber. Dann zog ihn Tanja mit Bestimmtheit hinter sich her. Noch bevor er weiter protestieren konnte, standen sie draußen auf der Straße, wo jetzt der Cayenne parkte.

Tanja schob ihn unwirsch auf den Beifahrersitz und sich selbst hinter das Steuer. Philipp wusste, dass sie innerlich kochte. Ihre Geduld hing an einem seidenen Faden, den der leiseste Windhauch hätte zertrennen können.

Stumm fuhren sie los.

4.

Der Sonntag entpuppte sich als ein ausgesprochen freundlicher Sommertag. Philipp hatte bis Mittag geschlafen. Ungeachtet des gestrigen Zusammenbruchs fühlte er sich ausgezeichnet. (Eine beunruhigende Erfahrung, die er in letzter Zeit häufiger gemacht hatte.) Sein Appetit hielt sich jedoch in Grenzen. Da Tanja den Tag über für Aufräumarbeiten im Platanenweg weilte, begnügte er sich mit etwas Obst und Kaffee, den er wie gewohnt auf seiner Terrasse einnahm.

Der Himmel war wolkenlos, die Luft klar und warm. Er verbrachte fast zwei Stunden im Freien, blätterte lustlos in einem Buch über Lizenzverträge und saß die restliche Zeit vor sich hin dösend in der Sonne.

Als sich das Nichtstun irgendwann in einem rastlosen Kribbeln niederschlug, das zunächst die Füße, dann seine Waden und schließlich die ganzen Beine befiel, beschloss er, lange gehegte Absichten in die Tat umzusetzen. Ohne Hast ging er zum Kleiderschrank, um sich nach kurzer Überlegung für die rote Sporthose zu entscheiden. Er zog seine Joggingschuhe an und machte sich, langsam trabend, auf den Weg in den nahe gelegenen Wald.

Bereits nach wenigen Minuten merkte er, wie schlecht es um seine Kondition bestellt war. Trotzdem nahm er sich vor, eine Dreiviertelstunde durchzuhalten. Wie sollte er sonst jemals in Form kommen?

Die Straße stieg stetig an; schon bald hatte sie die letzte Besiedlung hinter sich gelassen und tauchte nun hinter einer scharfen Kurve unvermittelt in den dichten Wald ein, der sich hier wie ein gähnendes Maul auftat, als wollte er jeden, der sich weiter vor wagte, kurzerhand verschlucken. Nach einigen weiteren Kurven lichteten sich die Bäume wieder, um einer Fläche aus Schotter und Gras Platz zu machen, die seit jeher als Parkgelegenheit diente. Heute war dort nur ein alter Kombi abgestellt – vermutlich ein Hundebesitzer.

Einsam am Rand der Rodung, und von dieser durch einen niedrigen Zaun aus verwitterten Holzplanken getrennt, stand ein schmaler Fachwerkbau. – Die ehemalige Försterei, entsann sich Philipp, die noch aus einer Zeit stammte, in der die Stadt ihren Wald mit eigenem Personal bewirtschaften konnte. Das hochgefaltete Dach und die kleinen, quadratischen Fenster, die wie misstrauische Augen zwischen dem Gebälk hervorlugten, hatten ihn als Kind an ein Hexenhaus erinnert. Der erbärmliche Zustand, in dem sich das Gebäude heute befand, ließ den Zauber alter Tage jedoch nicht einmal mehr erahnen.

Unmerklich verlangsamte Philipp das Tempo. Früher hatte hier ein altes Försterpaar gewohnt, zusammen mit ihrem wunderlichen Sohn, an den er sich dunkel erinnern konnte. Der Junge hatte irgendeine Behinderung gehabt und die meiste Zeit damit verbracht, hinter dem Zaun zu stehen und Vorbeikommende anzustarren. Soweit Philipp wusste, waren die Alten vor ein paar Jahren fortgezogen (waren sie gestorben?) und hatten das Haus ihrem Sprössling überlassen.

Gerade als sich Philipp abwenden wollte, bemerkte er das Gesicht an einem der unteren Fenster. Stumpf und ausdruckslos. Hinter der reflektierenden Scheibe wirkte es wie ein gespenstisches Zeichen aus einer anderen Welt. – Der Junge von damals, dachte Philipp. Wenn er richtig rechnete, musste er heute auf die fünfzig zugehen. Mit einem Anflug von Verlegenheit senkte er seinen Blick. Manche Menschen waren dazu geboren, ihre Zeitgenossen zum Fürchten zu bringen. Er wusste nicht recht, ob ihn diese Erkenntnis heiter oder betrüblich stimmen sollte.

Philipp versuchte sich wieder aufs Laufen zu konzentrieren. Der Parkplatz, den er jetzt beinahe überquert hatte, bildete zugleich das Ende der asphaltierten Straße. Dahinter führte ein unbefestigter Weg weiter in den Wald hinein.

Ein paar hundert Meter ging es bergauf, dann hatte man ein Höhenplateau erreicht, auf dem sich der Wald viele Kilometer nach Nordosten über den Bergkamm zog. Später, in den Abendstunden, würde er von dort aus seine dunklen Schatten in das unter ihm fließende Tal werfen.

Philipp folgte dem Pfad, der zwischenzeitlich in eine schier endlose Gerade übergegangen war. Obwohl Sonntag, schien der Wald menschenleer zu sein. Die hohen Wipfel der Bäume, die sich einem Kreuzgang gleich von beiden Seiten über den Weg legten, verströmten eine Atmosphäre, die an die Erhabenheit eines uralten Tempels erinnerte. Je weiter Philipp kam, desto mehr empfand er sich als störender Eindringling. Einer, der unbeholfen durch eine Welt stolperte, der er lange schon nicht mehr würdig war. Die schleppenden

Schritte, die auf dem weichen Boden wie dumpfe Stöße klangen, das unrhythmische Keuchen – seine bloße Gegenwart vermittelte ihm ein Gefühl der Unzulänglichkeit, das seinen ganzen Körper mit Scham begoss.

Unwillkürlich spannte er seine Rückenmuskeln an. Die Beine trugen ihn nun immer schneller voran, als wollten sie vor ihm selbst davonrennen, und noch ehe er zu der Gabelung gelangte, wo sich der Weg in zwei Richtungen teilte, hatte er den kurzen Moment des Unbehagens hinter sich gelassen.

Philipp hielt sich links. Inzwischen rann ihm der Schweiß aus allen Poren. Sein Mund war ausgetrocknet, ein leiser Schwindel begann in seinem Kopf zu keimen. Zehn qualvolle Minuten später hatte er den alten Festplatz erreicht. Dieser lag auf einer langgezogenen Lichtung und machte den Eindruck, als hätte ihn jahrelang niemand mehr betreten. Am Rand des Platzes standen ein paar baufällige Holzpavillons und einige schwere Tischbänke, deren Oberflächen durch Wind und Wetter gezeichnet waren.

Philipp drosselte sein Tempo, kam schließlich vollends zum Stehen. Es dauerte einige Minuten, bis sich sein Puls normalisiert hatte. Langsam ging er zu einer der Bänke, um ein paar unentschlossene Dehnübungen zu machen. Dann setzte er sich und lauschte. Die Stille um ihn herum war beinahe greifbar. Ab und zu malte der Wind ein zartes Bild in die Blätter, oben in den Baumkronen knarrten Äste. Philipp atmete tief ein und schloss die Augen. Die Geräusche, die Gerüche, sie waren wie ein Schlüssel, der eine Tür in ihm aufschloss. Eine Tür in seine früheste Kindheit – in eine Zeit, die Jahrzehnte zurücklag.

Damals, entsann er sich, war hier wochenends gefeiert worden. Man hatte gegrillt, gepicknickt. Die Eltern saßen lachend mit anderen vor den Hütten, die Kinder durften, solange sie wollten, im Wald herumtollen. Es waren heitere Tage gewesen. Fröhlich und friedlich ... Die Ausflüge zur Festwiese gehörten zu den wenigen Ereignissen mit seinen Eltern, an die sich Philipp bildhaft erinnern konnte. Später war er manchmal mit seinem Großvater hergekommen. Zum Frühschoppen oder zum sonntäglichen Forellengrillen. An diesem Ort war der alte Mann ausgelassener gewesen als zu Hause, das war selbst dem Kind aufgefallen. Hier, schien es, hatte er vergessen können. Und jene Ausgelassenheit war auf den Jungen übergesprungen, hatte für einen Moment den Schleier der Schwermut gehoben, eine Brücke gebaut über den Verlust, der zwischen ihnen lag.

Er öffnete die Augen und ließ seinen Blick über den Platz wandern. Alles wirkte verwittert und verweist. Doch die Bilder, die in ihm waren, warfen ein versunkenes Licht aus, das sich in jedem Grashalm, in jedem Kiesel brach und alles um ihn herum in warme Farben tauchte, als ob das längst Vergangene gerade erst gewesen wäre. – Eigenartig. Ganz unvermittelt war er auf eine Spur gestoßen, die zu einem vergessenen Glück zu führen schien. Zu einer Erfahrung, die er nur noch ahnen konnte, die ihn aber immerfort begleitet hatte ...

Mit einem Mal hatte Philipp das Bedürfnis, der geheimnisvollen Spur zu folgen. Er stand auf und ging zum Rand des Platzes, als hätte er eine magische Witterung aufgenommen. Behutsam tastete er sich auf dem moosbewachsenen Boden voran. Der feine Geruch von

Harz stieg ihm in die Nase, hin und wieder streichelten weiche Farne über seine Beine. Immer tiefer drang er in das Waldstück ein, bis man endlich nur noch die roten Streifen seiner Hose durch die Bäume schimmern sah.

Nach kurzer Zeit gelangte er zu einer kleinen Blöße, die wie ein heimliches Versteck wirkte. Seitlich stand eine morsche Bank, einsam und zugleich verlockend, als wollte sie den seltenen Gast zum Verweilen einladen.

Als Philipp das Spiel sah, ergriff ihn ein Gefühl, das sein Herz berührte. Die Erinnerungen schienen beinahe körperlich zugegen, so lebendig waren sie. An dieser Stelle, vor unendlich langer Zeit, hatte ihn der Großvater das Schachspielen gelehrt. Eines Tages, an einem heißen Nachmittag, war er mit dem Knaben hergekommen, um ihm ein Fenster zur Welt der Erwachsenen zu öffnen. (Damals musste das Spiel nagelneu gewesen sein, Philipp erinnerte sich, wie beeindruckt er von den schönen Figuren gewesen war.) Mit unerschöpflicher Geduld hatte der Alte dem Jungen die Bedeutung der Steine erklärt, und der Eifer des Lehrers war dabei fast so groß gewesen wie der seines Schülers.

Ein mildes Lächeln umspielte Philipps Mund. Obwohl all dies lange zurücklag, war ihm, als ob es gerade in diesem Moment geschehen würde. Als ob ihn der alte Mann soeben aufgefordert hätte, den nächsten Zug zu tun.

Langsam näherte er sich der gekästelten Fläche, die ein Quadrat aus schiefen Steinplatten bildete. Im angrenzenden Gras lagen leere Bierdosen, daneben einigen Figuren, die aus dem Spiel geschieden waren. Irgendwer hatte eine unfertige Partie hinterlassen ...

Mit wachsendem Interesse betrachtete Philipp die Aufstellung. Er konnte sich nicht entsinnen, wann er das letzte Mal gespielt hatte, und doch erkannte er auf den ersten Blick, dass Schwarz im Vorteil war. Mit Ausnahme eines Bauern und eines Springers waren hier noch alle Figuren vorhanden. Die Formation machte einen geordneteren Eindruck – offenbar der bessere Spieler, vermutete Philipp.

Die weiße Seite besaß ebenfalls nur noch einen Springer, der sich zwischen dem König und der leicht vorgerückten Dame in zentraler Position aufgestellt hatte. Allerdings fehlte hier bereits der zweite Läufer, und auch das Heer der Bauern war um drei Figuren reduziert. Deren fünf verbliebene Kameraden standen seltsam planlos in der Gegend herum.

Philipps Blick verweilte unschlüssig auf dem Bild, das sich ihm bot. Etwas in seinem Innern ließ ihn zögern. Eine Art unsichtbare Befangenheit, eine Mahnung, dass er das fremde Spiel nicht stören sollte ... – Doch das war blanker Unsinn! Wen hätte er hier schon stören können!

Schließlich gab er sich einen Ruck, hob kurzerhand einen der weißen Flügelbauern an, nahm Schwung und katapultierte den schräg gegenüber stehenden Bauern mit einem kräftigen Stoß vom Spielfeld. Stumpf polternd kullerte er ins Gras, um dort wie ein achtlos hingeworfenes Stück Unrat liegen zu bleiben. Der Anblick des geschlagenen Gegners fegte Philipps letzte Hemmungen fort.

Der wäre erledigt, dachte er schmunzelnd. – Opa wäre stolz gewesen!

Dann bahnte er sich den Weg zurück zum Waldfestplatz und joggte, bestens gelaunt, nach Hause.

Zweiter Teil
– Aufbau –

5.

Walter Dreyfus streifte unruhig durch seine Wohnung, beide Daumen in die Hosentaschen gehakt. Weil er dabei das Körpergewicht unmerklich auf das linke Bein verlagerte, schien es beinahe, als würde er Mühe haben, die Balance zu halten. In Wahrheit hatte er sich gestern bei seinem Wettkampf eine Zerrung zugezogen. Nichts Ernstes, aber genug, um ihm heute Morgen ein leichtes Ziehen in der rechten Wade zu bescheren.

Walter hatte sich diesen Montag freigenommen. Bis zu seinem Ausscheiden beim Wasserverband war noch jede Menge Resturlaub abzubauen, und augenblicklich gab es dort ohnehin keine nennenswerten Anliegen, für die man ihn benötigte. Außerdem waren wichtige Dinge zu klären, für die er sich ausreichend Zeit nehmen wollte.

Zum wiederholten Mal blieb sein Blick am Telefon hängen. Gleich würde er Philipp anrufen, würde einfordern, was dieser ihm lange genug schuldig geblieben war: Ein einfaches Ja oder Nein – war das zu viel verlangt?

Walter kratzte sich nervös am Ohr. Philipps abermaliges Ausweichen ärgerte ihn, und der Ärger hatte sich in den letzten Tagen noch gesteigert. Es war eine Art von Ärger, die sich aus Enttäuschung und Unverständnis speiste – ja, die ihn auf spürbare Weise verletzte, weil sie all das, was er bislang unter ihre Freundschaft gefasst hatte, infrage stellte. Begriff Philipp überhaupt, um was es ihm ging? Waren die Pläne, die sie geschmiedet hatten, bloßer Zeitvertreib gewesen?

Walter war ans Fenster getreten. Er war überzeugt, dass der Wunsch nach Veränderung in Philipp ebenso brannte wie in ihm selbst. Sein Freund gehörte nun einmal nicht zu denen, die fehlenden Mut in Demut verwandeln konnten, um dann so zu tun, als hätten sie ihr Glück gefunden.

Kein Zweifel, Philipp wollte den Wechsel. Er musste ihn wollen, weil er wusste, dass ihn der jetzige Zustand auf Dauer zermürben würde. Und dennoch schien er auf beinahe tragische Weise unfähig zu sein, die Konsequenzen zu ziehen. Er kam ihm wie ein Vogel vor, der in einem Käfig mit weit geöffneten Türen saß und diesen doch nur verließ, um sich für einen flüchtigen Moment der Illusion von Freiheit hinzugeben. Einer Freiheit, die mittlerweile zum Klischee verkommen war ...

Walter ballte die Faust, als wolle er sie gleich jemandem in den Bauch rammen. Was hatte Philipp bloß so verändert? Was hatte ihn derart ins Schwanken gebracht? Walter brauchte nicht lange nach einer Antwort zu suchen. Er hatte Philipps Beziehung zu Tanja Harth schon immer mit Misstrauen betrachtet. Nun aber war er sicher, dass Tanjas Einfluss die maßgebliche Ursache für Philipps Verhalten war. Ein verwöhntes Einzelkind – das war sie! Eine, die ihren Hang zum Überfluss auf Kosten anderer zu verwirklichen verstand. Und Philipp war der Dumme, der hierfür aufkommen musste und darüber seine eigenen Bedürfnisse aus den Augen verlor.

Walter kannte die Geschichte in allen Einzelheiten. Nach Tanjas Einzug bei Philipp hatte der alte Harth den

Geldhahn ohne Rücksicht zugedreht. Eine Trotzreaktion, ebenso irrational wie unumstößlich. Tanja hatte sich darüber aufgeregt, ihren Vater aber nie ernsthaft mit ihrem Groll zu konfrontieren gewagt. Stattdessen hatte sie Philipp als natürlichen Ersatz auserwählt, war ihren Gewohnheiten treu geblieben und hatte ihm dabei auf subtile Weise signalisiert, für diesen Zustand auch noch selbst verantwortlich zu sein. Und Philipp hatte sich ohne Widerstand in seine Rolle gefügt – wie eine Figur auf dem Spielbrett, die man verrückt, um verlorenen Boden zu vergelten.

Walter ließ sich mit einem hörbaren Seufzer aufs Sofa fallen. Wie oft hatte er seine Meinung schon kundgetan. Dabei war er sich sicher, dass Philipp die Dinge ganz ähnlich sah. Doch irgendetwas lockte ihn immer wieder in sein Gefängnis zurück.

Aber wenn es sein Freund nun einmal nicht fertigbrachte, sich zu entscheiden, würde er eben auf Plan B zurückgreifen. Und der hatte bereits einen Namen, hieß Max Winkler und betrieb in der Nähe von Bad Grünau eine Anwaltskanzlei mit lokaler Reputation. Walter kannte Winkler seit Jahren, wenn auch eher flüchtig. Der Gedanke an eine mögliche Zusammenarbeit war ganz beiläufig entstanden – auf der Geburtstagsfeier eines Bekannten, als sie über ihre Zukunftspläne geplaudert hatten.

Walter legte nachdenklich die Stirn in Falten. *Winkler, Dreyfus und Partner* – das ließ sich hören (die ›Partner‹ wären natürlich eine Frage der Zeit). Winkler schien ein umgänglicher Typ zu sein. Kaum vorstellbar, dass es Schwierigkeiten mit ihm geben könnte. Aber war es das, was Walter wollte? Wäre dieser Schritt nicht Verrat an einer Idee, die in jahrelanger Verbundenheit gereift war? Verrat an einer Freundschaft, die ihm mehr bedeutete als ein beruflicher Neuanfang –

Mit einem heftigen Ruck sprang er auf, ohne an seine Verletzung zu denken. Der Schmerz schoss in sein Bein wie eine feine Nadel. Es war zum Aus-der-Haut-Fahren! Nun fühlte er sich schon als Verräter, obwohl nicht *er*, sondern allein Philipp ihren Plänen untreu geworden war! Philipp war in die Übersichtlichkeit des Jetzt geflüchtet. Am liebsten hätte er ihn gepackt, aus seiner Komfortzone gezerrt und an das Brett geschleudert, das er vor sich her trug wie ein Stück verkrustete Selbstgefälligkeit.

Walter spürte, dass er im Begriff war, die Fassung zu verlieren. Doch halt – vielleicht war seine Wut allzu voreilig, vielleicht gab es ja doch noch eine Möglichkeit, Philipp von der Richtigkeit ihres gemeinsamen Projekts zu überzeugen. Ihn zurück zu holen auf den Weg, den sie beide eingeschlagen hatten und von dem er bis heute geglaubt hatte, dass es kein Zurück mehr geben könnte.

Und noch während sich ein vager Gedanke in seinem Kopf formte, griff er zum Telefon ...

Als Philipp den Hörer auflegte, standen ihm Schweißperlen auf der Stirn. Er hatte für vieles Verständnis, aber nun war Walter zu weit gegangen. Hatte er sich verhört oder war das tatsächlich ein Ultimatum? Und was, um alles in der Welt, hatte *Max Winkler* plötzlich mit der Sache zu tun? Winkler war ein Trottel, ein

Stümper! Wie konnte Walter bloß auf die Idee kommen, seine berufliche Zukunft auf diese Weise dem Ausverkauf preiszugeben?

Ein paar Minuten lang starrte er wie versteinert auf die weiße Wand, die sich vor ihm als Spiegel eines entmutigenden Nichts auftat. Philipp hatte sein Zimmer in der Kanzlei bewusst unpersönlich gehalten, um so wenig Privatleben wie möglich ins Büro zu verlagern. Doch in diesem Moment war ihm der Raum zu einer Zelle zusammengeschrumpft. Zu einem Zwinger, der ihn umschloss und nicht loslassen wollte. Es dauerte eine Weile, bis er sich wieder einigermaßen auf seine Arbeit konzentrieren konnte.

Gegen halb eins ging er auf die Straße hinunter. Die City war, wie immer um diese Zeit, ein einziges Gewimmel aus krawattenbehangenen Klonen. Die Sonne brannte heiß auf den Asphalt und ließ das Blech der vorbeikriechenden Fahrzeuge als ein Meer aus bunten Farben erglühen. Aber die Gesichter um ihn herum kamen Philipp alle wie graue Masken vor. Leblos und unzugänglich. Zeichen einer Welt, die ihm in weite Ferne gerückt war, und deren Schwerkraft ihn doch band wie einen Satelliten, der willenlos in seiner Umlaufbahn kreiste.

Er machte ein paar Besorgungen, aß eine Kleinigkeit und kehrte gegen zwei Uhr zurück, um sich während der nächsten Stunden in die Überarbeitung eines komplizierten Liefervertrags zu vertiefen. Obwohl er das Gefühl hatte, dauernd auf der Stelle zu treten, stimmte ihn das Ergebnis halbwegs zufrieden, und so erlaubte er sich, das Büro an diesem Abend früher als gewohnt zu verlassen.

Er war unruhig. Eine flimmernde Anspannung nagte an ihm, als hätte sich ein Haken in seinem Magen verbissen. Philipp spürte, dass er an einem Scheideweg stand. Dass die Wahl, vor die man ihn stellte, wichtiger war als im ersten Moment angenommen. Walter hatte den Ball, den sie sich jahrelang zugekickt hatten, ergriffen und in seine Richtung geworfen. Jetzt musste er ihn fangen oder an sich vorbeifliegen sehen.

Zu Hause angekommen, zog er sich um und goss sich ein Glas Orangensaft ein, den er mit einem Schuss Skyy aus dem Eisfach versetzte. Tanja gab beiläufig ihrer Verwunderung über die zeitige Rückkehr Ausdruck. Sie hatte sich die Haare gewaschen und lag, gebannt in irgendeine TV-Serie vertieft, auf dem Sofa. Einen Augenblick lang erwog Philipp, ihr den Grund für seine Unruhe zu gestehen, ließ es dann aber bleiben, weil er wusste, dass sie die Planspiele von Walter und ihm gründlich missbilligte. Für sie war die Idee einer Kanzleigründung in der Provinz ein Zeichen mangelnden Ehrgeizes – eine Verschwendung von Kompetenzen. Sie verstand nicht, dass beruflicher Erfolg mehr bedeutete als Geld und eine glänzende Visitenkarte. Sie begriff nicht, worauf es ihm ankam. – Aber war er sich dessen überhaupt selbst bewusst? Musste es nicht reichlich schwer fallen, einen anderen zu überzeugen, wenn man selber nicht überzeugt war?

»Ich wollte vielleicht noch eine Runde mit dem Rad drehen. Deshalb bin ich früher gegangen.« Die Erklärung war ihm spontan gekommen, eher Vorwand als Vorsatz. Doch mit einem Mal fand er Gefallen an ihr.

Und schließlich war es noch keineswegs zu spät für einen kleinen Ausflug. Tanja nuschelte etwas, das er als Zustimmung deutete.

Zehn Minuten später saß Philipp auf seinem Mountainbike. Die Schwüle des Tages hatte sich in den letzten Stunden weiter verdichtet und lag nun wie ein dicker Schleier über dem Abend. Der Himmel begann sich von Osten her langsam mit Wolken zuzuziehen.

Philipp schlug denselben Weg ein, auf dem er gestern gejoggt war. Mit dem Fahrrad kam ihm die Strecke nicht annähernd so mühsam vor. Er genoss den kühlen Atem des Waldes. Die Ruhe und die Selbstverständlichkeit, mit denen sich hier alles ineinanderzufügen schien, bildeten einen wohltuenden Kontrast zu seiner augenblicklichen Verfassung.

Kraftvoll legte er sich ins Pedal, und mit jedem Tritt spürte er, wie sich seine Anspannung ein Stück löste. Diesmal zweigte er an der Wegscheide nach rechts ab. Der Pfad machte von hier aus einen langen Bogen, führte am alten Steinbruch vorbei, passierte den Mobilfunkmast und stieß schließlich wieder auf den breiten Hauptweg, der sich wie eine weitläufige Schleife durch den Wald zog.

Nach einer knappen halben Stunde hatte er den alten Festplatz erreicht. Philipp wusste nicht genau, was ihn dazu bewog, als er unweigerlich abbremste. Vielleicht waren es die Bilder des Vortags, die ihren unsichtbaren Zauber aufs Neue ausüben wollten? Doch heute kam ihm der Ort weit weniger faszinierend vor. In der einsetzenden Abenddämmerung wirkte er einsam und trist, das brüchige Holzinventar matt und kraftlos. Die merkwürdige Stille jedoch, die er gestern schon bemerkt hatte, war erneut auf sonderbare Weise spürbar. Wie eine Haube lag sie über der Lichtung.

Eine Minute lang verharrte Philipp reglos in der Mitte des Platzes, den linken Fuß als Stütze auf dem Boden, den rechten auf dem Pedal, bereit jederzeit mit einem festen Tritt weiterzufahren. Doch irgendetwas ließ ihn zögern.

Endlich stieg er ab, schob das Fahrrad zu einer der Bänke und machte sich vorsichtig in Richtung des kleinen Baumschlags auf, der das Schachspiel beherbergte. Dort angelangt, spürte Philipp gleich, dass etwas nicht stimmte. Dass etwas nicht so war, wie es sein sollte – wie es sein *musste*. Das Gefühl war nicht greifbar und dennoch zugegen wie der Geruch des Fremden, der in vertrauter Umgebung sofort hervorzustechen pflegt.

Argwöhnisch umkreiste er das Feld – und dann sah er, was ihn irritiert hatte: Die Stellung war verändert. Einer der weißen Türme lag jetzt bei den geschlagenen Figuren im Gras, missfällig und vorwurfsvoll. Philipp starrte ihn fassungslos an. Wer, zum Teufel, hatte sich an dem Spiel zu schaffen gemacht?

Philipp versuchte, seine Überraschung auszublenden und sich auf die vor ihm liegende Szene zu konzentrieren. Schnell musste er erkennen, dass sein gestriger Zug unbedacht gewesen war. Das Vorpreschen des Bauern hatte eine Lücke in die Deckung gerissen und so den Damenturm schutzlos dem schwarzen Königsläufer ausgeliefert. Eine Einladung für jeden, der nur halbwegs mit den Regeln vertraut war!

Obwohl es albern anmutete, ärgerte ihn diese Gedankenlosigkeit. Wer auch immer hier gewesen war – er konnte Philipp nicht als ernstzunehmenden Gegner betrachten. Und hierfür schämte er sich wie ein Schuljunge, den man bei einer peinlichen Dummheit ertappt hatte.

Lange studierte er das Spielfeld. Philipp hatte sich entschlossen, auf die Herausforderung einzugehen, doch er war verunsichert, setzte mehrfach an, um dann doch wieder abzulassen. Ein solcher Fehler sollte ihm nicht noch einmal passieren!

Endlich entschied er sich. Er zog seine Dame zurück an die Seite des Königs, um von dort aus den herannahenden schwarzen Springer zu bedrohen. Ein ausgesprochen geschicktes Manöver, fand Philipp. Angriff und Verteidigung zugleich – diesmal würde er sich keine Unbesonnenheit vorwerfen müssen.

Als er schließlich zur Festwiese zurückkehrte, spürte er eine tiefe Nachdenklichkeit in sich pochen. Und die Beklommenheit, die ihn berührte, schien auf einmal auch die Umgebung ergriffen zu haben. Fahle Düsternis begann den ganzen Platz zu umhüllen und verwandelte die friedliche Abgeschiedenheit in graue Trostlosigkeit. Der schrille Schrei des Kauzes, der in diesem Moment aus dem Innern des Waldes drang, machte Philipp jäh bewusst, dass die Stille alles andere als verlassen war. Im Gegenteil – mit einem Mal war sie erfüllt von unzähligen Tönen und Lauten. Geräusche der Finsternis, dachte er, die langsam aus der Versenkung hervorgekrochen kamen.

Philipp sprang auf sein Fahrrad. Er wollte so schnell wie möglich fort von hier. Irgendetwas lag in der Luft. Etwas Lauerndes. Etwas, das er noch nicht begriffen

hatte – und das doch längst schon dabei war, ihn selbst
zu ergreifen.

In dieser Nacht schlief Philipp schlecht. Ein heftiges
Gewitter wütete über Bad Grünau und riss ihn immer
wieder aus wirren Träumen. Mehrfach stand er auf,
um seinen Durst zu löschen oder sich im halbwachen
Zustand die Beine zu vertreten. Am Morgen war ihm,
als hätte er kein Auge zugetan.

Tanja schien von alledem nicht das Geringste mitbekommen zu haben. Seit sie allabendlich ihre Johanniskrautkapseln schluckte, konnte sie so schnell nichts
aus der Ruhe bringen, und Philipp nahm sich zum wiederholten Mal vor, dieses bemerkenswerte Wunder-
mittel endlich einmal selbst auszuprobieren.

Nach dem Frühstück machte er sich auf den Weg in
die Stadt. Er war spät dran, aber wenn es der Verkehr
erlaubte, würde er gegen halb zehn im Büro sein. Immer noch rechtzeitig, um nicht die bösen Blicke der
Kollegen auf sich zu ziehen. Jener emsigen Bienen, die
alle in Firmennähe logierten, um zu jeder Tages- und
Nachtzeit einschwärmen zu können, und die natürlich
absolut kein Verständnis für Philipps Wohnpräferenz
aufbrachten.

Er hatte soeben die ersten Ausläufer des Stadtzent-
rums erreicht, als sein Handy anschlug. Sofort wusste
er, dass etwas geschehen war. Woher diese Erkenntnis
kam, war ihm schleierhaft. Sie existierte einfach. Instinktiv, unmissverständlich, ohne den geringsten
Raum für Zweifel.

Mechanisch nahm er den Anruf entgegen. Es war Tanja. Sie wirkte vollkommen aufgelöst, geradezu hysterisch. Philipp bemühte sich, die abgerissenen Wortfetzen zu einem Sinn zusammenzufügen. Als er endlich begriff, verschlug es ihm die Sprache. Es war einer dieser Momente, die wie ein Ausrufezeichen in der Luft hingen.

Kaum hatte sich Philipp wieder gefangen, startete er ein waghalsiges Wendemanöver, er musste auf schnellstem Weg zurück nach Bad Grünau. Gleichzeitig begann er, laut und bestimmt auf Tanja einzureden, gab ihr Anweisungen und versuchte sie zu beruhigen. Er spürte, wie ihm die Kontrolle über die Situation zu entgleiten drohte; dass er kurz davor stand, das Gefühl für die Wirklichkeit zu verlieren.

Die vergangene Nacht hatte ein Unheil geboren, das seine beschauliche Welt ins Wanken bringen sollte. Noch begriff er nicht, was ihn erwartete. Aber ihm war klar, dass es alles auf den Kopf stellen würde, was er bislang erlebt hatte.

6.

Er erreichte das Haus im Platanenweg um genau zehn Minuten vor zehn. Philipp parkte auf der gegenüberliegenden Straßenseite und sprang eilig aus dem Auto. Während der Fahrt hatte sich der Nebel in seinem Kopf einigermaßen gelichtet.

Vor der Villa des alten Harth standen zwei Polizeifahrzeuge, außerdem ein Krankenwagen mit laufendem Motor. Keine Menschenseele war zu sehen. Mit wenigen Sätzen war Philipp zum Haus gelaufen.

Auch die große Halle, die er nun durch das offen stehende Eingangsportal betrat, war verlassen und wirkte keineswegs so, als wäre etwas Ungewöhnliches geschehen. Für einen kurzen Moment stand Philipp unentschlossen herum, dann drangen Stimmen aus einem höheren Stockwerk zu ihm.

Hastig rannte er die breite Treppe hinauf, drei Stufen auf einmal nehmend, um das Adrenalin abzubauen, das sich in seinen Adern gesammelt hatte. Die obere Etage wurde durch einen Korridor in zwei Hälften geteilt. Von früheren Besuchen wusste er, dass sich hier das Schlafzimmer, das Büro und die Bibliothek befanden.

Ungeduldig lief er den Gang entlang, immer den Stimmen entgegen, die nun Schritt für Schritt näher zu kommen schienen. Auf Höhe des Schlafzimmers hielt er inne. Der Teppich war an mehreren Stellen auffallend verfärbt. Dunkle Flecken, die wie Schatten auf dem dicken Flor lagen. Philipp musste nicht nachdenken, worum es sich handelte. Die unheilvollen Spuren führten bis zum Ende des Flures, wo sich eine weitere Tür befand. An dem zersplitterten Holzrahmen konnte man erkennen, dass sie aufgebrochen worden war.

Ohne Umschweife ging Philipp hindurch und stand jetzt in einer winzigen Kammer, von der sich eine steile Wendeltreppe durch eine Öffnung in der Decke nach oben aufschwang. Philipp wurde schlagartig bewusst, dass dies der geheime Zugang zum Turm sein musste. Jener merkwürdige Bereich seines Anwesens, den der alte Harth stets vor den Augen Dritter verborgen gehalten hatte.

Mit klopfendem Herz stieg er hinauf. Die Treppe führte in einen kreisrunden, fensterlosen Raum mit sehr hohen Wänden, der von einer unsichtbaren, rötlich schimmernden Lichtquelle beleuchtet wurde. Die Luft hier oben war abgestanden, ein seltsam süßlicher Duft drang ihm in die Nase.

Als er am Ende des Aufgangs stand, waren es zwei Bilder, die ihm ins Auge stachen: Zum einen die kleine Menschenansammlung, die sich halbkreisförmig, ihm den Rücken zugewandt, in der Mitte des Raums positioniert hatte. Zum anderen die vielen bizarren Utensilien – Riemen, Knebel, Stöcke, Handschellen, Stiefel aus Lack und Leder –, die akkurat aufgereiht an der Wand hingen. Später war er sich nicht mehr sicher, welche Details ihm in diesem Moment aufgefallen waren, aber ihm dürfte bereits hier klar geworden sein, dass es im Privatleben des alten Herrn Facetten gegeben haben musste, von denen sich sein Umfeld nicht die geringste Vorstellung gemacht hatte.

Mit wachsender Irritation näherte er sich der kleinen Gruppe, die sich aus drei uniformierten Polizisten und zwei Sanitätern zusammensetzte. Letztere knieten nieder, schienen aber den Einsatz bereits aufgegeben zu haben. Als ihnen Philipp über die Schultern blickte, gefror ihm das Blut in den Adern.

Der hagere Körper von Siegfried Harth lag der Länge nach am Boden, die dürren Arme ausgestreckt über dem Kopf, als hätte man ihn hierher geschleift. Der hellgraue Pyjama war im Brust- und Bauchbereich mit Blut vollgesogen und wies Löcher auf, die zweifellos von Messerstichen herrührten. Am meisten aber verstörten Philipp die weit aufgerissenen Augen: Rotgeränderte Bälle, in denen sich abgrundtiefe Panik spiegelte. – Dieselben Augen, schoss es Philipp durch den Kopf, die ihm vor Kurzem noch Hass und Verachtung entgegengeschleudert hatten. Nun umschlossen sie die hilflose Todesangst eines alten Mannes, dem etwas widerfahren sein musste, dessen Abscheulichkeit kaum in Worte zu fassen war.

Einer der Polizisten bemerkte ihn und machte einen nervösen Schritt in seine Richtung. »Was haben Sie hier zu suchen?« Die anderen drehten sich fragend um.

Philipp erklärte, wer er war und dass ihn unten niemand am Hereinkommen gehindert hätte. Sein Puls schlug noch immer derart hoch, dass er kaum zusammenhängend sprechen konnte. »Ich hörte Stimmen, also bin ich heraufgekommen. Meine Freundin hat mich verständigt. Tanja Harth, die Tochter von ...«

Philipps Blick wanderte ungewollt wieder zu dem leblosen Körper, dessen Erscheinung ihn umso mehr abstieß, als er – trotz der schauerlichen Entstellung – etwas unerbeten Vertrautes ausstrahlte. »Was, zum Teufel, hat sich hier abgespielt?«

»Wir wissen es nicht. Irgendjemand muss heute Nacht ins Haus eingedrungen sein. Den Spuren zufolge hat der Angriff im Schlafzimmer begonnen. Entweder ist der alte Mann bereits dort gestorben oder hier oben im Turmzimmer.«

Der Polizist war nun näher an ihn herangetreten und wies mit einer Geste, die zugleich Entschuldigung wie Aufforderung bedeutete, in Richtung Treppe. »Gehen Sie lieber wieder hinunter.«

Philipp wich wortlos zurück. Hunderte von Fragen kreisten in seinem Hirn, doch in diesem Augenblick war er unfähig, sie einzusammeln. Begleitet von einem der beiden anderen Beamten stieg er die Stufen hinab, um kurz darauf den großen Salon zu betreten.

Hier fand er Tanja vor, außerdem eine junge Polizistin und die Haushälterin. Frau Pirol schien in einen Zustand hoffnungsloser Auflösung geraten zu sein. Ihr Gesicht war tränenüberströmt, die Vollzugsbeamtin an ihrer Seite hatte sichtbare Mühe, die aufgepeitschte See an der Überflutung zu hindern.

Auf der gegenüberliegenden Seite des Sofas saß Tanja – kerzengerade, mit versteinerter Miene, die so verstört wirkte, als ob sie jeden Moment auseinanderfließen könnte. Der Anblick versetzte Philipp einen Stich in den Magen. Tanja musste am Morgen von Frau Pirol informiert worden sein, war hergefahren und hatte das Turmzimmer betreten, sicher noch bevor die

Polizei vor Ort gewesen war. – Der Gedanke daran war kaum zu ertragen. Den eigenen Vater unter diesen Umständen aufzufinden, musste eine erschütternde Erfahrung sein. Tanjas kindliche Welt war in einer einzigen Sekunde zusammengebrochen wie ein Kartenhaus.

Langsam ging er auf sie zu. Als sie ihn bemerkte, sprang sie auf und warf sich mit einem leisen Schluchzer an seinen Hals. »Hast du das Blut gesehen?«, flüsterte sie; ihre Finger gruben sich wie Klammern in seinen Rücken. »Das viele Blut – überall, wohin man schaut ...« Tanjas Stimme war brüchig und schien sich doch beinahe zu überschlagen. »Und dann diese widerlichen Dinge dort oben! Philipp, was hat das alles zu bedeuten?«

Philipp drückte sie fester an sich. Auf ihre Frage wusste er ebenso wenig eine Antwort wie sie selbst. Im Augenblick war ihm die Situation ein einziges, dunkles Rätsel.

Beruhigend strich er Tanja durchs Haar. »Denk jetzt nicht daran.« Er geleitete sie behutsam zurück zur Couch, wo er wortlos eine Weile mit ihr sitzen blieb.

In den folgenden Minuten betraten weitere Personen das Haus. Die Kriminalpolizei, wie Philipp annahm. Hin und wieder ließ sich jemand im Wohnzimmer blicken – eher versehentlich, wie es schien –, um dann doch wieder in die oberen Etagen zu entschwinden.

Die Villa von Siegried Harth verwandelte sich in kürzester Zeit in einen Ort hektischer Betriebsamkeit. Je mehr Fremde in das Gebäude eindrangen, desto unbehaglicher war Philipp zumute. Er hatte dieses Haus immer schon für charakterlos gehalten, doch nun spürte er förmlich, wie jeder Rest Würde aus den Wänden wich.

Gegen halb elf kamen die Sanitäter herunter, um einen Blick auf die beiden Frauen zu werfen. Nach kurzer Untersuchung entschied der Ältere: »Wir werden den Damen jetzt eine leichte Beruhigungsspritze geben. Der Schock wird noch eine Weile andauern. Besser, sie werden von weiterer Aufregung ferngehalten.«

Philipp hatte nichts dagegen einzuwenden. Er hielt Tanjas rechte Hand, während sie regungslos die Spritze in den linken Arm empfing. Danach wandte er sich an die Polizistin, die sich diskret in eine Ecke des Raums zurückgezogen hatte.

»Ich bringe meine Freundin nun nach Hause, wenn das in Ordnung ist. Alles Weitere können wir dort klären.«

Philipp hinterließ die Adresse und führte Tanja anschließend nach draußen zum Wagen.

Zu Hause angekommen, brachte er Tanja umgehend ins Bett. Mittlerweile hatte sie angefangen, am ganzen Körper zu zittern. Philipp versorgte sie mit einer Wolldecke und legte drei Kissen unter ihren Kopf. Dann gab er ihr einen Kuss auf die Stirn und schlich leise aus dem Zimmer.

Er rief im Büro an, um mitzuteilen, dass er heute und vermutlich auch den Rest der Woche nicht mehr kommen würde. Danach setzte er sich erschöpft an den Küchentisch und begann lustlos an der Bierflasche zu nippen, die er ganz unbewusst geöffnet hatte.

Philipp lauschte der heimlichen Stille, die sich um ihn herum ausgebreitet hatte. Eine trügerische Stille, wusste er, hinter der sich in Wahrheit hitzige Unruhe verbarg. Die vielen Bilder, die in seinem Innern wirbelten, wollten sich nur sehr langsam setzen, und Philipp spürte sie in seinem Kopf brennen wie Glut, die sengende Male hinterlässt.

Immer und immer wieder sah er das Gesicht des alten Mannes vor sich. Sah den Blick, der etwas zu fixieren schien, was ihn in furchtbare Panik versetzt haben musste. Diese Augen hatten den Teufel gesehen! Und sie hatten verstanden, dass sie nie wieder etwas anderes sehen würden!

Obwohl ihm die ganze Situation noch immer unwirklich vorkam, wusste Philipp, dass er sich der Realität stellen musste. Und er wusste auch, dass dies gleichermaßen, und umso mehr, für Tanja galt. Aber wenn es ihm selbst schon schier unmöglich anmutete, das Geschehene zu begreifen, wie sollte es erst der eigenen Tochter gelingen?

Philipp rieb sich langsam mit den Handflächen übers Gesicht. – Die Beziehung zwischen Tanja und ihrem Vater war nie ohne Spannung gewesen. Tanja hatte ihren eigenen Willen, der oft genug in Konflikt zu vorgedachten Plänen geraten war. Aber im tiefsten Innern hatte sie ihren alten Vater gern gehabt, hatte ihn bewundert, vielleicht sogar geliebt. Auf ihre ganz eigene Weise, die sich nicht im äußeren Bekenntnis gezeigt hatte, sondern in einer stillen Anhänglichkeit.

Nach der Scheidung der Eltern war sie bei ihm geblieben, war nicht der Mutter gefolgt, die es zu einem anderen Mann hoch in den Norden gezogen hatte. Es war die naheliegende Lösung für das schulpflichtige Kind gewesen. Doch womöglich waren die Beweggründe auch elementarer, als die Normen des Alltags es geboten. Nicht, weil die Mutter ihrem Kind gleichgültig gewesen wäre. Aber vielleicht, weil die Tochter mit dem älteren Vater etwas vereinte, was über das Maß elterlicher Fürsorge hinausreichte. Eine Art Seelenverwandtschaft, getragen vom Geist der Nachsicht, die in aller Stille über die Jahre hinweg gereift war.

Philipp war sich bewusst, dass der Verlust ihres Vaters den bislang tiefsten Einschnitt in Tanjas Leben markierte. Und damit wurde dieses Ereignis unweigerlich zu seiner eigenen Angelegenheit, zu seiner ganz persönlichen Tragödie. Tanja würde die Situation kaum alleine meistern können, soviel stand fest. Seine eigene Rolle in ihrem Leben, sein Beistand würde von nun an wichtiger sein als zuvor.

Der Gedanke daran beunruhigte ihn. Verantwortung zu übernehmen, war ihm nicht fremd. Diese Verantwortung jedoch war völlig unerwartet gekommen, war über ihn hereingebrochen wie eine Krankheit. Eine Verpflichtung, die ihm keine Wahl ließ und die eine Tür in ihm verschloss, die bislang immer einen Spalt weit offen gestanden hatte.

Philipp spürte eine seltsame Schwere in sich aufsteigen. Er beugte sich vor und stützte sich mit den Armen auf den Tisch, als wollte er das lästige Gewicht auf dessen Oberfläche abladen. Doch es gelang ihm nicht. Sein Schicksal musste er selbst tragen. Ganz alleine. Und auch wenn ihm das Alleinsein im Allgemeinen nichts ausmachte, empfand Philipp es in diesem Moment als einen Ausdruck tiefer Einsamkeit. Wie einfach wäre es gewesen, zum Telefon zu greifen, seine Sorgen mit jemandem zu teilen. Mit einem Menschen, der ihn verstehen, ihm Trost oder zumindest Zuspruch schenken würde. Doch er hatte keine Ahnung, wen er hätte anrufen sollen.

Philipp fuhr sich nachdenklich mit der Hand durchs Haar. Er musste einsehen, dass er in seiner Lage keine Verbündeten hatte. Der einzige Mensch, der ihm vermutlich hätte beistehen können, befand sich gerade am anderen Ende der Welt. Fern von allen Sorgen und unwissend der Ereignisse, die sich in der Heimat abspielten. Sein Mund verzog sich, lächelnd und wehmütig zugleich. Als Felix vor Jahren aufgebrochen war, hatte Philipp den schönen Momenten nachgetrauert, den vielen glücklichen Tagen, die sie wie Brüder zusammengeschweißt hatten. Doch mit der Zeit war ihm klargeworden, dass es nicht die lichten Augenblicke waren, in denen er den alten Freund am meisten vermisste, sondern die dunklen. Augenblicke wie der, den er gerade erlebte.

Philipp atmete tief ein. Sein Blick hatte sich unvermittelt an dem Bund Bananen verfangen, der in der hölzernen Schale auf dem Regal lag. Eine ganze Weile lang starrte er die reifen Früchte an, die sich ihm prall und gefällig präsentierten. In wenigen Tagen würden sie braun werden, würden weich und süßlich schmecken. Und irgendwann wären sie schwarze Vergangenheit. – Alles Leben hat seinen Zyklus, dachte er. Sein eigenes ebenso wie das von Siegfried Harth. Nur, dass dieser mit dem Alter hart und bitter geworden war. Selbstgerecht und unbarmherzig gegenüber seiner Umgebung ...

Hatte er deshalb sterben müssen?

7.

Kurz nach Mittag fuhr eine dunkle Limousine vor. Durch das Küchenfenster beobachtete Philipp, wie ihr zwei Männer entstiegen und das Haus eine Zeit lang in Augenschein nahmen. Ihr Gebaren ließ keinen Zweifel daran, dass es sich um Polizisten handelte. Der Ältere und Kleinere von beiden mochte um die fünfzig sein, hatte schütteres, braunes Haar, das bereits deutliche Grautöne aufwies, und trug einen dunkelblauen Anzug mit akkurat gebundener Krawatte. Der andere war ein ganzes Stück jünger, offenbar südlicher Herkunft, sportlich, in dunkler Jeans und schneeweißem Hemd. Der Meister und sein schneidiger Geselle, dachte Philipp, als sich die beiden langsam dem Eingang näherten.

Noch bevor die Klingel ertönte, hatte er die Haustür geöffnet. Die Männer stellten sich als Hauptkommissar Bechtold und Kommissar D'Antoni von der örtlichen Kriminalpolizei vor. Philipp führte sie ins Wohnzimmer und bot ihnen an, auf dem Sofa Platz zu nehmen.

»Danke, dass Sie uns so kurzfristig empfangen«, begann der Hauptkommissar. Er hatte ein ausdrucksloses Gesicht, das von einer breiten Nase dominiert wurde und dadurch sperrig wirkte. Die große Brille mit ihrer dicken, dunkelgrünen Fassung verstärkte diesen Eindruck noch, und wären die intelligenten Augen dahinter nicht gewesen, so hätte man Hauptkommissar Bechtold leicht unterschätzen können.

Philipp erwiderte etwas Passendes und versicherte seine Kooperationsbereitschaft. Auf den Umstand, dass Tanja noch schlief, reagierten seine Besucher mit Verständnis. Man würde ihre Vernehmung am nächsten Tag nachholen können.

»Aber wenn Sie nichts dagegen haben, möchten wir uns noch einen Augenblick mit *Ihnen* unterhalten«, sagte Hauptkommissar Bechtold. »Sie hatten schließlich engen Kontakt zu Siegfried Harth.«

Philipp zuckte mit den Schultern. »So eng nun auch wieder nicht. Tanja und ich haben ihn hin und wieder besucht. Was allerdings nicht auf Gegenseitigkeit beruhte. Das Verhältnis zwischen ihm und mir war nicht gerade herzlich.«

Auf die fragenden Blicke fügte er erklärend hinzu: »Ich nehme an, dass er bis zu einem gewissen Grad eifersüchtig gewesen ist. Tanja ist seine einzige Tochter, da können sich bei älteren Herren schon mal Verlustängste einstellen, denke ich.«

Er lächelte verhalten, beinahe entschuldigend. Bechtold nickte stumm, während sich auf dem Gesicht seines jüngeren Kollegen ein heiteres Grinsen abzeichnete. Kommissar D'Antoni besaß bewundernswert makellose Zähne, stellte Philipp fest.

»Wie dem auch sei«, ergriff der Hauptkommissar wieder das Wort. »Vielleicht möchten Sie zuerst auf den neuesten Stand gebracht werden?«

»Unbedingt.«

Bechtold zog ein Notizbuch aus dem Jackett, das er, ohne es aufzuschlagen, vor sich auf den Couchtisch legte.

»Wie Sie bereits erfahren haben, wurde Herr Harth heute Nacht Opfer eines Gewaltverbrechens. Nach derzeitiger Erkenntnis ist sein Tod durch eine Vielzahl von Stichwunden verursacht worden. Eine Tat, die mit äußerster Brutalität begangen wurde. Der Tod trat vermutlich zwischen Mitternacht und drei Uhr morgens ein, die Autopsie wird konkretere Ergebnisse bringen. Wir gehen davon aus, dass Harth im Schlaf überrascht wurde. Erste Blutspuren finden sich auf der Matratze und auf dem Schlafzimmerteppich. Danach ist das Opfer entweder selbst in den Flur geflüchtet oder von seinem Mörder dorthin verbracht worden. Der Täter – vielleicht waren es auch mehrere – hat dann den Zugang zum Turm gewaltsam geöffnet und Harth entweder lebend in das Turmzimmer getrieben oder seine Leiche über die Wendeltreppe nach oben befördert. Aus irgendeinem Grund scheint das eigenartige Turmzimmer das Ziel gewesen zu sein.«

Philipp hatte unruhig zugehört, jetzt fuhr er dazwischen: »Wie konnte jemand unbemerkt ins Haus gelangen? Das ganze Gebäude ist doch mit einer Alarmanlage gesichert!«

Bechtold wippte bestätigend mit dem Kopf. »Es scheint, dass sich der Täter durch eine unzureichend verriegelte Kellertür Zutritt verschafft hat. Offenbar war die Alarmanlage an dieser Stelle defekt, eine Kontaktplatine hatte sich gelöst. Einzelheiten werden noch untersucht.«

»So etwas kann durch Witterung versursacht werden«, warf D'Antoni ein, »oder durch mangelnde War-
tung –«

»Allerdings auch durch gezielte Manipulation«, ergänzte Bechtold. »In diesem Fall müsste sich jemand
von innen an der Tür zu schaffen gemacht haben. Jemand, der auf anderem Weg in die Villa gelangt war.
Hier tappen wir natürlich noch im Dunkeln.«

Philipp blickte nachdenklich auf seine Hände. Man
konnte dem alten Harth alles Mögliche vorwerfen, aber
mangelnde Sorgfalt bei der Unterhaltung seines Anwesens fiel gewiss nicht darunter. Und ein technischer Defekt ausgerechnet an einer unverschlossenen Kellertür – das erschien ihm doch mehr als dubios.

»Vergangenen Samstag waren an die hundert Gäste
in der Villa«, sagte er langsam. »Freunde, Bekannte.
Aber auch zahlreiche Fremde ...«

»Ja, die Haushälterin deutete so etwas an. Leider war
sie bislang außerstande, Einzelheiten zu liefern. Können Sie uns Näheres erzählen?«

Philipp gab einen knappen Bericht, merkte aber an,
dass ihm während der Party nichts Ungewöhnliches
aufgefallen sei.

Bechtold hatte jetzt sein Notizbuch ergriffen, um einige Eintragungen zu machen. Als Philipp mit seiner
Schilderung fertig war, murmelte er bedächtig: »Diese
Veranstaltung scheint mir keine schlechte Gelegenheit
gewesen zu sein. Jemand schleicht sich in den Keller,
manipuliert die Alarmanlage und entriegelt die Tür,
um später ins Haus zu gelangen ...«

»Aber warum um alles in der Welt sollte einer seiner
Gäste dem alten Mann nach dem Leben trachten?«, rief

Philipp etwas lauter als beabsichtigt. Er stellte fest, dass er allmählich nervös wurde. Vielleicht, weil seine Gedanken zum ersten Mal von den Folgen des Verbrechens auf dessen Urheberschaft gelenkt wurden? Durch Bechtolds Worte schien die Tat plötzlich ein Gesicht zu bekommen. Ein noch unkenntliches zwar, aber immerhin die Kontur von etwas Menschlichem – etwas Lebendigem. Und diese Vorstellung war durchaus beängstigend.

»Ist Herr Harth in der Vergangenheit schon einmal Opfer von Straftaten geworden?« Die Frage kam von Kommissar D'Antoni, der sich weit nach vorne gebeugt hatte, um seine Arme auf den Knien abzustützen. Philipp registrierte den auffallend gut gebauten Oberkörper, der sich unter dem engen Hemd abzeichnete.

Er überlegte eine Weile, bevor er antwortete. »Soweit ich weiß, wurde vor etwa zehn Jahren eingebrochen. Der Vorfall ereignete sich, bevor ich Tanja kennenlernte. Muss eine ziemliche Stümperei gewesen sein. Damals wurde nicht viel gestohlen, nur ein paar antike Münzen, etwas Bargeld und die Autoschlüssel, mit denen die Einbrecher aber nichts anfangen konnten – sie kannten den Code für das Garagentor nicht. Der Alte hat sich noch Jahre später darüber lustig gemacht. Danach musste er sich auf Drängen der Versicherung die Alarmanlage anschaffen.«

D'Antoni nickte.

Es entstand eine Pause von wenigen Sekunden, dann wandte sich Philipp an den Hauptkommissar: »Glauben Sie, dass es Raubmord war?«

Bechtold deutete ein Kopfschütteln an. »Sieht momentan nicht danach aus. Gemälde und Antiquitäten scheinen sich an ihren Plätzen zu befinden, und auch zwei teure Uhren lagen noch unberührt auf dem Nachttisch. Natürlich kann man das erst beurteilen, nachdem sich jemand mit Ortskenntnis umgesehen hat. Aber nehmen wir einmal an, es handelt sich *nicht* um ein Vermögensdelikt. Könnten Sie sich einen anderen Grund für diese Tat vorstellen?«

Philipp spürte, wie ihn ein Hauch von Verlegenheit berührte. Wieso sollte *er* über Motive spekulieren? Er hatte sich nicht freiwillig in die Sache verstrickt und sah daher keine Veranlassung, sich gedanklich mehr als nötig mit ihr zu befassen.

»Ich habe keinen blassen Schimmer, weshalb jemand so etwas tun sollte. Natürlich – Siegfried Harth ist kein unbeschriebenes Blatt gewesen. Zu seiner aktiven Zeit war er in eine Reihe von Skandalen verwickelt –«

»Harths geschäftliche Vergangenheit ist uns durchaus ein Begriff«, warf Bechtold dazwischen.

»Doch das liegt viele Jahre zurück«, fuhr Philipp leicht zögerlich fort. »Es erscheint mir weit hergeholt, da einen Zusammenhang herzustellen.«

Wieder meldete sich Kommissar D'Antoni zu Wort: »Könnte es vielleicht etwas mit seinen ... nun ja – speziellen Vorlieben zu tun haben?«

Philipp merkte, wie ihm das Blut in den Kopf schoss. Diesen unappetitlichen Aspekt hatte er bislang verdrängt. Welchen absonderlichen Gelüsten Tanjas Vater auch immer verfallen war, sie passten so gar nicht in das Bild von sich und seinem Wirken, auf das er immer so viel Wert gelegt hatte. Und plötzlich ergriff Philipp eine tiefe Verlegenheit. Eine Anwandlung, die so intensiv war, dass er die Augen niederschlagen musste, um dem fragenden Blick des jungen Polizisten auszuweichen. Er schämte sich für den alten Lustmolch. Für seine verlogene Doppelmoral, seine Unredlichkeit und all das, was er, versteckt hinter dicken Mauern des Anstands, getrieben haben mochte.

»Keine Ahnung, was es damit auf sich hat. Dieser Bereich des Hauses war mir bis heute Morgen unbekannt. Ich bin mir auch sicher, dass niemand seines engeren Umfelds davon wusste.«

»Das ist anzunehmen.« Hauptkommissar Bechtold strich sich nachdenklich mit dem Finger über die Lippen. »Es handelt sich wohl um eine Art geheime Liebesfestung. Die Haushälterin gab an, dass Harth seit Jahren allein lebte. Durchaus denkbar, dass er sich gelegentlich professionelle Dienste ins Haus holte, um seine Neigungen auszuleben. Darin liegt noch nichts Kriminelles. Doch vielleicht ist er dabei mit Kreisen in Berührung gekommen, die seine kleine Schwäche für weit größere Ziele ausgenutzt haben. Wäre nicht das erste Mal, dass so etwas vorkommt. Wir werden unsere Fühler auch in diese Richtung austrecken müssen.«

Während der letzten Worte hatte Bechtold sein Notizbuch in der Jackentasche verschwinden lassen und sich vom Sofa erhoben. Für einen kurzen Moment hätte man glauben können, hinter der routinierten Fassade einen Hauch von Verdruss zu erkennen. Aber vielleicht mochte das Einbildung sein.

»Tun Sie das«, sagte Philipp, der ebenfalls aufgestanden war. »Aber, um Gottes willen, halten Sie dieses Thema von seiner Tochter fern!«

Man versicherte ihm, dass die Polizei diskret vorgehen würde. Die Vernehmung von Tanja sollte morgen um zehn Uhr stattfinden, idealerweise im Platanenweg, sofern es ihr nichts ausmachte.

»Ach, noch eine Kleinigkeit.« Bechtold hatte einen Plastikbeutel hervorgeholt und entnahm diesem jetzt einen roten, etwa fingerlangen Gegenstand, den Philipp nach kurzem Hinsehen als eine Vogelfeder identifizierte.

»Fällt Ihnen dazu etwas ein?«

Philipp sah noch einmal hin und verneinte dann achselzuckend.

»Eine Feder aus rotem Kunststoff«, erklärte der Hauptkommissar. »Wir haben sie im Schlafzimmer entdeckt. Ein reichlich merkwürdiger Fund, wenn Sie mich fragen.«

Philipp nickte nachdenklich. »Ja, sehr merkwürdig.«

Dann verabschiedeten sich Hauptkommissar Bechtold und Kommissar D'Antoni.

Nachdem die beiden gegangen waren, empfand Philipp eine sonderbare Erleichterung. Gleichzeitig machte sich zunehmend körperliches Unwohlsein bemerkbar. Ein leiser Kopfschmerz hatte ihn befallen und pochte in seinem Schädel. Ein Blick in den Spiegel ließ erkennen, dass er noch immer Bürokleidung trug.

Sachte schlich er ins Schlafzimmer, um Freizeitsachen aus dem Kleiderschrank zu holen. Tanja schlief tief und fest. Er zog sich um und ging dann zurück ins Wohnzimmer, wo er eine Weile durch die Terrassentür in den Garten sah. Da das Wetter einen einladenden Eindruck machte, entschied er sich kurzerhand für einen Spaziergang an der frischen Luft. So würde er seine Kopfschmerzen vielleicht loswerden. Außerdem konnte er bei dieser Gelegenheit Tanjas Mini abholen, der noch im Platanenweg stand.

Philipp schlenderte gemächlich durch die verzweigten Sträßchen des Wohngebiets, vorbei an schmucken Vorgärten und eleganten Einfahrten, die von allerhand Mäuerchen, Zäunen und schmiedeeisernen Toren vor ungebetenen Gästen geschützt wurden. Gelegentlich begafften ihn Kinder mit riesigen Schulranzen und argwöhnischen Gesichtern. Die Luft war klar und rein, als hätte sie der nächtliche Gewitterregen von allem Schmutz befreit. Und doch schwebte über der bunten Beschaulichkeit ein kaum wahrnehmbarer Duft des Misstrauens, fand Philipp. Wie ein durchsichtiger Film, der auf den Dingen lag.

Er überlegte, wann er hier das letzte Mal werktags unterwegs gewesen war. Es musste Jahre her sein! Und plötzlich – nur für einen flüchtigen Moment – kam er sich wie ein Fremder vor. Wie einer, der an einem Ort ausgesetzt worden war, an dem er nichts verloren hatte.

Philipp beschleunigte seinen Schritt. Was für dumme Streiche einem seine Gefühle doch spielen konnten! In diesem Viertel war er aufgewachsen, hier hatte er den größten Teil seiner Kindheit und seine gesamte Jugend verbracht. Er, Philipp Wendelstein, gehörte mindestens so selbstverständlich hierher wie jeder einzelne Rosenstrauch, jede verdammte Bütte, die irgendein Vorgärtner im Blumenbeet platziert hatte! Die Zeit mochte seine Kreise einstweilen in entferntere Bahnen gelenkt haben, aber sie hatte deren natürliches Zentrum nicht verschieben können. Diese stille Mitte seines Daseins, die er stets in sicherer Reichweite wissen durfte – und die ihm dennoch für einen befremdlichen Augenblick entglitten zu sein schien ...

Zehn Minuten später hatte er den Platanenweg erreicht. Vor dem Haus mit der Nummer acht parkten einige unbekannte Fahrzeuge, darunter ein grauer Van mit abgedunkelten Scheiben. Er beobachtete die Villa einige Minuten lang – andächtig, als betrachte er ein stilles Mahnmal –, doch es tat sich nichts. Als er gerade im Begriff war, das Interesse zu verlieren, öffnete sich die Haustür und entließ zwei Männer in dunkelgrauen Overalls. Sie trugen eine Bahre mit einem länglichen Objekt darauf, das in einem Plastiksack steckte, als handle es sich um etwas besonders Abstoßendes.

Jetzt schaffen sie die Leiche fort, dachte Philipp mit einem angenehmen Schauder. Die Szene hatte auf eigenartige Weise etwas Endgültiges an sich. Siegfried Harth war für immer aus dem Spiel des Lebens geschieden. Nie wieder würde er an diesen Ort zurückkehren. Nie wieder in das Haus, das er einst mit so viel Hochmut erbaut hatte ... Dies würde die letzte Reise des alten Mannes werden. Und das Bemerkenswerte war, dass Philipp bei diesem Gedanken nicht einmal Mitleid empfinden konnte.

Man verstaute den Plastiksack in dem großen Van, der alsdann mit schier lautloser Langsamkeit wegfuhr. Philipp trottete an der Villa vorbei, ohne sie noch einmal eines Blickes zu würdigen. Der Mini war nachlässig am Straßenrand abgestellt. Mit einem leisen Seufzer setzte er sich in das kleine Auto, um es gedankenversunken heimwärts zu lenken.

Als Philipp sein Haus abermals betrat, stellte er fest, dass sich seine Kopfschmerzen wie durch Zauberhand verflüchtigt hatten. Tanja war mittlerweile aufgestanden und saß schweigend in der Küche. Sie hatte ein Glas Milch getrunken und starrte nun teilnahmslos auf das leere Gefäß vor sich auf dem Küchentisch. In der stillen Erwartung verharrend, dass sie mit ihm sprechen wollte, setzte sich Philipp neben sie.

Es vergingen fast zwei Minuten, bis sie leise hervorstieß: »Er ist tot, nicht wahr?«

Philipp überlegte eine Weile, wie er reagieren sollte. Schließlich antwortete er so sanft er konnte: »Ja, Prinzessin – er ist tot.«

Tanjas Augen waren weiterhin auf das leere Glas gerichtet, an dessen Innenseite Milchreste wie trübe Schleier klebten. »Einen Moment lang hatte ich gehofft, dass es nur ein böser Traum wäre.«

»Es ist kein Traum, Tanja. Dein Vater ist tot. Die Polizei war schon hier, aber noch weiß niemand, was geschehen ist.« Er ergriff ihre Schultern und drehte sie sachte, bis sie ihm das Gesicht zuwandte. »Du musst jetzt stark sein, Prinzessin. Versprichst du mir das?«

Tanja sah aus, als blickte sie über einen weiten Ozean, der Philipps Worte ungehört verschluckt hatte. Nach einer langen Pause erwiderte sie: »Glaubst du, es war die Einsamkeit, die ihn dazu gebracht hat?«

Er hob irritiert die Augenbrauen, doch dann begriff er, was sie meinte. »Jeder hat irgendein Geheimnis«, sagte er vorsichtig. »Etwas, das er vor anderen verbergen will. Das gehört eben zur menschlichen Natur.«

Erneut entstand eine Pause. Dann murmelte Tanja leise: »Kann man wirklich jahrelang zwei Leben führen, ohne dass die anderen auch nur das Geringste davon mitbekommen?«

Philipp zögerte einen Augenblick. »Kann schon sein. Wahrscheinlich kommt es nur darauf an, wie geschickt man sich dabei anstellt.«

Die Tränen, die in Tanjas Augen schossen, ließen ihn seine unbedachten Worte bereuen. »Ich verstehe deinen Kummer, Prinzessin«, wandte er hastig ein, doch sie schüttelte nur heftig den Kopf.

»Nein, du verstehst gar nichts! Du hast nicht die leiseste Vorstellung davon, wie es ist, wenn man erfährt, dass man die ganze Zeit nur den halben Menschen gekannt hat. Wenn man begreifen muss, dass die Liebe, die man ihm geschenkt hat, dass alle Achtung, alle Bewunderung, die man ihm entgegengebracht hat – aller Respekt –, plötzlich nur noch die Hälfte wert ist, weil der andere Teil an einen Fremden vertan wurde.«

Sie vergrub ihr Gesicht in den Händen, bevor sie fast flüsternd hinzufügte: »Es ist, als ob ich in all den Jahren nur eine halbe Tochter gewesen wäre – nur ein halber Mensch ...«

Philipp wusste nicht, was er sagen sollte. Während der langen Phase des Schweigens, die nun folgte, dachte er daran, Tanja in die Arme zu nehmen, doch er war sich unsicher, ob dies die richtige Reaktion gewesen wäre. Schließlich richtete sie sich auf und ließ ihre Hände kraftlos auf den Schoß fallen.

»Ich habe mich immer vor dem Tag gefürchtet, an dem Papa stirbt, weil ich wusste, dass die Trauer erdrückend sein würde. Aber nun, da der Tag gekommen ist, kann ich keine Trauer empfinden. Nur eine große Leere, die sich mit Widerwillen und Abscheu füllt.«

Sie sah ihn aus feuchten Augen an, bevor sie bitter hinzusetzte: »Ich ekle mich vor meinem eigenen Vater! Was ist bloß los mit mir?«

Ein törichtes Triumphgefühl stieg in ihm auf. Am liebsten hätte er ihr laut beigepflichtet. Auch Philipp konnte keinen Funken Trauer verspüren, wenn er an Siegfried Harths Dahinscheiden dachte. Nicht, weil der alte Lustmolch jahrelang ein schmutziges Doppelleben geführt hatte, dieser Aspekt war ihm vollkommen gleichgültig. Philipps Beweggründe waren andere – tiefere. Im Ergebnis aber fühlte er wie Tanja, und diese Erkenntnis barg etwas ungemein Versöhnliches, ja Befriedigendes. Zum ersten Mal nahmen sie mit Blick auf Tanjas Vater denselben Standpunkt ein. Und so schien es, als hätte der Tod des alten Herrn tatsächlich etwas Gutes bewirkt.

Zärtlich nahm er ihre Hand und murmelte: »Ich glaube nicht, dass du Grund für dieses harte Urteil hast.«

Doch Tanja schüttelte nur widerwillig den Kopf, bevor sie sich mit einem Ruck von ihrem Stuhl erhob. »Du verstehst mich nicht. – Und ich verstehe mich selber nicht.«

Damit verließ sie die Küche. Das milde Lächeln, das Philipps Gesicht für einen kurzen Moment aufklarte, nahm sie schon gar nicht mehr wahr.

8.

Die kommenden zwei Tage kamen Philipp vor wie ein Nebel aus flüchtigen Schemen. Ihm war, als würde er in einer großen Blase zappeln, deren Launen ihn bald hierhin, bald dorthin trugen. Die anhaltenden Ermittlungen ebenso wie die Aussagen von Tanja und Frau Pirol schienen die anfänglichen Vermutungen der Polizei zu bestätigen. Aus der Villa Harth war nicht das Geringste gestohlen worden, weshalb sich die Anzeichen mehrten, dass der alte Mann einem gezielten Tötungsdelikt zum Opfer gefallen war – Motiv unbekannt.

Die Lokalzeitung brachte einen ganzseitigen Bericht über das rätselhafte Verbrechen, der vor Spekulationen nur so strotzte, im Großen und Ganzen aber informationsarm blieb.

Die meiste Zeit war Philipp damit beschäftigt, Tanja vor Telefonanrufen und neugierigen Beileidsbekundungen abzuschirmen. Außerdem mussten eine Reihe von Formalitäten im Zusammenhang mit dem Ableben ihres Vaters erledigt werden. Dessen Leiche befand sich noch in gerichtsmedizinischer Verwahrung, würde aber vermutlich Ende der Woche freigegeben, sodass der Sonntag als Beisetzungstermin ins Auge gefasst werden konnte.

Bis zum Donnerstagnachmittag hatte sich Tanjas Verfassung halbwegs stabilisiert, und also erschien es

Philipp vertretbar, für einige Stunden ins Büro zu fahren, um sich dringenden Angelegenheiten zu widmen.

Um kurz nach neun waren die wichtigsten Rückstände abgearbeitet. Schwere Erschöpfung hatte sich über ihn gelegt wie ein bleiernes Netz. Eigentlich hätte er gar nicht herkommen sollen, dachte er verdrossen. Doch was blieb ihm anderes übrig?

Als er die Kanzlei endlich in Richtung Heimat verlassen wollte, klingelte sein Mobiltelefon. Es war Viola. Das schlechte Gewissen erwischte ihn derart heftig, als hätte ihn eine Faust ins Gesicht geschlagen. Er zögerte kurz – dann nahm er das Gespräch an.

Philipp rechnete mit der Frage, warum er sich seit Samstag nicht gemeldet hatte, doch Viola erkundigte sich nur freundlich nach seinem Befinden. In ihrer Stimme schwang die angenehme Unbefangenheit eines Menschen, der seine eigenen Erwartungen nicht an den Erwartungen der anderen maß. Er sei in den letzten Tagen etwas kränklich gewesen, log er, und habe daher nicht anrufen wollen. Viola klang aufrichtig besorgt. Ob sie sich dennoch heute sehen würden?

Philipp merkte, wie sich ein Mühlrad in seinem Hirn in Bewegung setzte. Tanja länger als nötig alleine zu lassen, war gewiss nicht besonders rücksichtsvoll. Andererseits war die Vorstellung, gleich in Violas Nähe sein zu dürfen, derart verlockend, dass er ihr kaum widerstehen konnte. Und was waren schon ein paar Stunden mehr oder weniger?

Zwanzig Minuten später saßen sie in einem der vielen kleinen Lokale der Innenstadt, eingehüllt in eine Vertrautheit, als hätten sie sich erst heute Morgen das letzte Mal gesehen. Nach den dramatischen Ereignissen nahm Philipp Violas unkomplizierten Frohsinn mit großer Dankbarkeit entgegen.

Sie plauderten über dies und das und probierten gegenseitig von den bunten Tapas-Tellern, die vor ihnen auf der weißen Tischdecke standen. Violas Anwesenheit wirkte auf Philipp wie ein warmer Sommerwind, der die erschlafften Segel in seinem Innern wieder aufzurichten verstand.

Schließlich zahlten sie. – Draußen wurde Philipp von einer sonderbaren Unschlüssigkeit ergriffen. Gerne hätte er sie gefragt, ob sie noch Lust auf einen Drink hätte ... Und doch war ihm plötzlich, als sei er unfähig, sein Anliegen in Worte zu kleiden. Er spürte eine tiefe Orientierungslosigkeit, die er partout nicht zu kontrollieren vermochte.

Viola schien sein Zögern bemerkt zu haben. Mit einem verständnisvollen Schmunzeln fasste sie nach seinem Arm, um ihn dann sanft auf den Mund zu küssen. »Ich freue mich auf unser nächstes Treffen«, sagte sie leise; und nach einer winzigen Pause, in der sie ihre Augen kaum wahrnehmbar senkte: »Wenn du wieder wohlauf bist.«

Dann löste sie sich von ihm und schlenderte langsam, ohne sich noch einmal umzublicken, die Straße entlang. Philipp sah ihr eine Weile nach, bis sie hinter der nächsten Hausecke verschwunden war. Ein schwaches Lächeln strich um seine Lippen, denn er erkannte, dass ihm ihre Worte mehr bedeuteten als ein spontanes Vergnügen. Sie gaben ihm ein Gefühl tiefer Geborgenheit, das ihn umschlang wie ein weicher Mantel. Philipp war sich zunächst nicht sicher, was ihn derart berührte, doch dann begriff er, dass es Güte sein musste. – *Güte*, diese wohl edelste aller Tugenden, überlegte er, die ebenso kostbar wie selten war, und die nur solchen Menschen zu eigen sein durfte, die Frieden sowohl mit dem eigenen Ich als auch mit ihrer Umwelt geschlossen hatten.

Eine Weile stand er da, ganz in sich versammelt, und wagte kaum eine Bewegung, um den Zauber des Augenblicks nicht zu zerbrechen. Dann streifte sein Blick über die hohen Häuserwände in den Nachthimmel, der von den grellen Lampen der Stadt in ein unbestimmtes Grau getaucht wurde. An einer Stelle war die Wolkendecke aufgerissen, hatte einen einsamen Stern freigelegt, der sein fahles Licht nun entschlossen erdwärts sandte. Und dieses ferne Funkeln war es, das Philipps Herz mit einem Mal erglühen ließ, als wäre es von tausend Sonnen erleuchtet. – So wie dieser Stern jede Nacht unbeirrt am Himmel strahlte, dachte er, so würde ihm auch Viola beständig bleiben, würde zur Konstante seines Daseins werden, um ihn immer wieder aufs Neue mit ihrer unendlichen Güte zu beschenken.

Das war natürlich nur ein Wunsch, aber in diesem Moment kam er Philipp wie eine unverrückbare Tatsache vor. Eine Gewissheit, die Hoffnung in ihm keimen ließ, dass das wärmende Feuer ihrer Nähe ewig brennen könnte. Obgleich er wusste, dass der Schein irgendwann erlöschen würde. Früher oder später würde er sich entscheiden, würde der einen Lüge um der anderen willen entsagen müssen ... Der Gedanke daran gefiel ihm nicht. Er machte ihm Angst. Angst, die sich auf eigenartige Weise mit der Euphorie mischte, die er eben noch empfunden hatte. Und noch ehe er sich besinnen konnte, wie er mit dem neuerlichen Gefühlschaos umgehen sollte, hatte den Stern eine dunkle Wolke schon wieder verdeckt.

Hüte dich vor deinen Wünschen, dachte Philipp, als er sich langsam in Richtung seines Wagens aufmachte ...

Am Nachmittag des darauffolgenden Tages kam Walter vorbei, um zu kondolieren. Philipp begrüßte ihn mit höflicher Überraschung und bat ihn ins Wohnzimmer, wo er für sich und Tanja Tee serviert hatte.

Walter versteckte sich hinter einer gehörigen Trauermiene und einem riesigen Strauß weißer Lilien, den er, begleitet von sperrigen Bemerkungen, an Tanja übergab. Diese nahm das blühende Beileid mit dürren Worten entgegen, um dann, unter dem Vorwand eine Vase holen zu wollen, in der Küche zu verschwinden.

Walter erkundigte sich diskret nach Tanjas Zustand. Er hatte von den Ereignissen aus der Zeitung erfahren, und Philipp kam der Gedanke, dass er vielleicht erwartet haben könnte, persönlich informiert zu werden. Doch selbst wenn, dann ließ sich Walter nichts anmerken. Philipp gab einen knappen Bericht über den Stand der Dinge – gewisse Details auslassend, weil er wusste, dass Tanja gegen ihre Offenlegung protestiert hätte.

Walter stellte keine Fragen. Stattdessen beließ er es bei verständnisvollen Bemerkungen, hinter denen sich Betroffenheit, aber keinerlei Anteilnahme verbarg. Philipp überraschte dies nicht. Im Grunde war er für Walters Haltung dankbar. Sie war ihm wie ein Spiegel, der das eigene Empfinden reflektierte und ihm dadurch ermöglichte, einen prüfenden Blick auf seinen persönlichen Standpunkt zu werfen, ohne von ihm abrücken zu müssen.

Als Tanja zurückkehrte, merkte man, dass ihr Walters fortgesetzte Anwesenheit gegen den Strich ging. Eine Weile saßen sie beisammen und tranken lauwarmen Kräutertee, der ebenso trüb war wie die über ihnen schwebende Stimmung. Walter gab sich Mühe, doch Tanja war betont abwesend und starrte die meiste Zeit auf den leeren Couchsessel in der Ecke, als sähe sie dort ihren toten Vater sitzen. Ein Hauch von Ärger stieg in Philipp auf. Er mochte es nicht, wenn sie sich gehen ließ. Selbst wenn ihr manches schwerfiel – es gab keinen Grund, die Beherrschung zu verlieren.

Walter spielte seine Rolle mit erstaunlicher Beharrlichkeit. Es schien, als warte er nur darauf, dass Tanja das Zimmer wieder verlassen würde, aber diese machte keine Anstalten in diese Richtung. Vielleicht war es ihr Instinkt, dachte Philipp, weil sie ahnte, welches wahre Anliegen sich hinter Walters Besuch verbarg.

Philipp überkam zunehmendes Unbehagen, ein Nerv ließ seine Wange zucken. Er fühlte sich wie ein Seiltänzer, der – wissend, dass er das Gleichgewicht verlieren würde – eine Entscheidung suchte, in welche Richtung er fallen sollte. Auf eine weitere Grundsatzdiskussion mit Walter konnte er gerne verzichten, gleichzeitig jedoch hatte er keine Lust, sich in seinem eigenen Wohnzimmer vorzukommen wie ein Dompteur, den man mit zwei lauernden Raubtieren in einen Käfig gesperrt hatte.

Schließlich fasste er einen an Walter gewandten Entschluss: »Wie wär's mit ein paar Schritten an der frischen Luft?«

Dieser willigte sofort ein. Der Blick, den ihnen Tanja nachwarf, als sie kurz darauf das Haus verließen, zeugte von Verärgerung. Genauer betrachtet dominierte in ihm jedoch die Enttäuschung. Enttäuschung darüber, dass ihr Freund wieder einmal drauf und dran war, sich von diesem Wolkenschieber manipulieren zu lassen. Sich von dessen Traumtänzereien betören zu lassen wie ein dummes Kind, das hinter dem Rattenfänger herläuft.

Oh ja – es war kein Geheimnis, dass sie Walter Dreyfus nicht leiden mochte. Zwar akzeptierte sie die gewachsene Verbindung zwischen den beiden, aber sie war zugleich überzeugt, dass der Umgang mit Walter ihrem Freund langfristig schaden würde. Glaubte Philipp denn, sie hätte nicht bemerkt, wie Walter immer wieder versucht hatte, ihn für seine Zwecke zu gewinnen? Sein Netz über ihn zu werfen wie ein Fischer, der auf den ausstehenden Fang hofft?

Eine Anwaltskanzlei hier in Bad Grünau! Pah! Das war eine Schnapsidee, auf die nur ein Spießer wie Walter kommen konnte! Wozu hatte sich Philipp jahrelang zum hochdotierten Spezialisten entwickelt? Sie würde es nicht zulassen, dass er seine Chancen derart vergeudete, nur weil sich sein Studienfreund für ein Leben in der Mittelmäßigkeit entschieden hatte.

Und dies würde sie Philipp auch rundheraus sagen!

Am besten gleich heute Abend!

Während sich Tanja zu Hause um Philipps Zukunft sorgte, schlug dieser mit seinem Freund den Weg zum Wald ein. Walter war erleichtert, die von Tanja ausgehenden Spannungen hinter sich zu lassen. Zugleich wusste er, dass ihm die beschwerlichste Aufgabe noch bevorstand.

Langsam schlenderten sie die steile Straße hinauf, die bald schon von hohen Wänden aus Tannen und Buchen flankiert wurde. Walter war unentschlossen, wie er das Thema angehen sollte. Es würde sein letzter Versuch sein, und er wollte sich später nicht Unbedachtheit vorwerfen müssen.

Eine Weile plauderten sie über Belangloses. Der Duft des Waldes mit seinen süßlichen Aromen stieg ihnen in die Nasen. Sie brauchten es nicht auszusprechen – in gewisser Weise waren sie beide Söhne des Waldes: Walter, der ihn seit jeher als Sportstätte nutzte und mittlerweile jeden Winkel durchlaufen haben musste; Philipp um der ungezählten Erinnerungen wegen, mit denen sich sein Boden in all den Jahren vollgesogen hatte. Der Wald gab ihrer Zweisamkeit eine würdige Kulisse, einen Raum, der persönlicher war als jedes Wohnzimmer. Walter spürte die besondere Atmosphäre – den *spiritus loci*, der sie umgab –, und als sie schließlich den Parkplatz am alten Forsthaus erreichten, hatten sich seine matten Erwartungen mit Zuversicht gefärbt.

Die scharfen Augen, die sie in diesem Moment beobachteten, bemerkten beide nicht. Philipp starrte vor sich hin, als könne ihn jeder Schritt in ein tiefes Loch lenken. Sicher wusste er, welche Absichten Walter hegte. Aber das konnte Walter seinem Freund nicht ersparen. Dafür hatten sie sich beide zu weit vorgewagt, waren zu lange der gemeinsamen Vision gefolgt, um diese nun in den Wind zu schreiben, als wäre sie ein Geist, den man zurück in seine Flasche verbannen konnte.

»Es mag vielleicht nicht der richtige Zeitpunkt sein«, begann Walter schließlich, »aber so richtig passt es ja nie.«

Als Philipp nichts erwiderte, fuhr er fort: »Ich sagte dir am Montag, dass ich Ende der Woche eine Entscheidung erwarte. Daran halte ich fest, ob es dir gefällt oder nicht.«

Philipp zuckte mit den Schultern. »In den letzten Tagen ist viel passiert.«

»Nicht unbedingt zu deinem Schaden.«

»Was meinst du?«

Walter machte eine vage Geste mit den Händen. »Na ja ... ich meine, dass du nicht behaupten kannst, der Tod des alten Herrn würde dich besonders betrüben. Um ehrlich zu sein, spielt er dir sogar in die Karten.«

Philipp sah ihn mit betretener Miene an. »Auf was willst du hinaus?«

»Tu bloß nicht so, als wüsstest du das nicht!«, rief Walter gereizt, um gleich darauf in versöhnlicherem Ton hinzuzusetzen: »Sieh mal – das, was mit dem Alten geschehen ist, mag eine Tragödie sein. Aber für dich kommt das Ganze nicht ungelegen: Tanja steht mit einem Schlag auf eigenen Beinen. Das gibt dir alle Freiheit zurück. – Ein unverhoffter Glücksfall, der dich endlich in die Lage versetzt, tun zu können, was du für richtig hältst.«

Philipp nickte stumm, während sein Blick nachdenklich den Pfad entlang wanderte, der sie weiter in den

Wald führte. Dieser Gedanke war ihm natürlich auch schon gekommen. Der alte Harth hatte nie Zweifel daran gelassen, dass er seiner Tochter irgendwann alles hinterlassen würde. Durch seinen Tod war sie Alleinerbin eines beträchtlichen Vermögens geworden. Soweit es Philipp einschätzen konnte, hatte Tanja ausgesorgt. Und er selbst war mit einem Mal aus der Verantwortung entlassen, in die ihn der alte Widerling aus blanker Bosheit katapultiert hatte.

Wann, wenn nicht jetzt, wäre der richtige Zeitpunkt für Veränderungen? – Und dennoch war ihm, als hätte das jahrelange Warten seine Fähigkeit zu einer Entscheidung regelrecht paralysiert.

Er wandte sich an Walter. »Für mich mag es eine günstige Wendung sein. Für Tanja hingegen ist es eine Katstrophe. Du hast erlebt, in welcher Verfassung sie sich befindet. Die Sache hat sie vollkommen aus der Bahn geworfen. Keine Ahnung, wann sie es überstanden hat. Ich will sie in dieser Situation nicht überfordern.«

Walter fuhr sich schweigend durch das schüttere Haar. »Du wirst immer eine Ausrede finden, um dich vor einem Entschluss zu drücken.« Seine Stimme hatte ihren ursprünglichen Optimismus jetzt nahezu eingebüßt. »Ich weiß nicht, was dich davon abhält, aber vielleicht solltest du einfach einmal auf dein Herz hören!«

Philipp fühlte sich plötzlich, als würde eine eiskalte Hand nach ihm greifen. Doch er behielt die Beherrschung. »Und was, wenn mein Herz noch kein Urteil gefällt hat?«

»Schieb die Schuld nicht auf dein Herz, solange dich dein Verstand lähmt.« Walters Mund schien müde zu lächeln, doch in seinen Augen stand die ganze Enttäuschung einer zerbrochenen Vision. Dann klemmte er sich die Hände in die Hosentaschen und versank in schmollendes Schweigen.

Philipp bemühte sich zu beschwichtigen: »Die Entscheidung fällt mir nicht leicht, aber sie ist keineswegs schon getroffen, auch wenn du das jetzt vielleicht glaubst. Zwei Tage bleiben mir noch – ich nehme dich beim Wort! Und ich verspreche dir, dass du bis dahin eine Antwort hast!«

Walter sagte nichts mehr. Philipp war klar, dass er ihm nicht glaubte, doch das konnte er im Augenblick nicht ändern. Mittlerweile hatten sie die alte Festwiese erreicht. Ohne zu wissen warum, blieb Philipp stehen und packte Walter am Arm. »Soll ich dir etwas Merkwürdiges zeigen?«

Walter blickte ihn verwundert an.

Von einem unbewussten Impuls getrieben, marschierte Philipp zum Rand der Wiese und begann, sich den Weg in das anrainende Gehölz zu bahnen. Er fand keine Erklärung für den Entschluss. Ein wenig kam er ihm wie der Bruch eines Geheimnisses vor. Aber vielleicht war gerade dies das Signal, das er augenblicklich für angeraten hielt. Um seinem Freund zu beweisen, dass das Vertrauen zwischen ihnen noch nicht gänzlich verloren war. Dass das Bündnis nach wie vor auf festem Boden stand.

Walter zuckte verdrießlich mit den Schultern. Als sie kurz darauf die Lichtung mit dem Schachspiel betraten, stieß er einen schwachen Laut des Erstaunens aus. »Hatte keine Ahnung, dass es hier draußen so etwas gibt.«

»Ich bis vor Kurzem auch nicht. Aber das ist nicht alles ...« Philipp erzählte von seiner sonderbaren Entdeckung, und noch während er sprach, bemerkte er mit klopfendem Herz, dass sein unsichtbarer Gegner abermals hier gewesen sein musste: Der schwarze Springer war zwei Felder vor den König gerückt und hatte nun aus seiner neuen Position heraus zugleich die Dame und den Läufer ins Visier genommen.

Philipp schlug eine Geste der Überraschung in die Luft. »Schau her – schon wieder ein neuer Zug! Als ob es jemand absichtlich auf einen Wettkampf mit mir abgesehen hätte!«

Walter musterte die Figuren auf den schmutzigen Steinplatten. »Ein Tier dürfte jedenfalls nicht dahinter stecken. Vielleicht ein Spaziergänger. Oder Jugendliche, die sich einen Spaß erlauben ...«

»Mag sein. Jedenfalls scheint es der Unbekannte ernst zu meinen. Und bedauerlicherweise hat er mich mit diesem Zug in die Zange genommen. Um meine Dame zu behalten, müsste ich den Läufer opfern. Oder umgekehrt – aber das wäre dumm, was meinst du?«

Walter hob spöttisch die Augenbrauen. »*Dumm* war es bereits, sich in eine solche Lage zu manövrieren. Zeigt, dass du nicht gerade ein Händchen für Strategie hast.«

»Vielen Dank, aber das hilft mir im Augenblick nicht weiter.« Philipp kratzte sich grübelnd am Ohr. »Ich fürchte, die Optionen sind beschränkt«. Mit dieser Feststellung rückte er seine Dame aus der Gefahrenzone, um sie dadurch vor dem unrühmlichen Ausscheiden zu bewahren.

Walter bedachte ihn mit einem Grinsen. »Ziemlich vorhersehbar, was jetzt passiert.« Unvermittelt trat er an das Spielfeld und streckte die Hand nach dem stilisierten Pferdekopf aus.

Philipp wich irritiert zurück. Er war keineswegs damit einverstanden, dass sich Walter in die Partie einmischte. In *seine* Partie, wie er fand, denn irgendetwas sagte ihm, dass die Sache allein ihn selbst etwas anging. Doch da war es bereits zu spät: Sein Freund hatte den schwarzen Springer ergriffen und schmetterte damit den weißen Läufer vom Feld. »Der Bursche hat ausgespielt. Er kann sich bei seinem Meister bedanken!«

Philipp merkte, wie ihn Ärger befiel. Was bildete sich Walter eigentlich ein? Er hatte ihn nicht in sein Geheimnis eingeweiht, um nun verspottet zu werden.

»Aber ganz umsonst ist das Opfer nicht gewesen!«, rief Walter. Er hatte jetzt den verbliebenen weißen Springer genommen und schlug damit kurzerhand dessen schwarzen Artgenossen. »Ist zwar kein adäquater Ersatz für deinen Läufer«, murmelte er, »aber immerhin ein einigermaßen passabler Gegenschlag. Pass das nächste Mal besser auf, bevor du in derart missliche Situationen gerätst!«

Von heftiger Unruhe gepackt, fuhr sich Philipp durchs Haar. Walters Intervention verstörte ihn. Dabei hatte er seinen Freund ja selbst hierhergebracht! Aber nun wurde ihm bewusst, dass dies ein Fehler gewesen war. Das Spiel war Philipps ganz persönliche Angelegenheit, sein heimlicher Schatz, und Walter hatte ihn mit seinem eigenmächtigen Vorgehen entweiht.

Gerade wollte er den Mund aufmachen, als ihn ein sonderbares Gefühl innehalten ließ. Es war, als wären all seine Sinne mit einem Schlag geschärft. Alles um ihn herum traf ihn auf einmal mit bizarrer Deutlichkeit: Walters höhnische Miene – der leise Wind, der sich in den Baumkronen verfing – die verschlissenen Figuren auf dem moosbewachsenen Spielfeld … All dies erschien ihm in diesem Moment in einer Klarheit, die ihn förmlich blendete.

Walter sah ihn verwundert an. »Was ist?«

»Nichts. – Lass uns einfach wieder zurückgehen.« Mit diesen Worten machte er sich zum Festplatz auf. Dort angekommen, hielt er überrascht an: Mitten auf der Wiese stand ein Hund mit schwarz-weißem Fell; ein Border Collie, wenn sich Philipp nicht täuschte. Er begaffte sie einige Sekunden lang, dann trottete er mit leicht hinkendem Hinterbein fort, um kurz darauf vom Schatten des Waldes verschluckt zu werden.

Philipp und Walter warfen sich einen kurzen Blick zu. Dann schlugen sie die gegenläufige Richtung ein.

Das Spiel erwähnten sie mit keinem Wort mehr.

9.

In der Nacht von Freitag auf Samstag setzte ein schwerer Landregen ein, der den ganzen Tag über bis in den späten Sonntagvormittag hinein anhielt und alles, was er befiel, in tristes Grau hüllte.

Die Beerdigung war für Sonntagnachmittag, fünfzehn Uhr angesetzt. Als Philipp mit Tanja auf dem Bad Grünauer Gemeindefriedhof eintraf, hatten sich bereits hunderte Trauergäste versammelt. Eine schwarze, lauernde Armee, die sich auf ein unsichtbares Kommando hin eingefunden hatte.

Die kleine Kapelle platzte aus allen Nähten, viele der Gekommenen machten erst gar nicht den Versuch, einen Sitzplatz zu ergattern, sondern verharrten unter freiem Himmel, dessen Laune sich zum Glück gebessert hatte. Die Luft im Innern des kleinen Backsteinbaus war heiß und drückend, es roch nach feuchtem Stoff und matschigen Schuhen.

Philipp fühlte sich benommen, wie neben sich stehend, und er merkte, dass es Tanja ebenso ging. Mechanisch schüttelte er Hände, senkte den Kopf oder nickte zu irgendwelchen Bemerkungen, die auf ihn einfielen, ihn aber kaum erreichten. Erst als er sich auf einen der unbequemen Metallstühle in der ersten Reihe gesetzt hatte, spürte er wieder seine eigene Anwesenheit.

Der alte Pfarrer – ein kleiner, untersetzter Mann mit glänzenden Schweinsäuglein –, der kurz darauf das Podium betrat, zog alle Register. Unter wohlwollenden Blicken zitierte er Psalmen und beschwor das ungeheuerliche Unrecht, dass dem Verstorbenen angetan worden war. Philipp hörte nur mit halbem Ohr hin. Die Rede war von Vergeltung; von den Sündern, die wie welkes Gras vergehen, wie Schnecken in Schleim zerfließen sollten; von den Frommen, die ihre Füße im Blut der Frevler badeten. Und immer wieder von Gott, dem Allmächtigen, der Strafe und Gerechtigkeit auf Erden brachte ...

Philipp nahm keinen Anteil daran. Für ihn war Religion etwas zutiefst Verstörendes. Etwas, das im goldenen Gewand der Erhabenheit die niedersten Triebe des Menschen entfachte, nur um ihn deswegen sogleich wieder mit Tadel begießen zu können.

Herr, zerbrich ihnen die Zähne im Maul! Lass sie wie Totgeburten die Sonne nicht schauen! Wenn er die Rache sieht, freut sich der Gerechte und wird bekennen: Es gibt einen Gott, der richtet auf Erden!

Philipp spürte, wie ihm der Schweiß unter dem dicken Jackett hinabbrann. Er konnte nur schwer ertragen, was er hörte. Dieses Gerede von Recht und Unrecht. Natürlich war dem alten Mann Unrecht getan worden – aber das allein konnte doch nicht ausreichen, um ihn jetzt zum Heiligen zu erheben! War Siegfried Harth etwa ein gerechter Mensch gewesen? Und überhaupt – was war gerecht, was ungerecht? Gab es denn immer nur das eine oder das andere? Immer nur schwarz oder weiß?

Der dicke Mann im Talar kam ihm wie ein falscher Schäfer vor, der zu einer Herde falscher Schafe sprach. Ein widerlicher Schmeichler, der – die Blicke zum Himmel hebend – den Leuten nach dem Mund redete, um von der Schlechtigkeit abzulenken, die allseits unter ihnen grassierte.

Nach dem Pfarrer ergriffen der Alt-Bürgermeister und der Vorsitzende des Gewerbevereins das Wort. Sie würdigten den Verstorbenen als Ehrenmann. Ein Vorbild für die Nachwelt, dessen Andenken in jedem Stein seiner Bauten erhalten bleiben würde ...

Philipp merkte, wie sich langsam Ekel in ihm auszubreiten begann wie aufschäumende Milch in einem Kessel. Doch zu seiner Überraschung blieb der Deckel geschlossen. Die erstaunliche Erkenntnis beschlich ihn, dass er sein Unbehagen mühelos unter der Oberfläche halten konnte. Wie leicht es doch war, sich der Verlogenheit hinzugeben! Sich im Schoß der scheinheiligen Versammlung von ihr betören zu lassen ... Es gehörte nichts dazu, man musste nur den Worten der anderen lauschen und sich in die wärmende Gebärmutter der Lüge zurückziehen.

Doch genau dies war es, was Philipp nicht zu tun gedachte! Er würde sich nicht betäuben lassen vom gefälligen Summen braver Bienen. Mochte seine Abscheu doch die ganze Meute um ihn herum überschwemmen wie Abwasser, das sich nach einem Wolkenbruch aus stinkenden Kanälen ergießt! Sie hätten es alle verdient! Die Welt war von Grund auf verlogen! Ein dreckiger Lappen, der vollgesogen war von Falschheit und Heuchelei und den sich niemand getraute auszuwringen, weil man Angst hatte, sich die Hände zu beschmutzen!

Tanja warf ihm einen scharfen Blick von der Seite zu. Sie musste bemerkt haben, dass es in seinem Innern brodelte. Sofort kehrte das schlechte Gewissen zurück. Er wollte sie heute nicht auch noch mit seinen eigenen Befindlichkeiten belasten. Nach dem heftigen Streit von Freitagabend war ihre Stimmung ohnehin am Boden, und Philipp hatte sich fest vorgenommen, ihr gegenüber an diesem Wochenende besonders achtsam zu sein.

Er streute ein schwaches Lächeln in ihre Richtung, doch sie hatte ihre Aufmerksamkeit schon wieder nach vorne gelenkt.

Nach der Trauerfeier begab man sich nach draußen auf den Friedhof. Der Regen hatte die Wege in matschige Trassen verwandelt. Gemessenen Schrittes schob sich das Geleit voran, bis es an einer etwas abgelegenen Ecke zum Stillstand kam. Das Areal war an der einen Seite von einer etwa schulterhohen Buchsbaumhecke, an der anderen von einem Hain junger Birken begrenzt, deren dünne Zweige ein lichtes Dach über den Platz spannten. In dessen Mitte klaffte die Grube wie der finstere Rachen eines Ungeheuers.

Tanja und Philipp standen in der ersten Reihe und beobachteten, wie der lackierte Mahagonisarg über der Gruft aufgebockt wurde. Tanjas aufrechter Gang war einer sichtbar gebeugten Haltung gewichen, und Philipp konnte die gewaltige Anstrengung, die ihr das ganze Prozedere abverlangte, regelrecht spüren. Behutsam drehte er sich zu ihr, um ihre Hand zu fassen, doch als er ihre Augen sah, wurde ihm klar, dass es jetzt sinnlos wäre. Sie war in ihrer ganz eigenen Welt versunken, hatte sich in ihr Innerstes verkapselt, um sich dem stillen Kummer des Verlusts preiszugeben. Sie weinte trockenen Auges. Um den Mann, der ihr Vater gewesen war. Und um die Tochter, die sie selbst gewesen war. Beides hatte das Schicksal zerbrochen wie ein Hammerhieb, der ein gläsernes Kinderspiel in tausend Stücke schlägt.

Die Blaskapelle hob zu einem dumpfen Choral an. Philipp ließ seinen Blick gedankenverloren umherwandern. Auf der krummen Friedhofsmauer hatten sich zwei Elstern niedergelassen, die nun lauthals zu krächzen begannen, als wollten sie die Musik mit ihrem schiefen Klagelied übertönen. Philipp beobachtete sie aus den Augenwinkeln und war sogleich angewidert. Es war derselbe Ekel, der ihn zuvor während der Andacht befallen hatte. Nur diesmal war er greifbar, gegenwärtig ...

Proleten im schwarzen Frack, schoss es ihm in den Sinn. Maskiert und verkleidet, so wie die heuchlerische Versammlung um ihn herum, die sich ehrfürchtig vor einem Mann verneigte, der für diese Inszenierung gewiss nichts als Verachtung übrig gehabt hätte! Und mit einem Mal fühlte sich Philipp auf eigenartige Weise entlarvt. Wie selbstverständlich hatte er sich zu einem Teil des Schauspiels machen lassen, war in seinem schwarzen Anzug, dem blütenweißen Hemd und der dunklen Krawatte in seine vorbestimmte Verkleidung geschlüpft, um die Rolle zu spielen, die man ihm zugedacht hatte. Die Rolle, die die anderen von ihm erwarteten – und die doch so wenig zu ihm passte.

Der Blick hierauf war ganz plötzlich frei geworden; zwei Vögel hatten ihm die Augen geöffnet. Und so unvermittelt, wie die Einsicht kam, kam die Entscheidung – wie ein Aufschrei tönte sie in Philipps Bewusstsein: Er würde sich nicht mehr verstellen! Er würde sein Herz nicht mehr weiter verschnüren, um einer eitlen, bigotten Welt zu gefallen, mit der er nichts als ein paar abgenutzte Konventionen gemein hatte! Das Verhältnis zwischen Akzeptanz und Verweigerung hatte sich von einer Sekunde auf die nächste verkehrt. Und Philipp spürte die Endgültigkeit, die diesen Wandel umgab.

Die Musik war verstummt, der Sarg wurde unter dem rhythmischen Säuseln des Pfarrers langsam in die gähnende Grube gesenkt.

Erde zu Erde, Asche zur Asche, Staub zum Staube.

Philipp kam sich mit einem Mal stark vor, so stark wie ein Baum. Der Geist des Alten würde ihn nicht noch aus dem Grab heraus verhöhnen! Er hatte eine Entscheidung getroffen, die unverrückbar war. Und er hätte sie am liebsten laut herausgeschrien! – Doch damit musste er sich noch gedulden; schon allein Tanja zuliebe. Sollte sich der Trubel erst einmal legen. Dann mochte sie die Dinge in anderem Licht sehen. Kein Zweifel – hierfür brauchte sie ihre Zeit, aber Philipp war bereit, ihr diese zu geben. Jetzt, da es entschieden war, bestand kein Anlass mehr für unbedachte Eile!

Nachdem Philipp diesen Beschluss gefasst hatte, fühlte er sich so frei und unbeschwert wie selten zuvor. Den Ausklang der Beerdigung erlebte er mit ungewohnter Gelassenheit, ja genoss ihn sogar. Vielleicht, weil er merkte, dass das, was geschehen war, etwas Bedeutendes hervorgebracht hatte. Etwas, das seinem Leben eine echte Wendung geben konnte. Und das ihm zum ersten Mal seit vielen Jahren wieder das Gefühl gab, dort hinzusteuern, wo er hingehörte ...

An diesem Abend gingen Tanja und Philipp früh zu Bett. Tanja musste zeitig aufstehen, um den Zug zu erwischen, mit dem sie für einige Tage zu ihrer Mutter ans Meer fahren wollte. Ein kurzfristiges Vorhaben, in welchem Philipp sie bestärkt hatte. Nicht, weil er glaubte, sie wäre bei der Mutter besser aufgehoben, sondern vielmehr weil er die Überzeugung teilte, dass die Distanz Tanja helfen würde, die Proportionen der Ereignisse besser beurteilen zu können.

Womöglich verbarg sich dahinter aber auch die Hoffnung, selbst ein wenig zur Ruhe zu kommen. Die Erschütterungen ihres Gemüts waren an Philipps Nerven nicht spurlos vorbeigegangen. Ein wenig Abstand würde ihnen beiden guttun. Ab morgen hatte er eine Woche Zeit, um das Zurückliegende ungestört zu verarbeiten – und sich dabei gedanklich auf die großen Veränderungen vorzubereiten, die vor ihm lagen.

In dem zufriedenen Bewusstsein, dass alles in die richtigen Bahnen gelenkt war, schlief er wenig später ein.

10.

In der folgenden Woche kehrte der Büroalltag zurück in Philipps Leben.

Am Montag arbeitete er fieberhaft an den Verträgen, die ihn nun schon geraume Zeit in Beschlag nahmen und deren Finalisierung kurzfristig für morgen angesetzt worden war. Trotz des Zeitdrucks versuchte er gegen Mittag, Walter anzurufen, konnte ihn aber weder im Büro noch auf dem Handy erreichen. Später am Tag reisten seine Mandanten an, die sich für die bevorstehenden Endverhandlungen beraten und in Stellung bringen wollten. (Zwei farblose Japaner, mit denen er einen ziemlich langweiligen Abend verbringen musste, bis er sie schließlich, kurz vor Mitternacht, in der Bar ihres Hotels abgeben konnte wie einen lästigen Mantel, den man froh war an der Garderobe loszuwerden.)

Das Meeting, das früh am nächsten Morgen begann, verlief erfreulich gut. Die Japaner erwiesen sich als überraschend geschickte Verhandler, bereits nach wenigen Stunden hatte man die entscheidenden Differenzen mit der Gegenseite ausgeräumt, und als am Nachmittag die Unterschriften unter die Dokumente gesetzt wurden – gefolgt vom feierlichen Knallen der Champagnerkorken –, empfand Philipp eine für seine Verhältnisse ungewohnte Art des Stolzes. Es war einer dieser seltenen Momente, in denen ihm das, was er tat, trotz aller Widrigkeiten als lohnenswert, ja geradezu glücksstiftend vorkam.

Er konnte es nicht leugnen: Seine Laune war in Bestform. Und fast mehr noch, als er sich über den erfolgreichen Deal freute, freute er sich auf seine abendliche Verabredung mit Viola.

Pünktlich um Viertel vor acht traf er sie vor dem *City-Kino*, das – entgegen seines Namens – etwas abseits des Zentrums in einem stillgelegten Warendepot untergebracht war. Sie sahen sich eine französische Komödie über einen jungen Anwalt an, der aus unerfindlichen Gründen von einem Schlamassel in den nächsten schlitterte. Die naive Darstellung seines Berufsstandes amüsierte Philipp – weit mehr noch als die eigentliche Handlung, die sich irgendwann in albernem Klamauk verlief.

Den Rest des Abends verbrachten sie in einem schnuckeligen Bistro mit orientalischem Ambiente und einer sehr speziellen Cocktailkarte, deren ausführlicher Erprobung sich Philipp mit Genuss widmete. Einmal mehr war es die bloße Nähe von Viola, die ihn bezauberte. Ihr Witz, ihr Geist und ihre Gabe, sich mühelos in das Empfinden ihres Gegenübers zu versetzen, erfüllten ihn mit einer berauschenden Euphorie. Für ihn war sie ein Meer, auf dem er immerfort hätte segeln können, ohne einen Hafen anzusteuern. Sie selbst, schien es, war ihm Anfang und Ziel seiner Reise, und ihrer Gegenwart haftete etwas Erhabenes an, das – frei jedes Zwecks – allein in sich selbst ruhte wie eine Sonne, die dem Betrachter erstieg und verging und die dennoch die Mitte aller Welten blieb.

In dieser Nacht schlief Philipp bei ihr – was er vorher nie getan hatte. Doch er bereute es keinen Augenblick. Violas Hingabe erleuchtete seine Sinne, und als er irgendwann, nachdem die drängendste Glut erloschen war, in ihren Armen einschlief, fühlte er eine Zufriedenheit, wie er sie selten zuvor in seinem Leben erfahren hatte.

Auch der kommende Abend gehörte Viola. Diesmal führte sie ihn in ein indisches Restaurant, das erst kürzlich eröffnet hatte.

Während sie auf das Essen warteten, entschloss sich Philipp, von seinem Vorhaben zu erzählen. Er hatte dies eigentlich nicht beabsichtigt, doch auf einmal ergriff ihn das eigenartige Bedürfnis, mit jemandem darüber zu sprechen.

»Was würdest du sagen, wenn ich mich beruflich verändern wollte?« Philipp schilderte die Hintergründe und auch die Bedenken, die er so lange mit sich herumgeschleppt hatte.

Als er fertig war, sah ihn Viola gedankenvoll an. Sie schien nicht überrascht zu sein. Im Gegenteil. »Ich bin sicher, die Entscheidung wäre richtig«, erwiderte sie ruhig. »Seit wir uns kennen, habe ich den Eindruck, dass du deine Karriere eher als lästiges Los denn als glückliche Fügung empfindest. Wenn es etwas gibt, das dir mehr bedeutet, solltest du nicht zögern, es auszuprobieren.«

Philipp schenkte ihr ein unsicheres Lächeln. Die Selbstverständlichkeit, mit der sie seine Entscheidung annahm, rührte ihn. Und dennoch war er irritiert. Eine schwache, kaum wahrnehmbare Irritation war es –

wie ein dünnes Haar vor dem Auge. – Bisher hatte er die wichtigen Entscheidungen seines Lebens stets vor irgendwem verteidigen müssen, selten waren sie ohne Widerstand geblieben.

Und nun diese entwaffnende Nachsicht!

Aber vielleicht war dies Teil des Neuen, überlegte er. Des neuen Lebens, für das er sich entschieden hatte und das frei von jeder Ausflucht sein sollte. Ein Leben, das er akzeptieren konnte, ohne sich zu verstellen – und das ihn selbst akzeptierte, so wie er war.

»Ja, du hast recht«, sagte er mit fester Stimme. »Du hast in so vielem recht.« Er senkte seinen Blick, als müsse er sich kurz besinnen, dann fügte er leise hinzu: »Und dafür liebe ich dich!«

Viola betrachtete ihn aus klaren, blauen Augen. Es war das erste Mal, dass Philipp ihr gegenüber dieses Wort – Liebe – gebrauchte, und ihm war bewusst, dass er damit eine Schwelle überschritt, die ihm vor ein paar Tagen noch unüberwindlich vorgekommen wäre.

Er ergriff ihre Hand und barg sie behutsam in der seinen. Sie war so zart und weich wie ein Stück Seide. So wie ihr ganzes Wesen, dachte er. Wie ihre Stimme, ihr Blick, ihre Gedanken ...

Auch diese Nacht verbrachte Philipp bei ihr. Und diesmal kam es ihm bereits vor, als wäre es nie anders gewesen. Als hätte es nie einen anderen Ort gegeben als an der Seite dieser Frau, die so unerwartet in sein Leben getreten war – und auf die er doch sein ganzes Leben lang gewartet zu haben schien.

Der Donnerstag war ein Feiertag, und den darauffolgenden Brückentag hatte sich Philipp kurzentschlossen freigenommen. Viola erwartete den Besuch einer Freundin auf der Durchreise, die gegen Mittag eintreffen und dann bis Freitag bei ihr wohnen wollte. Da Philipps Anwesenheit nicht eingeplant war, hatte man verbredet, erst danach wieder zusammenzutreffen.

Im Anschluss an das gemeinsame Frühstück fuhr er zurück nach Bad Grünau. Zu Hause angekommen, zog er sich aus, ließ heißes Wasser in die Wanne laufen und stieg mit einem zufriedenen Seufzer hinein.

Trotz der glücklichen Zeit, die hinter ihm lag, genoss er es, wieder im eigenen Haus zu sein. Er schloss die Augen und ließ das Aroma des Badeöls seine Sinne betören. Der feine Duft nach Mandarine und Lavendel erinnerte ihn an seine Kindheit. Es war zwar nicht dieselbe Wanne, aber immer noch derselbe Raum, in dem er oft ganze Stunden im warmen Wasser versunken war, während die Großeltern im Wohnzimmer gesessen oder das Abendbrot vorbereitet hatten.

Fast drei Jahrzehnte waren gerade zu Sekunden geschrumpft. So deutlich jedoch, wie ihm jenes Mosaikstück seiner Vergangenheit begegnete, so verschwommen erschien ihm die Aussicht auf das, was ihm bevorstand. Wohin würden ihn die Pfade führen, die er eingeschlagen hatte? Was erwartete ihn im Reich seiner Wünsche, dessen Pforten sich gerade so weit wie nie zuvor geöffnet hatten?

Die Fragen kreisten in seinem Kopf wie Ungeziefer, doch momentan hatte er keine Kraft, nach Antworten zu suchen. Das ewige Grübeln kam ihm lästig und nutzlos vor.

Philipp zwang sich, alle Gedanken fallen zu lassen. Langsam ließ er sich in das warme Wasser sinken, bis dieses schließlich wie eine glatte, gläserne Fläche über ihm lag. Wie ein Spiegel, der ihn verschluckt zu haben schien und der die Wirklichkeit für einen kurzen Moment zum Abglanz ihrer selbst werden ließ.

Als sein Bild wieder aus dem Wasser auftauchte, hatte er begriffen, dass er den Blick auf das Naheliegende richten musste. Alles andere führte nicht weiter. Er würde die Dinge so akzeptieren, wie sie kamen, ohne sich den Kopf zu zerbrechen. Ob er auf dem richtigen Weg war, würde die Zeit zeigen. Und führten nicht alle Wege irgendwie zu irgendeinem Ziel?

Am frühen Nachmittag versuchte er von Neuem, Walter zu erreichen. Doch wieder ohne Erfolg. Philipp merkte, wie ihn Unruhe beschlich – vielleicht war es auch Ungeduld, immerhin hatte er Wichtiges mitzuteilen. Wo mochte Walter stecken? Wenn er eingeschnappt wäre, könnte er dies gefälligst sagen; für alberne Kindereien hatte er kein Verständnis.

Philipp beschloss, seiner Anspannung durch körperliche Bewegung zu begegnen. Er schlüpfte in seine Sportsachen und machte sich auf den Weg in den Wald. Es war ein sonniger Tag geworden, die Temperatur stand bei milden vierundzwanzig Grad, ein leichter Westwind wehte eine angenehme Frische durchs Tal, deren Ausläufer nun sanft über die angrenzenden Hügel strichen.

Mit ungewohnter Selbstbeherrschung joggte er den Pfad entlang, den er auch heute menschenleer vorfand. Diesmal galt seine volle Konzentration dem Laufen, und Philipp merkte schnell, wie viel weniger Mühe es ihm bereitete, wenn es ihm gelang, sein Tempo von Anfang an unter Kontrolle zu halten.

Als er den alten Festplatz erreicht hatte, zögerte er kurz, doch zu seiner Überraschung blieb er nicht stehen, sondern lief weiter. Die Neugier, nach dem Spiel zu sehen, schien plötzlich an Priorität verloren zu haben. Philipp war sich über den Grund nicht ganz sicher. Womöglich war es Walters ungefragte Einmischung, die den Reiz der Sache getrübt hatte. Und offenbar war Nichtbeachtung seine eigene Art, hierauf zu reagieren.

Er überquerte den Platz und folgte dem Hauptpfad, der ihn anschließend noch ein ganzes Stück tiefer in den Wald führte. Erst am *Kahlen Kerl* – einem fast drei Meter hohen Basaltfindling, der knapp zwei Kilometer entfernt an einer Gabelung stand – vollzog er eine Kehrtwende und trabte, nun zunehmend gequält wirkend, zurück.

Auch wenn er es sich ungern eingestehen wollte – er kratzte mal wieder an seiner Leistungsgrenze. Mit Ernüchterung stellte er fest, wie sich ein stechender Schmerz in seiner rechten Seite ausbreitete.

Eine gute Viertelstunde später war er froh, abermals an die Festwiese gelangt zu sein. Er blieb stehen und streckte sich, um das lästige Stechen auf diese Weise aus seinem Körper herauszuwinden, was ihm schließlich auch gelang.

Langsam ging er zu einer der Holzbänke und verweilte dort zwei, drei Minuten. Bis auf das leise Rauschen des Windes und das gelegentliche Klopfen eines Spechts, der irgendwo im Innern des Waldes am Werk war, herrschte die vertraute Stille, die diesem Ort so untrennbar anzuhaften schien wie die raue Rinde den mächtigen Buchenstämmen, die am Rand der Rodung emporragten. – Er war unentschlossen, ob er den Abstecher zum Spiel machen sollte. Beinahe glaubte er, sich davor fürchten zu müssen. Aber warum eigentlich? Irgendein bedrückendes Gefühl klebte an ihm – wie die lähmende Furcht vor einer Enttäuschung.

Schließlich überwand er sich. Vorsichtig brach er sich Bahn durch das Gehölz und stand wenig später auf der kleinen Lichtung. Bereits auf den ersten Blick erkannte Philipp den neuerlichen Zug. Die Entdeckung ließ seinen Argwohn zerstieben wie ein Haufen welkes Laub im Wind. Er war erleichtert. Sein namenloser Gegner hatte sich durch Walters Eigenmächtigkeit nicht davon abbringen lassen, das Spiel – *ihr* Spiel – fortzusetzen.

Schwarz hatte seinen vorgepreschten Königsläufer wieder zurückgeholt, um ihn so vor der weißen Dame in Sicherheit zu bringen. (Sein erster defensiver Zug, wie Philipp feststellte; vielleicht war Walters Intervention ja doch für etwas gut gewesen!) Philipp dachte eine Weile nach, wie er diese Wendung begünstigen könnte. Schließlich entschied er sich für den Vormarsch seines Springers und ließ diesen kurzerhand ins Zentrum hüpfen. Von dort aus würde er ihn zu gegebener Zeit weiter in Stellung bringen können.

Der Zug hatte seine Stimmung unvermittelt aufgeklart. Das Gefühl, den Lauf der Dinge wieder selbst in den Händen zu halten, versah ihn mit frischem Optimismus, der ihn auch physisch zu beflügeln schien.

Mit neugefundener Energie sprang er über Schösslinge und den moosbedeckten Waldboden zurück zur Festwiese, von der aus er sodann – ohne weitere Unterbrechung – in beachtlichem Tempo heimwärts joggte.

Philipps gute Laune hielt bis zum Abend an. Nachdem Walter abermals nicht abgehoben hatte, beschloss er, alleine ins *El Dorado* zu fahren. Er wollte eine Kleinigkeit essen und nach den dankbaren Stunden der Einsamkeit wieder unter Menschen kommen.

Gegen acht betrat er die Bar, die ihm heute besonders voll und laut vorkam. Unsicher sah er sich um. An einem Tisch im vorderen Lokalbereich erspähte er ein paar flüchtige Bekannte, die er hier schon öfter angetroffen hatte. Erfreut signalisierte man ihm, zu ihnen zu stoßen. Philipp setzte sich, orderte Hamburger mit extra viel Käse und fühlte sich sofort wie ein willkommener Gast in vertrauter Runde. Man führte Männergespräche, trank ein Bier nach dem anderen und genoss die Unbefangenheit einer Gesellschaft, deren Motor der Zufall war und die sich nicht lange mit Fragen nach dem Wie und dem Warum aufzuhalten brauchte.

Da keiner von ihnen morgen arbeiten musste, entschied man sich für einen Ortswechsel. Die Wahl fiel auf das *Palladium*, eine in die Jahre gekommene Diskothek in einem Nachbarort von Bad Grünau. Philipp konnte sich dunkel erinnern – eine ziemlich lokale Veranstaltung, die bevorzugt von Schülern und junggebliebenen Endvierzigern besucht zu werden pflegte. Das erste und letzte Mal war er als Student dort gewesen.

Wie erwartet, war der Tanzschuppen an diesem Abend brechend voll. Hauptsächlich Oberstufenschüler, wie es schien, die morgen schulfrei hatten; kaum jemand seines Alters. Philipp gab seinen Leuten eine Runde Bier aus – er selbst bevorzugte Wodka mit Orangensaft – und schob sich dann unverdrossen durch die Menschenmenge, als wollte er sich an ihrer flackernden Unruhe berauschen.

Langsam ließ er sich treiben in dem Meer aus rastlosen Leibern, die alle auf irgendein Ziel zuzusteuern schienen, das Philipp verborgen blieb. Ab und zu warf er seinen Anker an einer der Getränketheken, die sich an den Rändern der großen Halle befanden. Über der Tanzfläche entlud sich ein Dauergewitter aus flimmernden Elektrobeats, welches die hüpfenden Massen darunter wie ein Daumenkino aus Scherenschnitten erhellte.

Seine Begleiter hatte er aus den Augen verloren. Aber das war ihm gleichgültig. Er befand sich mittlerweile in einem angenehm vernebelten Zustand. Die drückende Luft und die ohrenbetäubende Musik kamen ihm wie ein dicker Schleier vor, der ihn einhüllte, um ihn vor der Welt, die draußen lauerte, zu beschirmen.

Nach einem weiteren Drink – er hatte keine Ahnung, der wievielte es gewesen war – überkam Philipp ein spontaner Impuls. Auf der Tanzfläche war es inzwischen so eng, dass man sich kaum umdrehen konnte. Unversehens tauchte er in den rhythmischen Haufen ein, der sofort begann, ihn gierig zu verschlingen. Nackte Haut rieb an der seinen, der Duft nach nassem Schweiß und süßen Deos kitzelte ihm in der Nase. Aber das alles machte ihm nichts aus. Inmitten des wabernden Gedränges fühlte er sich frei wie ein Fisch, der im reißenden Strom schwimmend gewiss sein durfte, dass die Richtung, die er einschlug, stets die richtige war.

Philipp wusste nicht, wie lange er auf diese Weise in der Menge verbrachte, als er schließlich von dieser wieder ausgespuckt wurde und entkräftet auf einem Barhocker strandete. Eine wohlige Mattheit hatte sich seiner bemächtigt.

Langsam ließ er seine Augen über die Szene wandern. Jetzt fiel ihm der Junge auf, der ein paar Schritte entfernt lässig mit dem Rücken an der Theke lehnte. Sein Blick ruhte starr, fast abschätzig auf der Tanzfläche, als wollte er seine Überlegenheit über die zuckende Masse demonstrieren. Philipp beobachtete ihn eine Zeit lang. Er mochte achtzehn oder neunzehn sein; groß, dunkle Haare, mit weichen Gesichtszügen, die doch trotzdem nichts an Reife vermissen ließen.

Das Bild fesselte Philipp auf seltsame Weise. Unwillkürlich versuchte er sich vorzustellen, er selbst sei es, der dort stand. Gerade volljährig, aber der Jugend noch nicht entwachsen; aufrecht, selbstsicher und mit der Zuversicht eines jungen Baumes ausgestattet, dessen Triebe nach den weitesten Höhen strebten ... Doch im gleichen Augenblick wurde ihm klar, dass er niemals dort gestanden hätte. Nicht hier und auch nicht an einem ähnlichen Ort. Seine Welt war anders gewesen – abgeklärter, erwachsener. Eine, die keinen Raum ließ, sich selbst gerecht zu werden, und die keinen Anlass gab, sich selbst zu gefallen. – Eine Welt, von der der Bursche dort drüben wahrscheinlich nicht das Geringste ahnte. War es das, was Philipp so faszinierte?

Jetzt nickte der Junge irgendwem zu. Ein kurzes, flüchtiges Nicken, das von einem kaum wahrnehmbaren Schmunzeln umrahmt wurde. – Vielleicht ein Freund, schoss es Philipp durch den Kopf. – Oder eine Freundin?

Enttäuscht wandte er seine Aufmerksamkeit wieder dem brodelnden Getümmel zu. Als er nach einer Weile erneut herübersah, schaute der Junge direkt in seine Richtung. Philipp gab sich Mühe, seinem Blick den Anschein der Beiläufigkeit zu verleihen, doch die fremden Augen blieben an ihm haften. Sekunden verstrichen, in denen er den Impuls unterdrückte, wegzusehen. Plötzlich lächelte der Junge. Er lächelte ihn an, so als würde er sich freuen, an diesem ruhelosen Ort einen Menschen entdeckt zu haben, der die Einsamkeit des Augenblicks mit ihm teilte.

Philipp merkte, wie ihm das Blut in den Kopf schoss. Hastig ließ er sich von seinem Hocker gleiten und torkelte in Richtung des Ausgangs. Er war wie betäubt. Der Lärm, die Luft, die Enge – all das schien ihn mit einem Mal erdrücken zu wollen. Ein Kreisel begann sich in seinem Kopf zu drehen. Erst langsam wie ein Mühlrad, dann immer schneller und schneller, bis Philipps Schädel schließlich kurz vor der Explosion stand.

In diesem Moment riss der Schleier ...

11.

Am nächsten Morgen erwachte Philipp mit pochenden Kopfschmerzen. Sein Mund war wie ausgetrocknet, ein pelziges Gefühl lag ihm auf der Zunge. Stöhnend schleppte er sich ins Bad, um zwei Gläser Wasser zu leeren. Dann stieg er wieder ins Bett und versuchte, dem Wirbelsturm in seinem Schädel dadurch zu entkommen, dass er sich immer weiter in ihn hineinfallen ließ. Als er schließlich die stille Mitte des Strudels erreicht hatte, sank er in einen tiefen, traumlosen Schlaf.

Gegen Mittag wurde er vom Klingeln des Telefons geweckt. Immer noch leicht benommen ging er runter in die Diele und hob ab. Es war Tanja, die mitteilte, dass sie einen Tag länger bei ihrer Mutter bleiben würde und erst am Sonntag zurückkäme. Er versicherte, dass es ihm nichts ausmachte und lauschte dann ihrem Bericht über die Unternehmungen der letzten Tage.

Als sie aufgelegt hatte, bemerkte Philipp eine sonderbare Befangenheit in sich sprießen. Eine Mischung aus Enttäuschung und Scham. Vielleicht war es nur das schlechte Gewissen, überlegte er. Aber dahinter schien sich noch etwas anderes zu verbergen. Ganz fein, wie eine dünne Membran ... Philipp wurde klar, wie wichtig ihm Tanja war. Noch immer. Wie nah sie ihm stand – trotz aller Differenzen, aller Spannungen. Was er jedoch mit dieser plötzlichen Erkenntnis anfangen sollte, wusste er im Augenblick auch nicht, und so entschied er, den Gedanken auf später zu verschieben.

Er machte Kaffee und setzte sich dann grübelnd an den Küchentisch. Angestrengt versuchte er zu rekonstruieren, wie er vergangene Nacht nach Hause gekommen war, doch die Erinnerung wollte sich nur lückenhaft einstellen. Der Cayenne parkte vor dem Haus, er musste ihn irgendwie heimwärts gelenkt haben. Philipp schüttelte verdrossen den Kopf. Die eigene Unvernunft ärgerte ihn. Aber zum Glück war alles gutgegangen.

Nachdem er Joghurt und etwas Obst zu sich genommen hatte, fühlte er sich besser. Er schaltete sein Handy ein und hörte die Mailbox ab. Viola hatte eine Nachricht hinterlassen: Ihre Freundin wollte erst Samstagfrüh abreisen, aus ihrem Treffen heute Abend würde also nichts werden. Allerdings beabsichtigte sie, morgen zum *Erlenhof* zu fahren, und würde sich über seinen Besuch dort ausgesprochen freuen ...

Philipp strich sich mit einem Seufzer über die unrasierte Wange. Offenbar war heute nicht sein Glückstag. Da gab es schon zwei Frauen in seinem Leben, und doch schien keine von beiden Wert auf seine Gesellschaft zu legen. Aber man konnte es auch positiv sehen: So hatte er wenigstens Gelegenheit, sich ungestört auszukurieren.

Den Rest des Nachmittags verdöste er auf dem Sofa, schaute sich eine TV-Dokumentation über schottische Schlösser an, hörte einen düsteren Rachmaninoff und sah einige Schreiben durch, die im Zusammenhang mit Tanjas Erbschaft bearbeitet werden mussten. Gegen sechs fühlte er sich endgültig regeneriert. Eine drängende Unternehmungslust kitzelte ihm in den Beinen. Nach kurzer Überlegung entschied er sich für eine abendliche Fahrradtour.

Die Sonne hing immer noch prall am Himmel und entlud ihre späte Hitze über dem Städtchen. Als Erstes steuerte er Walters Wohnung an. Vielleicht hatte er ja Lust ihn zu begleiten, erwog Philipp mit vager Zuversicht. Doch als sich auch nach dem dritten Klingeln nichts tat, gab er es auf.

Wenig später bog er auf den Radweg ein, der ihn kilometerweit durch das von warmem Abendlicht geflutete Tal führte. Beschwingt durchfuhr er Felder und blühende Auen, auf denen Mohn, Kornblumen und Rittersporn wie vorlaute Farbkleckse prangten. Als Jugendlicher, entsann er sich, war ihm dieser Ort wie ein zweites Zuhause gewesen. Eine Zuflucht, fern des Alltags, an der er Anteil hatte, ohne etwas teilen zu müssen. Ein tiefes, intensives Glückgefühl breitete sich in ihm aus. Ein Gefühl, in dem sich Ursprung und Entfaltung einte. Eine symbiotische Erfahrung aus Heimat und Freiheit, die beinahe schon in Vergessenheit geraten war, so lange lag es zurück, seit er sie das letzte Mal gespürt hatte.

So vieles war auf der Strecke geblieben, dachte er. Doch all das sollte künftig an Boden gewinnen. Sein Leben würde zurückerhalten, was er ihm jahrelang schuldig geblieben war. Und diese Aussicht ließ die vertraute Landschaft um ihn herum in einem Glanz erstrahlen, wie ihn alle Juwelen dieser Welt nicht hätten hervorbringen können.

Nach knapp anderthalb Stunden zweigte Philipp auf einen Weg ab, der ihn in einer weiten Schleife zurück nach Bad Grünau bringen würde. Mittlerweile begannen die waldüberzogenen Hügel ihre Schatten ins Tal zu werfen und die breiten Wiesen in eine lichte und eine unlichte Welt zu scheiden.

Eine Dreiviertelstunde später bremste er vor einem kleinen Holzgatter ab, hinter dem sich ein befestigter Forstweg steil die Anhöhe emporwand. Philipp befand sich jetzt nur noch wenige Kilometer nordöstlich von Bad Grünau und beabsichtigte, das letzte Stück durch den Wald abzukürzen. Ohne Zögern öffnete er das Tor und begann den mühsamen Aufstieg. Der holprige Pfad kroch schlangenförmig den Berg hinauf. Als Philipp endlich den breiten Rücken des Waldes erklommen hatte, war er außer Atem.

Gemächlich fuhr er weiter, bis er den gewohnten Rundweg erreichte. Der rötliche Sandsteinbruch, der aus der Ferne wie eine blutige Wunde in der Haut des Waldes aussah, leuchtete nun unschuldig zart in der untergehenden Sonne, und Philipp nahm fasziniert zur Kenntnis, wie das Licht des einschlafenden Tages die Natur mit einer Milde versah, die jede Härte, jede Schärfe aus ihrem Gesicht vertrieb.

Irgendwann erreichte er die alte Festwiese. Der Ort schien ihn wie ein Magnet anzuziehen, doch er hatte diese Tatsache im Geheimen längst akzeptiert. Diesmal zögerte er keine Sekunde. Neugierig stieg er durch das Gestrüpp, um kurz darauf festzustellen, dass der Unbekannte erneut zugeschlagen hatte. Und das, obwohl Philipp erst tags zuvor hier gewesen war!

Einer der unberührten Bauern war zwei Felder vorgerückt worden. Kein besonders kreativer Zug, wie Philipp fand. Mit dem Vorsatz, seine begonnene Strategie fortzusetzen, trieb er seinen Springer weiter in die feindliche Hälfte hinein, so dass dieser nun von seiner neuen Position aus die schwarze Dame bedrohte.

»Jetzt sollst du sehen, wer der Bessere ist!«

Philipps Herz hüpfte vor Freude! Er war sich sicher, mit dieser Bewegung das Blatt gewendet zu haben! Der, der ihm anfangs als überlegener Rivale erschienen war, hatte sich als höchst durchschnittlicher Spieler entpuppt. Einer, der mehr vorgab als er konnte und den Philipp ganz offenkundig überschätzt hatte!

Mit der aussöhnenden Gewissheit, dass es keinen Grund mehr für Zweifel gab, trat er den Rückweg zu seinem Fahrrad an. Die hereinbrechende Dämmerung hatte wieder das eigentümliche Weben des Waldes entfacht. Zikaden zirpten ihre gleichförmigen Signale aus dem Unterholz; stetig und endlos – der Puls der herannahenden Finsternis.

Philipp kam zügig voran. Das Licht reichte noch, um sicher nach Hause zu gelangen. Als er gerade die Abzweigung zum Parkplatz hinter sich gelassen hatte, tauchte auf dem Weg vor ihm ein Schatten auf. Ganz unerwartet – wie die böse Hexe in einem Puppenspiel. Sekunden später hatte sich der Schatten in eine schemenhafte Erscheinung verwandelt. Eine Gestalt mit groben Händen, unförmigen Kleidern und wirren Haaren. Als Philipp sie passierte, sah er ihr direkt in die Augen. Nur für den Bruchteil einer Sekunde, aber er wurde fast verschluckt von der tiefen, fast endlosen Leere, die in ihnen gefangen war. – Der Förstersohn, schoss es ihm in den Sinn. Offenbar besaß er eine Vorliebe für nächtliche Waldwanderungen.

Unbehagen stieg in ihm auf. Er wusste nicht warum, aber ein merkwürdiges Gefühl hatte sich um sein Herz geschnürt. Ein schneller Blick zurück – doch der Schatten war bereits in der Dunkelheit verschwunden. Philipp spürte eine schneidende Kälte unter seine Kleider kriechen. Irgendetwas war in seinem Hirn aufgelodert; ein vager, amorpher Verdacht, der sich sogleich wieder verflüchtigte, als er besiedelten Boden erreichte.

Im Wald gibt es die sonderbarsten Dinge, dachte er.

Er verschloss sein Fahrrad in der Garage und betrat mit nachdenklicher Miene das Haus.

⌘

Viola Neureuter füllte ihre Lungen mit der warmen Landluft, in der sich der Duft von Erde und Chlorophyll zu einem süßlichen Sommerbukett vereint hatte. Das Licht der Nachmittagssonne ruhte still über der blühenden Natur, die in diesem Teil des Tales ihre bunten Variationen nach allen Richtungen entfalten konnte.

Sie war froh, endlich von der Stadt losgekommen zu sein. Besuch von Freunden war eine nette Sache, konnte aber schnell lästig werden – vor allem, wenn der Gast kein Ende fand, sich in eigenen Befindlichkeiten zu ergehen, ohne auch nur im Geringsten auf die Belange seines Gastgebers zu achten. Aber so waren die Leute nun einmal. Hierin lag keine böse Absicht, allenfalls Gedankenlosigkeit.

Müde lächelnd ließ sie ihr Pferd über den schmalen Feldweg trotten, der vom *Erlenhof* aus durch die weit-

läufige Talebene mit ihren unzähligen Wäldchen, Bu-
schinseln und verzweigten Pfaden führte. Ein knapper
Kilometer noch, dann wollte sie über die Wiesen bis
zum Fluss galoppieren. Tristan liebte dieses Stück. Hier
konnte er sich austoben, ungebremst nachholen, was
Viola ihm in den letzten Tagen vorenthalten hatte.

Später würde sie Philipp treffen. Der Gedanke erregte
sie, löste aber auch eine eigenartige Befangenheit aus.
Sie konnte dieses Gefühl nicht recht deuten, doch womöglich wollte sie ihm auch gar nicht weiter nachge-
hen. Seine Nähe tat ihr gut. Seine besonnene, rück-
sichtsvolle Art war eine wohltuende Alternative zu
dem, was sie von anderen Männern kannte. Philipp gehörte nicht zu denen, die die Welt stets aus der eigenen
Perspektive sahen und andere Menschen nur als Spiegel benutzten, um sich selbst in ihnen zu beschauen.
Und dennoch: Da war etwas in seinem Wesen, was sie
noch nicht entschlüsselt hatte. Eine unterschwellige
Unrast – wie ein Pendel, das vom Licht in den Schatten
schwingt und weder hier noch dort verharren kann,
weil es die eigene Kraft immer wieder in die andere
Richtung zieht.

Viola vermutete, dass Philipps Plan, sich beruflich zu
verändern, den Grund hierfür bildete. Eine andere Erklärung wollte sie momentan nicht zulassen. Und
wenn tatsächlich nur dies das Problem wäre, dann
würde es sich doch in absehbarer Zeit lösen ...

Gedankenverloren ließ sie ihren Blick über die Auen
gleiten, deren saftiges Grün wie ein Teppich über der
Landschaft lag. Dadurch bemerkte sie nicht, wie Tristan plötzlich irritiert mit den Ohren zuckte. Das Pferd

hatte etwas gehört – zwischen dem Weg und dem kleinen Buchenhain, der jetzt etwa zehn Meter vor ihnen lag. Sekunden später vernahm es auch Viola. Es war eine Art Wimmern. Ein leises, röchelndes Geräusch – wie das Winseln eines Hundes.

Behutsam klopfte sie Tristan auf den Hals. Was mochte es sein? Ein verletztes Tier?

Jetzt wurde das Geräusch lauter und deutlicher. Es kam aus der Richtung der Baumstämme, die am Wegesrand zu einem etwa drei Meter hohen Haufen aufgeschichtet waren.

Viola brachte Tristan zum Stehen und stieg ab. Das Geräusch war verstummt. Langsam schlich sie zur Rückseite des Holzstapels, konnte dort jedoch nichts Ungewöhnliches erkennen. – Sonderbar, dachte sie. Sie hätte schwören können ...

Als sie sich umdrehte, hörte ihr Herz für einen schrecklichen Moment auf zu schlagen. Ein unterdrückter Schrei, dann starrte sie entgeistert in die schaurige Fratze, die etwa drei Schritte hinter ihr wie aus dem Nichts aufgetaucht war. Der mächtige schwarze Schnabel und die riesigen Augenhöhlen waren das Erste, was sie erfasste. Der Rest des Gesichts war bedeckt mit roten Federn, die im Stirn- und Backenbereich einen feinen Flaum zu bilden schienen, über dem Scheitel aber länger und breiter wurden, sodass der ganze Kopf in einer unnatürlichen Weise verzerrt wirkte. Der übrige Körper war von einem dunkelroten Umhang verdeckt, an dessen Seiten zwei weite Ärmel wie gestutzte Flügel hinunterhingen.

Die vogelartige Kreatur stand regungslos vor ihr, als wäre sie die tote Requisite eines Gruselkabinetts. Viola war starr vor Entsetzen. Im selben Augenblick sah sie das lange Messer aus dem rechten Ärmel ragen. Die Erkenntnis kam ebenso schnell wie der Angriff: Mit einem großen Satz sprang das Vogelwesen auf sie zu. Dann spürte sie, wie kalter Stahl ihre Kehle öffnete. Blut quoll in heftigen Schüben aus der Wunde und durchtränkte das Weiß ihrer Bluse.

Das Letzte, was Viola wahrnahm, war der stechende Schmerz im Rücken, als ihr sterbender Körper an den Füßen über den Boden geschleift wurde.

⌘

Philipp schlenderte gemächlich durch das breite Tor, das den Eingang zum *Erlenhof* bildete. Ein schönes Tor, wie er fand. Handgeschmiedetes Eisen mit zahlreichen kupfernen Intarsien, die Pferdeköpfe und Reitsymbole zeigten.

Lächelnd sah er auf seine Uhr. Kurz nach drei – ob Viola ihren Ausritt schon beendet hatte? – Falls nicht, würde er hier auf sie warten, würde auf einer Bank ausruhen oder sich die Beine in der Sonne vertreten. An diesem schönen Nachmittag gab es keinen Grund zur Eile.

Das Gut wirkte vollkommen verwaist. Langsam überquerte er den Hof, bis er zu den Ställen gelangte, doch auch hier traf er keine Menschenseele. Momentan schienen alle Reiter unterwegs zu sein. Philipp lugte in die Boxen, in denen sich eine Handvoll Tiere aufhielten, besah sich hier und da herumliegende Sättel und entschied sich schließlich für einen Spaziergang durch das angrenzende Feld.

Eine Weile wanderte er an den Pferdekoppeln entlang, dann bog sich der Weg um einen kleinen Fichtenschlag, hinter dem sich eine lange Gerade taleinwärts anschloss. Schon in der Kurve bemerkte Philipp das blaue Licht, das grell und unnatürlich durch die Bäume blitzte. Verwundert ging er weiter und fixierte dann ungläubig das Bild, welches mit aller Plötzlichkeit vor ihm auftauchte:

In etwa hundert Metern Entfernung war eine Menschenmenge versammelt. Ein gutes Dutzend Personen, schätzte er, die wie eine Traube aneinanderklebten. Seitlich einige unruhige Pferde, dahinter ein Geländewagen und zwei Polizeifahrzeuge mit eingeschaltetem Signallicht. – Philipps Atem begann sich zu beschleunigen. Ganz offensichtlich war dort hinten etwas geschehen. Etwas, das die Aufmerksamkeit der gesamten Umgebung auf sich gezogen hatte.

Mit weichen Knien näherte er sich der merkwürdigen Szene. Bald konnte er Details in der Menge erkennen. Es waren Reiter und Spaziergänger – zumeist Frauen. Einige weinten, andere trösteten. Auf allen Gesichtern aber lag ein Ausdruck panischen Entsetzens.

Was Philipp dann sah, versetzte ihm einen Schlag aufs Herz: Das Pferd lag in unnatürlicher Verdrehung am Boden – um es herum eine gewaltige Blutlache, die zum Teil schon in der Erde versickert war, zum Teil wie eine lackierte Glasscheibe in der Sonne glänzte. Dem Tier war die Kehle aufgeschnitten worden, und es schien, als hätte der mächtige Leib all sein Blut aus sich heraus gespien.

Auf dem toten Schimmel – bäuchlings, als wäre sie gerade noch auf ihm geritten – lag eine Frau, den Kopf zur

Seite gedreht, mit halboffenem Mund, aus dem ein dünnes Rinnsal Blut floss, das auf dem weißen Fell des Pferdes wie ein feiner Riss wirkte. In ihrem Hals klaffte eine gewaltige Wunde, die so tief zu sein schien, dass sie den Kopf beinahe vom Rumpf getrennt hatte. Ihre Kleidung war vollständig mit Blut vollgesogen.

Philipp erstarrte – es war *Viola*.

Was er hier sah, hätte er in den schlimmsten Alpträumen nicht für möglich gehalten. Ein bestialischer Anblick, abstoßend und in seiner stumpfen Rohheit fast schon irreal – wie ein apokalyptisches Gemälde oder eine Szene aus einem Horrorfilm.

Philipp spürte Übelkeit in sich aufsteigen. Entschieden drehte er sich um und lief Hals über Kopf in Richtung Reiterhof. Fast schien es, als ob ihn eine unsichtbare Schnur hinfort zerrte. Eine Kraft, die ihn zurückreißen wollte in die heile Welt, die ihn noch vor ein paar Minuten beschirmt hatte.

Das alles konnte nicht geschehen sein! – Gleich würde er aufwachen. – Dort hinten, auf der Bank neben den Ställen, auf der er nur einen Moment lang eingenickt war. – Und Viola würde ihn anlächeln. Freundlich und munter. – Lebendig! – Gleich war es soweit. Nur noch wenige Augenblicke ...

Doch Philipp erwachte nicht.

12.

Die nächsten vierundzwanzig Stunden waren die Hölle. Philipp war nicht bei sich und auch nicht anderswo in spürbarer Nähe. Seine Gedanken glichen einem Kaleidoskop aus wirren Fetzen, die wie ein Taifun umherwirbelten und sich dabei zu immer neuen Formen verbanden.

Äußerlich schwankte er zwischen Schockstarre und kochender Unruhe, die ihn fast wahnsinnig machte. Das, was er anfangs noch zu verdrängen vermochte, kam schon nach kurzer Zeit wieder zutage, und die Wucht, mit der ihn die Erinnerung traf, war beinahe noch heftiger als die abstoßenden Bilder, die er zuvor mit seinen Augen gesehen hatte.

Eine große Flasche Wodka baute ihm die Brücke über den reißenden Strom.

Irgendwann hatte er die friedliche Halbwelt betreten, in der alle Schmerzen und Ängste im Dunst zerflossen und die Nacht und der Tag eins wurden mit dem stillen Rhythmus des ewigen Nichts. Doch selbst hier ließen ihn die Bilder nicht los. Wie böse Geister zogen sie an ihm vorüber, schnitten plumpe Grimassen und setzten ihm solange zu, bis Philipp entweder meinte, sie in der Luft zerreißen zu müssen, oder sich schicksalsergeben unter der Sofadecke verkroch ...

Auf diese Weise verbrachte er den restlichen Tag, die Nacht und den halben Sonntag. Am späten Nachmittag kam Tanja nach Hause. Sie hatte ein Taxi vom Bahnhof genommen, weil Philipp sich außerstande erklärte, das Haus zu verlassen. Krankheitsbedingt, wie er vorgab.

»Meine Güte, wie du aussiehst!« Sie stand mit ihrem Koffer in der Diele, wo Philipp – ein Schatten seiner selbst – sie in der Wohnzimmertür empfing.

»Wahrscheinlich habe mir etwas eingefangen«, gab er leise zurück. »Einen Virus. Ich brauche nur Ruhe, dann wird es wieder.«

Tanja sah ihn prüfend an, bevor sie ganz leicht den Kopf schüttelte. Es war nicht klar, ob dies Bedauern oder Vorwurf bedeutete, aber im Grunde war es ihm gleichgültig.

Er zog sich aufs Sofa zurück und igelte sich in die warme Wolldecke ein. Später kam Tanja. Sie hatte belegte Brote und eine Kanne Tee gemacht, die sie schweigend auf den Couchtisch stellte. Dann setzte sie sich seufzend neben ihn, strich ihm mitfühlend durchs Haar und schaltete den Fernseher ein.

Der brutale Mord am Reiterhof hatte mittlerweile für großes Aufsehen gesorgt. In den Abendnachrichten des Regionalfernsehens wurde live vom Ort des Geschehens berichtet. Eingespielte Statements jugendlicher Reiter, die bei der Entdeckung der Bluttat zugegen gewesen waren, und ein Interview mit der Polizeisprecherin vermittelten einen vagen Eindruck der verhängnisvollen Tragödie, die das kleine Reiteridyll unweit von Bad Grünau heimgesucht hatte.

Das Opfer, Viola N., eine vierunddreißigjährige Unternehmensberaterin aus der benachbarten Großstadt, sei – wie jeden Samstag – mit ihrem Pferd in der Umgebung des Hofs unterwegs gewesen. Über die Beweggründe des Angriffs könne nur spekuliert werden. Die außergewöhnliche Brutalität deute auf einen emotionalen Hintergrund. Vielleicht eine Beziehungstat. Die Polizei ermittle in alle Richtungen, die Sache habe – selbstredend – höchste Priorität ...

»Schrecklich!«, rief Tanja, die im Laufe des Berichts deutlich an Farbe verloren hatte. »Was für kranke Typen da draußen herumlaufen! Was tut die Polizei eigentlich den ganzen Tag? Kann man sich nicht mehr auf die Straße trauen, ohne befürchten zu müssen, abgeschlachtet zu werden wie ein Stück Vieh?«

Philipp schwieg. Der Fernsehreport hatte das Unwetter in seinem Schädel wieder voll entfacht. Er spürte, wie sich der mit Alkohol konservierte Ekel langsam aus der Magengegend nach oben zu arbeiten begann. Unvermittelt sprang er auf und erreichte – gerade noch rechtzeitig – das Badezimmer, das sich im oberen Stockwerk befand. Dort erbrach er sein Unbehagen, und tatsächlich schien es, als verlören die schrecklichen Bilder mit jedem Schwall, der aus seinem Körper schwappte, ein kleines Stück an Kontur. Die kühle Keramik des Waschbeckens kam ihm bald wie ein weiches Kissen vor, dessen Geborgenheit sein Dasein für einen magischen Moment auf die behütete Welt eines Kleinkindes reduzierte. Eines unmündigen Geschöpfs, das sich keiner Schuld, keiner Unzulänglichkeit bewusst ist und dessen Universum in der schützenden Schale des eigenen Ichs unaufhörlich um sich selbst kreist.

Erst als Tanjas Hand seinen Nacken berührte, kehrte das Jetzt zurück.

»Geht es wieder?« Ihre Stimme klang besorgt und hatte jeden Anflug von Vorwurf verloren.

Philipp murmelte etwas Beschwichtigendes, merkte aber, dass sich Tanja nicht täuschen ließ.

»Leg dich ins Bett«, flüsterte sie, ihn sachte in die Wirklichkeit zurückziehend. »Morgen sieht die Welt schon wieder anders aus.«

Doch auch tags darauf hatte sich sein Zustand nicht wesentlich gebessert. Zwar war die Übelkeit verschwunden, die hitzige Unruhe jedoch war geblieben und wütete derart heftig, dass er kaum in der Lage war, einen klaren Gedanken zu fassen. Philipp sah sich außerstande, ins Büro zu fahren. Er musste sich krankschreiben lassen. Aber sein Hausarzt praktizierte in der Stadt, und dorthin konnte er heute unmöglich fahren.

Nach kurzer Überlegung fasste er einen Entschluss.

Er nahm eine kalte Dusche, zog eine bequeme Chino und ein leichtes Leinenhemd an und machte sich dann zu Fuß auf den Weg, der ihn ins alte Nobelviertel von Bad Grünau führte.

Dr. Arnold wohnte in der Weidenstraße, unweit des Platanenwegs.

Das Haus – ein typischer Siebzigerjahrebau mit überstehendem Walmdach, gelber Klinkerfassade und Erkerfenstern – machte einen vernachlässigten Eindruck. Ein weiß getünchter Lattenzaun begrenzte den ungemähten Rasenstreifen, der das Gebäude wie ein schmutziger Tellerrand umgab. Hinter den ungeputzten Fenstern hingen schwere Gardinen, wie sie Philipp von seinen Großeltern kannte oder von Leuten, die irgendwann aufgehört hatten, ihren Alltag der fortschreitenden Mode anzupassen. Das ganze Anwesen wirkte wie ein Bekenntnis gegen den Zeitgeist.

Philipps Klingeln wurde von müdem Hundegebell hinter dem Haus begleitet. Es dauerte eine Weile, bis sich die Tür öffnete.

»Ah! Der junge Wendelstein. Welche Überraschung an einem so trüben Montagmorgen.«

Philipp warf einen verstohlenen Blick zum sommerlich-blauen Himmel, enthielt sich jedoch eines Kommentars.

»Entschuldigen Sie, dass ich einfach so vorbeikomme. Passt es Ihnen vielleicht gerade?«

Der alte Mann nickte milde und bat ihn herein. Im Kontrast zu seinem äußeren Erscheinungsbild war das Haus innen durchaus geschmackvoll eingerichtet (soweit man diesem Urteil den Geschmack von vor vierzig Jahren zugrunde legte). Und doch schien es Philipp, als schwebe über allem eine merkwürdige Melancholie. Der kunstvoll geknüpfte Teppich im Flur, die Stiche, die verstreut an der Wand hingen, die exotischen Mitbringsel vergangener Reisen – sicher hatten sie alle einst eine Geschichte zu erzählen vermocht. Nun aber waren sie verstummt, waren der Gegenwart abhandengekommen, so wie ihr Besitzer ihr abhandengekommen war.

»Treten Sie ins Wohnzimmer.« Dr. Arnold führte ihn in einen großen, dunklen Raum mit überbordenden Bücherregalen und wies auf das durchgesessene Sofa. Er selbst setzte sich in einen hohen Ohrensessel, der Philipp unweigerlich an den Thron eines ägyptischen Pharaos erinnerte. Und der greise Mann, dessen Haut ihm wie über Knochen gespanntes Pergament vorkam, war die Mumie, die ihn erstiegen hatte und nun Audienz hielt.

»Ich wusste nicht, dass Sie einen Hund haben«, begann Philipp, der seine Nervosität hinter etwas Unverbindlichem verstecken wollte.

Ein schwaches Lächeln glitt über Dr. Arnolds Gesicht. »Der alte Knabe. An Menschenjahren gemessen müsste er fast so alt sein wie ich selbst. Es fragt sich, wer von uns beiden als Erstes von den Qualen des Alters erlöst wird.«

Das Lächeln erstarb und machte einem nachdenklichen Stirnrunzeln Platz. »Doch ich will Sie nicht mit meinen eigenen Befindlichkeiten langweilen. Was verschafft mir die Ehre unseres Wiedersehens?«

Philipp räusperte sich und rutschte ein Stück nach vorne. »Dr. Arnold, ich weiß, dass Sie nicht mehr praktizieren, aber da Sie mich früher behandelt haben, hoffte ich, Sie dennoch konsultieren zu dürfen. Ausnahmsweise. Leider fühle ich mich nicht in der Lage, einen Kollegen in der Stadt aufzusuchen.«

Der betagte Arzt schloss die Augen, bevor er mit leiser Stimme hervorstieß: »Drei Generationen.« Philipp wartete auf die Fortsetzung, musste sich jedoch geraume Zeit gedulden. – »Drei Generationen Ihrer Familie waren meine Patienten«, murmelte Dr. Arnold schließlich. »Das sollte, meine ich, eine Ausnahme rechtfertigen. Um was für Beschwerden handelt es sich denn?«

Philipp beschrieb Symptome, die ihm irgendwie plausibel erschienen, sein tatsächliches Befinden jedoch nur unvollkommen widerspiegelten. Die wirklichen Gründe für seinen Zustand wollte er dem alten Mann nicht offenbaren. Sie ruhten in seinem Innern wie ein schwerer Stein, den man besser nicht bewegte, weil man nicht wusste, in welche Richtung er rollen würde.

Dr. Arnold nickte. »Vermutlich eine leichte Sommergrippe, begünstigt durch die Strapazen der jüngsten Ereignisse.« Unvermittelt sah er Philipp in die Augen. »Natürlich habe ich von der Tragödie gehört, die den alten Harth ereilt hat. Kaum zwei Tage, wenn ich nicht irre, nachdem wir seine Gastfreundschaft genießen durften.«

Philipp senkte schweigend den Blick.

»Mein Beileid übrigens – und dies besonders an seine junge Tochter. Keine angenehme Vorstellung, dass sich die Sache nur einen Steinwurf von hier ereignet hat. Die Nachbarschaft ist deswegen in heller Aufregung!«

Dr. Arnold stieß eine Art Glucksen aus, als würde er eine besonders komische Bemerkung abrunden. Dann fuhr er in verächtlichem Tonfall fort: »Verbrechen stellen für die Menschen etwas ungemein Verstörendes dar. Einen unerhörten Angriff auf die Unversehrtheit ihres Weltbilds. Aber ist das Verbrechen tatsächlich so außergewöhnlich, dass es zwingend das Fundament unserer Moral ins Wanken bringt?«

Er deutete ein Kopfschütteln an. »Ich bezweifle das: Wer glaubt, Gut und Böse seien Gegensätze, der irrt. Das Gute kann ebenso wenig ohne das Böse existieren wie das Böse ohne das Gute. Beides sind Teile eines perfekten Ganzen, das ohne das eine wie das andere bloß ein unvollkommenes Fragment wäre. Erst das eine gibt dem anderen seinen Sinn, so wie das Dunkel dem Licht, der Hass der Liebe oder der Tod dem Leben seinen Sinn verleiht. Es kommt nur darauf an, von welcher Seite wir uns nähern.«

Dr. Arnold ließ ein dünnes Lächeln über den Mund streichen, bevor er weitersprach. »Jeder von uns hat diesen Zwiespalt verinnerlicht, ganz tief in seiner Seele. Wir fühlen ihn bei allem, was wir tun. Doch die Konventionen haben uns gelehrt, unsere Gefühle in Einklang mit den Erwartungen der Umwelt zu setzen. Wir kennen die Grenzen, die das Gute vom Bösen, das Richtige vom Falschen scheiden; wissen, dass wir die Bannmeile meiden müssen, die umgibt, was sich mit den Normen des Alltags nicht verträgt. – Meistens jedenfalls. – Manchmal aber lässt uns die Disziplin im Stich. In trüben Momenten, in denen wir uns als Grenzgänger der Moral wiederfinden, in denen wir Dinge tun, die uns später als Irrtum oder einfach als Dummheit erscheinen. Jeder kennt solche Situationen. Wir heißen sie Fehltritte, Entgleisungen, Unfälle. Ausnahmen von einer Regel, deren Begriff uns zur Gewohnheit geworden ist.«

Er hob die Hand zu einer vagen Geste. Philipp fiel auf, dass der Blick des alten Arztes härter geworden war. »Doch nicht alle unter uns vermögen die Schranke zwischen Regel und Ausnahme zu erkennen. Für manche arme Seele tut sich dort bloß ein undurchsichtiger Nebel auf, der sie unfähig macht, das Licht vom Dunkel, den Tag von der Nacht zu sondern.«

Philipp zuckte unwillkürlich mit den Augenbrauen. Welche *armen Seelen* hatte Dr. Arnold im Sinn? Glaubte er etwa, das Verbrechen an Tanjas Vater sei von jemandem begangen worden, der bloß die Grenze zwischen

Recht und Unrecht nicht kannte und daher versehentlich ein Blutbad angerichtet hatte?

»Das Schlechte ist oft nur Ausdruck einer fehlgeleite-
ten Logik«, fuhr der alte Mann fort. »Einer anderen, ei-
gensinnigen Vernunft. Uns, die wir uns auf dem rechten Weg wähnen, kommt sie fremd und grausam vor.
Der Verirrte aber mag in ihr das allein Richtige, das einzig Gerechte erblicken.«

Philipp merkte, wie sein Geduldsfaden langsam dün-
ner wurde. »Zufällig habe ich die Leiche von Siegfried
Harth mit eigenen Augen gesehen«, warf er dazwischen. »Bei solcher Brutalität fällt es schwer, an eine
Verirrung, wie Sie es nennen, zu glauben.«

Dr. Arnold nickte. »Gewiss, der Vorfall scheint schwer
begreiflich. Und dennoch ist er geschehen – ohne er-
kennbaren Grund. Ein einziges, finsteres Rätsel.« Er
machte eine kurze Pause, bevor er unversehens nachschob: »Drüben am *Erlenhof* hat sich am Wochenende
ein ähnlich finsteres Ereignis zugetragen, sicher haben
Sie davon gehört.«

Philipp biss sich auf die Lippe. Verdammt noch mal,
wie kam der alte Schwätzer plötzlich darauf?

»Eine junge Frau aus der Stadt – ungefähr in Ihrem
Alter, haben Sie sie gekannt?«

Bemüht, die Fassung zu bewahren, schüttelte Philipp
den Kopf.

Dr. Arnold hob die Handflächen und ließ sie gleich
darauf wieder auf die hohen Armlehnen sinken. »Alle
halten es für unfassbar, dass ein Mensch einem anderen so etwas antut. Aber was wissen wir schon über
das, was im Kopf eines solchen Menschen vorgeht? Um
zu verstehen, warum derartige Taten verübt werden,

müssen wir uns von den Normen der eigenen Vorstellung lösen und uns stattdessen in eine Welt versetzen, in der die Ausnahme eins mit der Regel wird, das Gute und das Böse zu einer neuen, konsequenten Wahrheit verschmelzen.«

Philipp zupfte unruhig an seinem Hemdkragen. Der alte Mann war ihm wieder einmal unheimlich, und seine sonderbaren Standpunkte waren alles andere als das, was er momentan ertragen konnte. Er begriff, dass es ein Fehler gewesen war, herzukommen. Aber nun war es zu spät.

In der Hoffnung, das Thema in eine andere Richtung lenken zu können, murmelte er: »Unkontrollierte Emotionen haben schon schlimme Schäden angerichtet –«

Doch Dr. Arnold ließ nicht locker: »Emotionen! Pah! Eine allzu simple Erklärung, die bloß die Beschränktheit offenbart, mit denen man auf das Unerklärliche zu reagieren versucht. – Ein kurzes Unwetter der Gefühle und schon scheint wieder die Sonne … Aber so einfach ist es nicht, junger Freund! Meine Erfahrungen lehren mich, auf der Hut zu sein. Das, was passiert ist, mutet so außergewöhnlich an, dass es sich lohnt, über außergewöhnliche Erklärungen nachzudenken.«

Erst jetzt wurde Philipp klar, worauf sein Gegenüber hinauswollte. »Wollen Sie andeuten, es könnte ein Zusammenhang zwischen den beiden Morden existieren?«

Dr. Arnold schenkte ihm ein leichtes Schulterzucken. »Beides sind Taten, die uns sprachlos machen. Die ohne nachvollziehbares Motiv, vollkommen unerwartet und mit einer rücksichtslosen Grausamkeit verübt wurden, die jedes Maß sprengt. Für eine verschlafene Region

wie die unsrige eine bemerkenswerte Häufung von Au-
ßergewöhnlichkeit, finden Sie nicht?«

Philipp wusste nicht, was er sagen sollte. Die Worte
des Doktors hingen wie ein dunkler Schatten in der
Luft. In gewisser Hinsicht hatte er ja recht. Gleichwohl
sträubte sich Philipp dagegen, eine Verbindung zu kon-
struieren, für die nicht der geringste Anlass bestand.
Abgesehen natürlich von der heimlichen Tatsache,
dass ihn beide Ereignisse persönlich betrafen, doch das
mochte nichts anderes als ein Zufall sein.

Mit zunehmender Unruhe murmelte er: »Eher unwahrscheinlich, dass das eine etwas mit dem anderen
zu tun hat. Und für die Opfer spielen solche Spekulationen ohnehin keine Rolle mehr.«

Der rechte Zeigefinger des alten Mannes deutete ein
warnendes Zeichen an. »Für die Opfer nicht, aber alle
anderen sollten sich vorsehen. Wenn die Mächte der
Finsternis beschlossen haben, unsere Welt in Aufruhr
zu versetzen, dann sind sie damit womöglich noch
nicht am Ende. Und dann läuft jeder, der die Augen ver-
schließt, Gefahr, selbst in die Fänge des Bösen zu geraten.«

Mit dieser düsteren Prognose ließ es Dr. Arnold bewenden. Er verordnete Philipp ein leichtes Antibioti-
kum und schrieb ihn für den Rest der Woche krank.

Philipp bedankte sich zerstreut und erhob sich aus
dem tiefen Sofasessel. Sein Kopf dröhnte, er fühlte sich
elend. Beim Hinausgehen blieb sein Blick an dem anti-
ken Jugendstil-Tischchen hängen, vor dem ein einzel-
ner, hölzerner Stuhl stand. Auf der marmornen Tischplatte lag ein Schachbrett im Staunton-Stil. Einige der

handgeschnitzten Figuren waren verrückt worden –
spielte Dr. Arnold etwa gegen sich selbst?

Unwillkürlich wich Philipp zurück. Mit einem Mal
empfand er Angst vor diesem Ort, vor diesem Haus und
besonders vor dem alten Mann, dessen geheimnisvolles Gebaren ihn nur noch tiefer in die Verunsicherung
getrieben hatte.

Erst als er draußen auf der Straße stand, verzog sich
die dunkle Wolke. Das Licht aber, das sie freigab, blieb
getrübt von Dr. Arnolds Worten. Wie ein feiner Dunst
hatten sie sich zwischen seine Gedanken gelegt und ließen diese nun wie einsame Inseln im Nebel erscheinen.

Und Philipp beschlich die böse Ahnung, dass der Nebel bald noch dichter werden könnte.

⌘

Der Mann, der am Nachmittag des darauffolgenden Tages durch das schlichte Portal des Bad Grünauer Lokalbahnhofs trat, hätte gewiss die Blicke auf sich gezogen,
wenn bloß jemand da gewesen wäre, der von seinem
Erscheinen hätte Notiz nehmen können.

Er war groß, von sportlicher Statur und Kleidung,
hatte halblange, blonde Haare und ein gebräuntes Gesicht, dessen markante Züge auch unter Dreitagebart
und Aviator-Sonnenbrille noch sichtbar hervorstachen. Den riesigen Seesack, der auf seinem breiten Rücken lastete, schien er beinahe spielend zu tragen – so
als handle es sich um eine Sporttasche oder ein Jackett,
das man lässig über die Schulter wirft –, und auch
wenn das Bild vor der provinziellen Kulisse womöglich

150

leicht überbelichtet wirken mochte, so wäre es dennoch schwer gefallen, von seiner blendenden Erscheinung nicht beeindruckt zu sein.

Felix Burjahn zögerte einen Moment, bevor er die drei Stufen vor dem Bahnhofsgebäude hinabstieg. Fast schien es, als würde er auf irgendetwas warten. Eine Regung in seinem Innern – seinem Kopf, seinem Herz oder sonst wo –, die der Bedeutung des Augenblicks gebührend Rechnung trug. Eine Art rührendes Gefühl des Nachhausekommens etwa, des Wiederkehrens in die alte Heimat, die er so lange nicht gesehen hatte ... Aber alles, was er spürte, war eine leichte Anwandlung von Hunger und eine trockene Kehle. Er war deshalb nicht enttäuscht, allenfalls ein wenig verwundert. Doch fünf Jahre waren womöglich keine Spanne, um derartige Empfindungen zu begründen. Und vielleicht war er auch gar nicht der Typ für sentimentale Gefühlsausbrüche.

Sorgfältig ließ er seinen Blick über den kleinen Bahnhofsvorplatz schweifen. Seit seiner Abreise hatte sich nichts wesentlich verändert. Der einsame Springbrunnen in der Mitte des Karrees, die schmucklosen, mit dürren Begonien bepflanzten Waschbetonkübel, der kleine Taxistand ... Im Grunde war alles beim alten geblieben. Allein der Kiosk an der Ecke hatte einen frischen Anstrich erhalten, und auch die paar Tische und Stühle neben den bunten Zeitschriftenständern schienen neu zu sein. Dorthin steuerte Felix jetzt mit gelassenen Schritten, die lange gelernt hatten, ihr Ziel auch ohne Eile erreichen zu können.

Er legte das Gepäck ab, bestellte ein Dosenbier und setzte sich auf einen der wackeligen Metallhocker. – Da war er wieder! Zurück in der Heimat! An derselben Stelle, an der er fünf Jahre zuvor seine Reise begonnen hatte. Eine Reise, die ihn durch fast alle Erdteile geführt, Antworten gegeben, aber ebenso viele Fragen geschaffen hatte ... Jetzt sollte sich der Kreis schließen. Und Felix fand, dass dies kein schlechter Zeitpunkt war, den müden Kahn nach langer Fahrt zurück in den Hafen zu lenken.

Für ein paar Wochen konnte er bei seinen Eltern unterkommen. Das war zwar keine besonders verlockende Vorstellung, hatte aber gewiss Vorteile, die nicht von der Hand zu weisen waren. Wenn er einen Job fand, würde er sich etwas Eigenes nehmen. Hier in Bad Grünau oder drüben in der Stadt. Er machte sich deswegen keine Sorgen, in den letzten Jahren hatte er vieles ausprobiert. Und wenn alle Stricke rissen, konnte er ja immer noch bei Philipp den Rasen mähen.

Felix musste grinsen. Der alte Knabe würde Augen machen, wenn er heute Abend bei ihm auf der Matte stand! Er hatte kein Sterbenswörtchen gesagt – den Spaß wollte er sich nicht nehmen lassen! Aber er war sicher, dass ihm Philipp die Überraschung nicht verübelte. Ganz im Gegenteil!

Und während Philipps Reaktionen in seiner Vorstellung konkrete Züge annahmen, wurde Felix bewusst, wie sehr auch er selbst sich freute, seinen ältesten und treuesten Freund nach so vielen Jahren der Trennung wiederzusehen.

⌘

Etwa zur gleichen Zeit dümpelte Philipp ziellos in seinem Garten umher, verrückte hier einen Blumentopf, schnitt dort ein paar Zweige, um sich von den wirren Gedanken abzulenken, die ihn plagten. Seine Gefühlswelt glich einem Trümmerfeld. Hatte ihn das Verbrechen an Tanjas Vater nach kurzer Erschütterung wieder in die Normalität entlassen, so wähnte er sich jetzt im zerstörten Epizentrum eines Erdbebens, das sein Leben erbarmungslos durcheinander geschüttelt zu haben schien.

Der gewaltsame Tod von Viola war eine Realität, die ihn in der Mitte seiner selbst traf. Ein Ereignis, das von völlig anderer Qualität war als der Tod des alten Mannes, für den er nichts als Abneigung und Widerwillen empfunden hatte.

Das an Viola verübte Verbrechen kam ihm vor wie ein Angriff gegen ihn selbst. Doch er sah keinen Weg, um hierauf in geeigneter Weise zu reagieren. Was hätte er auch tun können? Zur Polizei rennen und ihr Verhältnis offenbaren? Aussagen, dass sie am Tattag miteinander verabredet gewesen waren? – Das alles trug nicht im Geringsten zur Aufklärung bei! Es würde ihm bloß eine Menge Ärger einhandeln und die Polizei von der Verfolgung wichtiger Spuren ablenken ... Nein, in diesem Punkt sah er ausnahmsweise klar – die Beziehung zu Viola musste sein Geheimnis bleiben. Ein unauslöschlicher Traum, tief versteckt in der Schatztruhe seines Herzens ...

Der einzige Lichtblick in diesen Tagen war Tanja. Sie hatte sich inzwischen zu der schlichten Behauptung verstiegen, dass Philipp überarbeitet wäre, und entwickelte in ihrer Fürsorge für den kränkelnden Freund beinahe rührenden Eifer. Je orientierungsloser er sich gab, desto stabiler schien ihr eigener Zustand zu werden. Hatte der Aufenthalt bei ihrer Mutter bereits Besserung bewirkt, so tat die neugefundene Aufgabe ihr übriges. Philipp nahm dies erleichtert zur Kenntnis.

Gegen Abend hatte sich der Himmel über Bad Grünau mit schwerem Gewölk bedeckt. Ein Gewitter lag in der Luft, draußen war es heiß und drückend. Trotzdem verspürte Philipp ein heftiges Verlangen, der Enge des Hauses zu entkommen. Es war ein Impuls, der ihn unbewusst schon den ganzen Tag über bedrängt hatte, doch erst das herannahende Unwetter schien diesen aus ihm herauskitzeln zu wollen. Irgendetwas nagte an ihm. Ein vages Gebilde seines Geistes, das unbemerkt im Durcheinander seiner Gedanken entstanden war. Und das sich jetzt mit aller Plötzlichkeit Bahn brechen wollte.

»Du gehst noch aus?« Tanja sah ihn verwundert an, als er sich in der Diele seine alten Sneakers anzog.

»Nur etwas die Beine vertreten, Prinzessin. Ich kann hier nicht den ganzen Tag herumlungern, das macht mich nur noch kränker!«

Er nahm den Cayenne und fuhr das kurze Stück bis zum Parkplatz am Waldrand. So, dachte er, wäre er flexibler, falls das Wetter schneller als erwartet umschlüge. Sein Wagen war das einzige Lebenszeichen vor Ort, niemand sonst schien um diese Zeit unterwegs zu sein.

Philipp stieg aus und steuerte sogleich auf den breiten Weg zu, dessen steiler Verlauf ihn schnell hinein in den

Wald führte. Sein geistiger Kompass hatte das Ziel dieses Ausflugs schon lange ausgemacht, hierzu bedurfte es keiner Entscheidung mehr.

Mit festen Schritten marschierte er weiter. Im Wald herrschte Totenstille. Ganz so, als hätte sich die Natur in die tiefsten Enden ihres Raums verkrochen. Die Schwüle des Abends hatte sich bis in das dichteste Gestrüpp geschlichen und lag nun wie eine dicke Dämmschicht über der Landschaft.

Philipp merkte, dass er sein Tempo unversehens gesteigert hatte. Er zwang sich langsamer zu gehen, aber irgendetwas in ihm stürmte voran. Er hatte das Gefühl, eine unsichtbare Kraft würde an ihm reißen. Eine Ahnung, die danach gierte, sich in Gewissheit zu wandeln.

Endlich gelangte er zur Festwiese. Sein Puls ging mittlerweile derart heftig, dass ihm nichts anderes übrig blieb, als sich dessen Ungeduld zu beugen. Hastig über den Jungwuchs springend, stand er nur Augenblicke später an der Stelle, wo sich das Spiel befand.

Philipp brauchte nicht lange, um zu erkennen, was geschehen war. Schwarz hatte von Neuem aus dem Hinterhalt angegriffen: Der feindliche Damenläufer, der bislang nicht aktiv gewesen war, war unvermittelt nach vorne geprescht und hatte den umtriebigen Springer geschlagen. Seinen einzig verbliebenen Springer, in den er zuletzt so viele Hoffnungen gelegt hatte! Philipp war fassungslos. Abermals hatte man ihn überrumpelt! Und dabei war er sich seiner Sache doch so sicher gewesen!

Reglos betrachtete er die weiße Pferdefigur, die wie ein Stück totes Fleisch im Gras neben dem Spielfeld lag.

Und in derselben Sekunde spürte Philipp, wie alle Kraft aus seinem Körper wich.

Wie betäubt torkelte er zu der kleinen Bank und kauerte sich auf das morsche Holz. Es dauerte eine Weile, bis er seine Fassung halbwegs wiedergefunden hatte. Dann starrte er lange auf das Schachfeld – fixierte die Figuren im Spiel und die, die neben ihm lagen. In seinem Kopf ratterte es wie in einem Uhrwerk. Und dann – ganz plötzlich – blitzte der Gedanke auf. Er ergriff alles – alles um ihn herum und alles in seinem Innern wurde von ihm aufgefressen. – War es möglich? War das, was er dachte, wirklich möglich?

Philipp nahm alle Kraft zusammen, um den Gedanken zu bändigen, versuchte zu rekapitulieren, was bislang geschehen war: Der weiße Damenturm – die erste Figur, die er verloren hatte, ganz zu Anfang der unheimlichen Partie; damals hatte er nicht nachgedacht, war allzu leichtfertig davon ausgegangen, sich bloß einen kindischen Spaß zu erlauben ... Kurz danach war Tanjas Vater ermordet und in seinem Turmzimmer zurückgelassen worden wie ein wertloser Kadaver ... Jetzt der weiße Springer und das grauenvolle Geschehen am *Erlenhof* ... Wie sich die Bilder in entsetzlicher Weise glichen!

Er fuhr sich heftig durchs Haar, als wollte er damit den Gedanken weiter stimulieren. – Und hatte er nicht noch eine andere Figur verloren? Philipp besann sich. Ja, natürlich – auch den Läufer hatte man geschlagen. Oder vielmehr – hatte *Walter* geschlagen, als er sich so vorlaut in das Spiel eingemischt hatte. Daraufhin war Walter verschwunden und bis heute nicht wieder aufgetaucht ...

Philipp sprang ruckartig auf, er zitterte jetzt am ganzen Leib. – Was ging hier vor sich? Wer, um alles in der Welt, hatte sich dieses alberne Spiel – diese schäbige Sammlung halbvermoderter Plastikfiguren im letzten Winkel des Waldes – ausgesucht, um es als Spiegel seines Schicksals zu missbrauchen? Gab es tatsächlich einen Zusammenhang? Oder war doch alles ein verrückter Zufall?

Philipp stand kerzengerade da, spürte vor Anspannung jede Faser in seinem Körper. Hinter seiner Stirn pochte es. In diesem Moment setzte der Regen ein. Zuerst hörte er ihn in den Blättern, dann fühlte er ihn auf der Haut. In der Ferne grollten dumpfe Donnerschläge.

Intuitiv wandte sich Philipp ab und hastete Hals über Kopf in den kleinen Waldabschnitt, der die Lichtung von der Festwiese trennte. Er hatte Mühe, die Orientierung zu behalten, stolperte über Wurzelstöcke, rutschte mehrmals auf moosigen Steinen aus. Zweige griffen nach seinen Hemdsärmeln, Sträucher krallten nach den Hosenbeinen ... Das kurze Stück erschien ihm plötzlich wie ein lebensgefährliches Wagnis – wie eine Hetzjagd, bei der er vor seiner eigenen Angst davonlief.

Am Festplatz angekommen, rannte er los, rannte, als wäre der Teufel hinter ihm her. Der Regen war mittlerweile zum Wolkenbruch geworden.

Als er endlich sein Auto erreichte, war er nicht nur völlig außer Atem, sondern auch bis auf die Haut durchnässt. Keuchend schob er sich auf den Fahrersitz, stieß scharf zurück und schoss dann mit Vollgas über den feuchten Schotter, der seine Splitter mit lautem Poltern gegen das Blech schleuderte, während sich

oben am Himmel das bislang heftigste Gewitter des
Jahres austobte.

Dritter Teil
– Rochade –

13.

Philipp stoppte mit quietschenden Reifen vor seinem Haus. Mit langen Schritten sprang er zur Eingangstür, schloss auf und fand sich schließlich pudelnass in der Diele wieder, wo er sich entkräftet mit beiden Armen auf den Garderobentisch stützte.

Augenblicke später öffnete sich die Tür zum Wohnzimmer. »Was, um alles in der Welt …« Das Erstaunen über Philipps derangiertes Erscheinungsbild raubte Tanja den Rest des Satzes.

Wortlos drehte sich Philipp zu ihr – und zuckte im selben Augenblick zusammen. Direkt hinter Tanja stand eine Gestalt. Zwei Köpfe größer und bald doppelt so breit wie sie. Jemand, auf dessen Gesicht sich jetzt ein langes, ja schelmisches Grinsen abzeichnete.

»Guten Abend, alter Knabe! Für mich hättest du dich nicht derart abhetzen müssen!«

Der vertraute Bariton tönte in dem kleinen Vorraum wie ein Echo aus längst vergessenen Zeiten. Erst jetzt begriff Philipp: Es war Felix! Sein Freund Felix war zurückgekehrt! Die Erkenntnis war so schlicht wie banal, und dennoch traf sie ihn mit einer Wucht, die alles, was er in den letzten Tagen, Stunden, Minuten erlebt hatte, fortzureißen schien wie eine brechende Welle. Sein Unbehagen, das Gewirr in seinem Kopf – nichts davon war in diesem Augenblick mehr real. Nur noch Felix, der Fels in der tosenden Brandung, der ihn fröhlich und mit einem Anflug leichter Besorgnis musterte.

»Ich hätte dir gleich sagen können, dass es regnen wird!« Tanjas tadelnde Stimme ging unter in dem Ozean aus Emotionen, der Philipp von allen Seiten geflutet hatte.

Er stammelte etwas von plötzlichem Wetterumschwung und entschuldigte sich für ein paar Minuten. Oben zog er hastig die nassen Sachen aus, stellte sich unter die heiße Dusche und stand keine zehn Minuten später entkräftet, aber trocken im Wohnzimmer.

Die Begrüßung, die folgte, war innig und von selbstverständlicher Herzlichkeit. Dennoch schwang eine leise Irritation mit. Man konnte Philipp die Last, die auf seinen Schultern lag, förmlich ansehen. Tanja hatte Felix bereits über den Mord an ihrem Vater ins Bild gesetzt. Ebenso wie über Philipps gegenwärtige Unpässlichkeit. Und obwohl all dies bereits eine hinreichende Erklärung abgegeben hätte, hatte Felix das unbestimmte Gefühl, dass da noch etwas anderes war, was Philipp beschäftigte.

»Hab gehört, du bist nicht ganz auf der Höhe, mein Lieber. Vielleicht verschieben wir unser Wiedersehen um ein, zwei Tage?«

Philipp machte eine wegwerfende Handbewegung. »Kommt gar nicht infrage!« Ein kurzer Seitenblick auf Tanja, dann fuhr er rasch fort: »Wie ist es – hast du Lust auf einen kleinen Happen ... vielleicht bei Mario? Ich könnte jetzt eine Stärkung vertragen.«

Felix war einverstanden, und nachdem er Tanja versprochen hatte ein sorgsames Auge auf Philipp zu werfen, erhob auch diese keine Einwände gegen ein Tête-à-Tête der beiden Jugendfreunde, die sich heute so unverhofft wie unvermittelt wiedergefunden hatten.

Eine Viertelstunde später saßen sie im *Da Mario*, einem kleinen Italiener im Gewerbegebiet von Bad Grünau, von dem Philipp wusste, dass dort zu dieser Stunde wenig Betrieb herrschte.

Sie bestellten Pizza und eine Flasche Chianti, dann wandte sich Felix mit einem ironischen Stirnrunzeln an seinen Freund: »Freut mich auch, dass ich wieder da bin.«

Philipp lächelte verhalten. »Entschuldige bitte meine Zerstreutheit. Natürlich freue ich mich – sehr sogar. Aber du erwischst mich in einer ereignisreichen Phase.« Felix nickte. »Hab schon gehört, was geschehen ist. Der Alte scheint zwar kein Fan von dir gewesen zu sein, aber ich kann verstehen, dass dich die Sache mitnimmt –«

»Das ist es nicht!«, fuhr Philipp dazwischen, um sogleich etwas nachdenklicher anzufügen: »Jedenfalls nicht allein.«

Sein Gegenüber hob fragend die Augenbrauen.

Philipp zögerte. Für einen Moment war er unschlüssig, wie weit er Felix gegenüber gehen sollte. Doch er spürte mehr und mehr, dass er jemanden brauchte, mit dem er reden konnte. Er war nicht in der Lage, seine Gedanken länger unter Verschluss zu halten, und wenn es jemanden gab, dem er vertrauen konnte, dann war es sein Freund Felix, mit dem er bislang noch jedes Geheimnis geteilt hatte.

Schließlich begann er zu erzählen; ganz am Anfang, bei seinem ersten Besuch im Wald und der Entdeckung des verborgenen Schachplatzes. Philipp ließ keine Einzelheit aus, die ihm wichtig erschien. Er beschrieb sein

Verhältnis zu Tanjas Vater, die Umstände seines gewaltsamen Todes, die gemeinsamen Pläne mit Walter und dessen rätselhaftes Verschwinden ... Er merkte, wie ihm der Bericht half, die Proportionen der Dinge zu erhellen und dabei das vermeintlich Beachtliche vom Unbeachtlichen zu trennen.

Und er erzählte auch von Viola – von den heimlichen Treffen, seinen Gefühlen für sie und dem abscheulichen Verbrechen, das ihrer Verbindung ein so jähes Ende gesetzt hatte. Der Wein lockerte seine Zunge, aber es gab auch keinen Grund, etwas zurückzuhalten.

Am Schluss seiner Schilderung stand die jüngste Wendung des Spiels – und die Geburt des schrecklichen Verdachts, der ihn wie ein böses Fieber befallen hatte.

Als Philipp fertig war, entstand eine längere Pause. Erwartungsvoll ließ er seinen Blick über das Gesicht seines Freundes wandern. Doch Felix sah bloß stumm auf seine Hände, die unschlüssig flach auf der Tischplatte lagen.

»Und?«, drängte Philipp.

Felix wippte gedankenversunken mit dem Kopf. Nach einer Weile schien er sein Urteil gefällt zu haben. »Ich glaube, du hast dich da in etwas verrannt. Zugegeben, die Sache mutet eigentümlich an. Aber das eine muss nicht unbedingt etwas mit dem anderen zu tun haben. Viel wahrscheinlicher ist, dass es sich um eine unglückliche Verkettung von Ereignissen handelt. Um einen makabren Zufall.«

Philipp spürte die Enttäuschung wie einen Eimer lauwarmes Wasser über seinen Rücken laufen.

»Du nennst es *Zufall*, dass zwei Menschen aus meinem engsten Umfeld in kaum zwei Wochen ermordet werden?«

Felix machte eine beschwichtigende Geste. »Es findet sich immer eine Erklärung … Zum Beispiel der alte Harth: Wenn du mich fragst, hat er einen verdammten Einbrecher überrascht. Der hat den Kopf verloren und ist in Panik geraten. So etwas passiert ständig!«

»Die Polizei geht davon aus, dass die Alarmanlage lange im Voraus manipuliert wurde –«

»Dann war es eben einer der Partygäste! Einer, der der Welt einen Dienst erweisen wollte, indem er den alten Gauner aus dem Verkehr zieht. Ein Wunder, dass er nicht schon früher daran glauben musste!«

Philipp verzog verdrossen den Mund. Er war nicht überzeugt. Und selbst wenn, so konnte dies ja nur einen kleinen Teil der Wahrheit bedeuten …

»Und was deine Pferdelady betrifft«, fuhr Felix achselzuckend fort, »die war wohl einfach zur falschen Zeit am falschen Ort. Am Ende ist sie einem Verrückten begegnet. Einem Psychopathen, der weiße Pferde nicht ausstehen kann. Auch das soll vorkommen –«

»Jetzt aber genug!«, protestierte Philipp. Bei aller Freundschaft – Felix' flapsige Bemerkungen gingen zu weit. Wie konnte er bloß derart pietätlos sein?

Felix lächelte, um zu zeigen, dass es nicht so gemeint war. »Nein, ganz im Ernst – wie gut kanntest du diese Viola überhaupt? Wer sagt dir, dass sie nicht irgendeinen geschassten Exfreund hatte, der nur darauf gewartet hat, ihr irgendwann aufzulauern? Glaub mir, die Sache hat nichts mit dir zu tun.«

»Und Walter?« Philipp warf Felix einen herausfordernden Blick zu.

Dieser ließ sich mit einem gespreizten Seufzer in die Stuhllehne fallen. »Walter ist ein netter Kerl, aber nicht von dieser Welt! Vermutlich ist er einfach sauer auf dich, weil du dich zierst wie die Jungfrau vor der Hochzeitsnacht. Da hat er seinen Rucksack gepackt und ist für ein paar Tage in die Berge gefahren. Zum Wandern, zum Biken. Oder einfach zum Schmollen. Wäre ihm doch zuzutrauen, oder?«

Philipps Stirn legte sich in tiefe Falten. Der unerschütterliche Gleichmut seines Freundes kam ihm wie eine Mauer vor, die er nicht zu überwinden vermochte. Das, was Felix sagte, klang plausibel. Aber all diese Erwägungen waren Philipp bereits selbst durch den Kopf gegangen. Jede konnte für sich betrachtet richtig sein. Doch wie man es auch drehte und wendete – eine Frage blieb offen: »Und welche Bedeutung hat das Schachspiel bei der ganzen Sache?«

Felix gab einen verächtlichen Laut von sich, antwortete jedoch nicht sofort. Die winzige Pause, die sich anschloss, zog einen feinen Riss in seine Gelassenheit.

»Gar keine!«, erwiderte Felix schließlich. »Das Spiel ist ein dummer Wettstreit, den irgendein gelangweilter Waldbesucher angezettelt hat. Einer, der regelmäßig dort draußen unterwegs ist und es spannend findet, sich mit einem unbekannten Gegner zu messen.«

»Und die Parallelen zwischen dem Spiel und der Realität? Die Abfolge der geschlagenen Figuren?«

»Ach was! Die Figuren sind willkürliche Gebilde, denen du die Bedeutung beimisst, die du ihnen gerne beimessen willst. Genauer betrachtet, ist deine Interpretation vollkommen beliebig. Nimm wieder den alten Harth: Du schreibst ihm den Turm zu, weil sein Haus ein Türmchen hat? Das ist albern! Seinem Vermögen nach könnte er ebenso der König sein – und seinen Manieren nach ein Bauer!«

Philipp wollte protestieren, doch Felix war schneller: »Und nach allem, was du mir über Viola erzählt hast, müsste sie doch eher deine Herzdame gewesen sein und kein lahmer Gaul.«

»Ich weiß nicht –«

»Alles, was ich damit sagen will, ist, dass du in diesem Spiel etwas siehst, was du meinst sehen zu müssen. In Wahrheit hat es nichts mit dem zu tun, was gerade in deinem Leben vor sich geht.« Er hob die Hände zu einer mahnenden Geste. »Aber wenn du unbedingt glauben willst, das Spiel würde irgendeinen bösen Zauber verbreiten – warum gehst du nicht einfach hin und fegst die alten Steine vom Brett? *Tabula rasa* und der Schrecken hat ein Ende!«

Philipp zuckte unmerklich zusammen. »Das hielte ich im Augenblick für unklug«, murmelte er zögernd. »Wer könnte ausschließen, dass ich dadurch noch viel größeren Schaden anrichte?«

»Dann lass ganz die Finger davon! Nach deiner Theorie geschieht ja immer nur dann etwas, wenn es auf dem Spielfeld zu einem Schlagabtausch kommt. Gibt es keinen neuen Zug, kann dich dein unsichtbarer Widersacher auch nicht mehr um deine Figuren bringen.«

Gedankenversunken starrte Philipp auf das Paar Pfeffer- und Salzstreuer in der Mitte des Tisches. – Felix' letzter Vorschlag war die einzig vernünftige Reaktion, überlegte er. Wenn er einfach *nichts* mehr täte, würde er auch keine Gefahr laufen, von Neuem einen Fehler zu begehen. Und dann würde sein rätselhafter Gegenspieler womöglich irgendwann die Lust an der Sache verlieren.

»Vielleicht hast du recht.«

»Aber sicher habe ich das, mein Bester!« Felix bemühte sich um ein möglichst verständnisvolles Lächeln. »Und auf diese Erkenntnis sollten wir uns jetzt einen doppelten Grappa genehmigen!«

Damit war das Thema fürs erste beendet. Philipp war sich nicht sicher, ob ihn Felix' Standpunkt wirklich beruhigt hatte. Vielleicht hatte er es. Wenn nicht, eröffnete er ihm zumindest einen neuen Blick aus dem dichten Gewebe, das in seinem Kopf wucherte wie eine undurchdringliche Dornenhecke.

14.

Es goss in Strömen, als Kommissar D'Antoni – die Hände tief in den Taschen seiner Lederjacke versenkt – durch die verlassenen Straßen in der Nähe des Hauptbahnhofs marschierte. Der Vormittag hatte bereits ein spätes Stadium erreicht, doch dem Stadtviertel, in das es ihn verschlagen hatte, schien der Trubel der Nacht noch tief in den Gliedern zu stecken.

D'Antonis Laune war angegriffen, und das lag nicht alleine am Wetter. Die letzten Tage hatten ihn mehr gefordert als ihm lieb war. Etwas Nervenkitzel war ja gewiss nicht verkehrt. Das jedoch, was derzeit in Bad Grünau vor sich ging, war definitiv zu viel des Guten!

D'Antoni trat verärgert gegen die leere Bierdose, die unversehens vor seinen Füßen aufgetaucht war. Nicht mal zwei Wochen, dann wollte er in den Urlaub aufbrechen. Zehn Tage Ibiza – die sichere Aussicht auf wilde Partynächte und jede Menge heiße Flirts ... Und jetzt würde ihm dieses verdammte Gemetzel alles verhageln! Es war zum Mäusemelken! Warum konnten die Psychopathen dieser Welt nicht ein einziges Mal auf einen spaßdarbenden Polizisten Rücksicht nehmen?

Mürrisch passierte er breite Fensterfronten, deren verdunkelte Scheiben aussahen, als wollten sie alles Begehrenswerte dieses Erdballs für immer vor ihm verschlossen halten. Reiß dich zusammen, ermahnte er sich. Immerhin hatte er einen dienstlichen Auftrag zu erledigen ... Die Adresse, die sie anhand von Harths Telefonverbindungen ermittelt hatten, konnte nicht mehr weit sein. Die betroffene Dame schien ihr Domizil in zentraler Lage gewählt zu haben.

Schließlich stand er vor einem schäbigen, vierstöckigen Mietshaus, dessen grauer Putz bereits sichtbare Auflösungserscheinungen zeigte. Im Treppenhaus schwappte ihm eine ganze Parfümerie blumiger Aromen entgegen.

Im dritten Stock öffnete ihm eine hochgewachsene Frau Anfang vierzig, kurze Haare, nüchternes Make-up, die sich in sonorem Alt als Madame Yvette vorstellte. Trotz der beinahe alltäglichen Kleidung – sie trug enge Jeans und eine streng geschnittene, rot-schwarze Bluse – wirkte ihre kerzengerade Erscheinung auf ganzer Linie vereinnahmend.

Der Blick, der D'Antoni von oben bis unten musterte, bereitete dem jungen Polizisten weiche Knie. Er konnte sich Madame nur allzu gut in Aktion vorstellen – und offen gestanden wollte er dann nicht unter ihre Fittiche geraten.

Das Verhör kam schnell in Gang, Madame Yvette war bereits aus der Presse informiert. – Ja, den alten Harth hatte sie regelmäßig besucht. Draußen in Bad Grünau, oft dreimal im Monat. Ein zuverlässiger, diskreter Kunde, der genau wusste, was er wollte.

»Und sein Homeoffice war wirklich sagenhaft ausgestattet!« Bei der Beschreibung von Siegfried Harths geheimer Lustkammer geriet Madame Yvette ins Schwärmen. Dort hatte sich der Hausherr professionell ›behandeln‹ lassen, ohne dass er auch nur ein einziges Mal unzufrieden mit ihren Diensten gewesen wäre.

Es folgten freimütige Details über die Vorlieben des alten Herrn, die D'Antoni gleich wieder zu vergessen suchte. Als er schließlich den Umschlag mit der roten Federimitation hervorholte, schüttelte seine Gesprächspartnerin den Kopf.

»Auf Verkleidungsspiele stand der Gute nicht. Der wollte den Tatsachen immer blank ins Auge sehen. Fesseln und rüde Wortgefechte – das war sein Ding. Aber keine albernen Kostüme.«

D'Antoni strich sich verdrossen eine Haarsträhne aus der Stirn. Ein *Kostüm* – darauf hätte er auch selbst kommen können – Jedoch, warum sollte sich der Mörder verkleidet haben, wenn er ohnehin vorgehabt hatte, den alten Mann zu töten? Oder war das etwa gar nicht seine ursprüngliche Absicht gewesen?

Seufzend stand er auf und bedankte sich für die Zeit, die sich Madame Yvette genommen hatte.

»Schade um den alten Mann, er hätte noch ein paar gute Jahre vor sich gehabt.« Die Bemerkung kam, als D'Antoni schon halb aus der Tür getreten war. Er hatte das Gefühl, dass dieses Bedauern echt war. Und das nicht allein, weil Madame Yvette einen zahlungskräftigen Kunden verloren hatte. Nein, er meinte in ihrer Reaktion einen Anflug aufrichtiger Anteilnahme erkannt zu haben. Und dieser Umstand überraschte ihn. – Wäre Siegfried Harth tatsächlich in der Lage gewesen, bei anderen Menschen so etwas wie Empathie zu wecken?

Nachdenklich verließ er das Haus und machte sich auf den Rückweg zu seinem Wagen.

Philipp räkelte sich schläfrig auf dem Sofa und lauschte dem Regen, der in grauen Schleiern gegen die

Fensterscheibe klatschte. Auf seinem Bauch lag ein aufgeschlagenes Buch. Ein dünnes Bändchen über das Schachspielen, das ihm – soweit er sich entsann – jemand als Kind geschenkt hatte. Und das dann ungelesen in irgendeinem Schrank verschwunden war.

Philipp war nach kurzer Suche auf dem Dachboden fündig geworden. Was ihn hierzu bewogen hatte, wusste er nicht genau. Vielleicht war es die Neugier, vielleicht Langeweile – Tanja verbrachte den Tag mit Freundinnen und Felix feierte Wiedersehen mit seinen Eltern –, womöglich verbarg sich dahinter aber auch etwas anderes, von dem er noch nicht recht wusste, was es war.

Besonders interessant fand Philipp den historischen Teil der Abhandlung. Dort hatte er gelesen, dass die Figuren nicht immer schon die Bedeutung hatten, die ihnen heute zugeschrieben wurde. (Eine Erkenntnis, die für Felix' These sprach, wonach die Symbolik des Spiels im Belieben des Betrachters lag.)

So war etwa der Läufer ursprünglich ein Elefant gewesen, den die Europäer später wahlweise zum Fahnenträger, zum Narren, zum Bischof und zum Boten umfunktioniert hatten.

Auch die Dame war früher alles andere als die mächtige Gemahlin des Königs gewesen. In den Anfängen des Schachspiels hatte diese Figur die Stellung eines königlichen Beraters eingenommen – eines Ministers oder Verwalters –, dessen damals noch geringer Radius ihn kaum einmal mehr als ein, zwei Felder vom König entfernen konnte.

Und selbst das Soldatenheer der Bauern, erklärte das Buch, musste im Mittelalter einen Wandel über sich ergehen lassen, als man den Versuch unternahm, eine Schar von Bürgern aus ihm zu machen: Schmied, Weber, Landarbeiter, Kaufmann, Arzt, Gastwirt, Polizist und Glücksspieler. An dieser Stelle hatte Philipp schmunzeln müssen. Diese kunterbunte Bürgerwehr erschien ihm als Streitmacht alles andere als schlagkräftig.

Seufzend stand er auf, trat an die Terrassentür und blickte hinaus in den Garten. Der Regen hatte nachgelassen, am Himmel begann das Licht langsam seinen Siegeszug über das Grau anzutreten.

Vielleicht war seine gestrige Reaktion übertrieben gewesen, überlegte er. Felix hatte ja nicht Unrecht: So absurd ihm seine Lage auch vorkam, so schien es doch beinahe unmöglich, dass all die Verhängnisse der letzten Tage eine gemeinsame Ursache hatten. Und schon gar nicht ein harmloses Spiel, mit dem sich Spaziergänger oder vorwitzige Kinder die Zeit vertrieben.

Andererseits war es nie verkehrt, auch das Unwahrscheinliche in seine Überlegungen einzubeziehen. Wenn seine finsteren Ahnungen nun tatsächlich begründet wären – wenn es tatsächlich einen Zusammenhang zwischen den Morden und dem Spiel geben sollte – würde dann ein Rückzug nicht einer Aufgabe gleichkommen? Und hatte nicht der, der aufgab, das Spiel unweigerlich verloren?

Je länger Philipp nachdachte, desto unsicherer wurde er. Die Partie zum jetzigen Zeitpunkt zu beenden, wäre das Eingeständnis seiner Niederlage. Ein Einknicken vor der eigenen Unzulänglichkeit, die sich in einer

Reihe von Anfängerfehlern geäußert hatte. Vermeidbarer Leichtsinn, ohne Ernst und Bedacht. Dem eifrigen Waldgänger mochte dies einen biederen Triumph bescheren. Was aber, wenn sich hinter dem Spiel etwas Größeres verbarg? Eine dunkle Macht, jenseits seiner Vorstellung, die Philipps Schicksal ergriffen hatte und mit diesem nun sein Unwesen trieb? Würde er jenem Phantom durch den Abbruch nicht signalisieren, im Kampf um seine Lebenshoheit kapituliert zu haben? Mit all den Folgen, die sich hieraus ergeben konnten?

Und selbst wenn alles nur Einbildung wäre – müsste die Niederlage dann nicht ewig in seinem Kopf harren? Und würde eine eingebildete Niederlage auf Dauer nicht ebenso fatal sein wie eine tatsächliche?

Philipp nahm wieder auf dem Sofa Platz und vergrub das Gesicht in seinen Händen. Dann griff er nach dem Buch und begann, sich in dessen fortgesetzte Lektüre zu vertiefen.

⌘

Die Rochade ist ein Ereignis, bei dem sich der König zwei Felder auf den Turm zubewegt, bevor der Turm über den König springt und an dessen Seite zum Stillstand kommt. Sie ist der einzige Zug, bei dem zwei Figuren derselben Farbe gleichzeitig bewegt werden. Je nachdem, ob der Königsturm oder der etwas entferntere Damenturm beteiligt wird, unterscheidet man die kleine von der großen Rochade.

Eine Rochade ist nur gestattet, wenn weder König noch Turm bereits gezogen wurden, zwischen beiden keine andere Figur steht und der König über kein Feld ziehen muss, das von einer feindlichen Figur bedroht wird. Auch darf der

König weder vor noch nach der Rochade im Schach stehen. Zweck des Spielzugs ist es, den König auf einem der Flügel des Schlachtfeldes zu sichern und zugleich den Turm für weitere Kampfhandlungen zu mobilisieren.

⌘

Philipp hob den König an und rückte ihn zwei Felder auf den Turm zu. Er tat dies mit einem mulmigen Gefühl im Bauch, denn der König war ihm bislang ein unantastbares Element des Spiels gewesen. Der beständige Kern seiner Hemisphäre, um den sich alles andere drehen konnte, ohne dass es ihn erschüttern sollte.

Danach nahm er den Turm – den einzigen, der ihm geblieben war – und übersprang den König in entgegengesetzter Richtung. Die Tatsache, dass er den König aus der Schusslinie gebracht hatte, beruhigte ihn ein wenig. Seine wichtigste Figur durfte sich in Sicherheit wähnen, während der starke Turm, der bislang nutzlos in der Ecke gestanden hatte, nun ins Geschehen eingriff.

Ein leichtes Nicken befiel ihn – ganz unwillkürlich, so als wolle er sich selbst Bestätigung zusprechen. Philipp bereute es nicht, hierhergekommen zu sein. Zwar kam er sich ein wenig ertappt vor, Felix' Ratschlag so konsequent zu missachten. Doch es war klar, dass die Sache komplexer war, als es sich sein Freund vorzustellen vermochte. Er hatte eine reale Chance, den Kampf zu gewinnen. Er musste es nur geschickter angehen. Bislang war er einfach zu sorglos gewesen, hatte nicht begriffen, was in Wirklichkeit auf dem Spiel stand. – Dies würde sich von nun an grundlegend ändern!

Gedankenversunken betrachtete Philipp die neuformierte Stellung. Der Regen hatte Wasserlachen auf den Steinplatten gebildet, in denen sich jetzt das zarte Blau des aufbrechenden Himmels spiegelte. So chaotisch seine Gemütslage auch sein mochte, so schöpfte er doch gerade wieder etwas Hoffnung.

15.

Der Abend kam und überzog das kleine Städtchen mit dem silbrigen Firnis einer nahenden Vollmondnacht. Philipp stand in der Küche, um sich einen weiteren Gin Tonic zu mixen, als er in den Augenwinkeln die graue Gestalt bemerkte, die sich draußen mit langsamen Schritten dem Haus näherte. Hastig löschte er das Licht und trat ans Fenster, doch der Unbekannte war schon aus seinem Sichtfeld verschwunden.

Für einen Moment war Philipp wie erstarrt, dann sprang die Außenbeleuchtung an. Das Klingeln an der Haustür stach wie eine Nadel in die Stille des Abends. – Wer mochte das sein? – Tanja hatte ihren eigenen Schlüssel, außerdem hatte sie per SMS ausgerichtet, sie würde erst spät nach Hause kommen. Wer also sollte ihn um diese Zeit aufsuchen wollen?

Fast automatisch trugen ihn seine Beine in die Diele, wo er einige Sekunden unentschieden verharrte. Sei nicht albern, dachte er. Ein Killer würde kaum an der Tür läuten. – Oder etwa doch?

Schließlich gab er sich einen Ruck und öffnete.

»Guten Abend, junger Freund.«

Philipps Anspannung wich betretener Erleichterung, als er in das zerfurchte Gesicht von Dr. Arnold blickte.

»Unser abendlicher Spaziergang hat uns durch Zufall hierher geführt. Da kam mir der Gedanke, mich nach dem Wohlbefinden meines werten Patienten zu erkundigen.«

Philipps Blick wanderte zu dem alten Hund, der mit schiefem Kopf und lechzender Zunge neben seinem Herrn kauerte. Ein Border Collie, wie ihm auffiel.

»Danke der Nachfrage, es geht wieder einigermaßen. Aber wollen Sie nicht einen Augenblick hereinkommen?«

Dr. Arnold schüttelte lächelnd den Kopf. »Ich möchte Sie nicht belästigen. Schon gar nicht zu dieser späten Stunde.«

Unter normalen Umständen hätte Philipp die Entschuldigung wie selbstverständlich angenommen, doch in diesem Moment spürte er ein Gefühl der Enttäuschung in sich aufsteigen.

»Sie belästigen mich keineswegs. Und ans Schlafengehen habe ich auch noch nicht gedacht.«

Das einladende Grinsen verfehlte seine Wirkung nicht. Dr. Arnold nickte kurz, band den Hund an einem Zaunpfahl fest und betrat schließlich, gefolgt von einem leichthin plaudernden Philipp, das Haus.

Erst eine Dreiviertelstunde später verabschiedeten sie sich voneinander. Das Angebot, ihn nach Hause zu fahren, lehnte Dr. Arnold dankend ab. Philipp blieb in der Tür stehen, bis dieser die Hundeleine losgebunden hatte und hinaus auf die Straße trat. Ein letzter Gruß, dann war der alte Mann im Schatten der Nacht verschwunden.

Philipp ging zurück ins Haus. Die Unterhaltung hatte ihm gutgetan. Der greise Arzt kannte sein soziales Um-

feld zwar nur über die nächst oder sogar übernächst ältere Generation. Aber vielleicht war es gerade diese Distanz, die ihn auf angenehme Weise berührte. Die die
Gegenwart des alten Mannes wie ein Funkeln aus der
Vergangenheit erscheinen ließ. Einer Vergangenheit,
die ihm heute unerreichbar schien. Und die dennoch
tief in ihm schlummerte. Als lichtlose Glut, deren
Wärme er nach all den Jahren immer noch fühlen
konnte.

Philipp goss sich ein letztes Glas ein. Der herbe Geschmack des Gins rieb angenehm an seinem Gaumen.
Er wunderte sich, wie ruhig er auf einmal geworden
war.

Dr. Arnold roch den Nebel, der vom Wald aufgestie-
gen war und sich nun im Schutz der Dunkelheit langsam über die Dächer wölbte. Wie eine riesige Käseglo-
cke, überlegte er, die sich unbemerkt über die Köpfe der
Menschen stülpt, um sie in ihrem Schicksal zu verkap-
seln. Mit allen Sorgen, Wünschen und Unzulänglichkeiten. Und mit all dem Schlechten, das tief in man-
chem von ihnen schlummert.

Der alte Mann schüttelte den Kopf und ließ die Nacht-
luft tief in seine Lungen strömen. Bis zu seinem Haus
war es nicht mehr allzu weit. Diesmal hatte der Spaziergang länger gedauert als gewöhnlich, aber was spielte
das für eine Rolle. Zeit war für ihn kein kostbares Gut
mehr, er besaß sie im Überfluss. Und was konnte gegen
einen Patientenbesuch eingewandt werden? (Erst
recht, wenn es um den einzigen Patienten ging, den er
hatte.)

Vielleicht war es ein Fehler gewesen, dachte er, sich noch einmal aus dem Schneckenhaus heraus locken zu lassen; sich der Illusion hinzugeben, dass er trotz seines Alters noch für etwas zu gebrauchen sei ... Aber dieser Fall war kein gewöhnlicher: Er kannte den jungen Wendelstein, seit dieser ein kleines Kind gewesen war. Er kannte die Familie, und er wusste um das, was vor vielen Jahren geschehen war. Der junge Mann interessierte ihn. Warum, konnte er nicht genau sagen. Irgendetwas trug er mit sich herum, aus dem er nicht schlau wurde. Er hatte das bestimmte Gefühl, dass Philipp ihm etwas verheimlichte. Etwas, das ihn mehr belastete als er zugeben wollte. Und Dr. Arnold wusste, dass es etwas mit den Ereignissen der jüngsten Vergangenheit zu tun hatte.

Zu Hause sperrte er den Hund in den Zwinger und setzte sich anschließend seufzend in das unbeleuchtete Wohnzimmer. Er hatte über einiges nachzudenken. Und jetzt schien ihm der rechte Augenblick dafür gekommen zu sein.

⌘

Der Alte hockt im Dunkeln und starrt vor sich hin. Seit Minuten hat er sich nicht mehr bewegt. Eine leere, verschrumpelte Hülle.

Man könnte meinen, er sei tot. Und damit würde man nicht falsch liegen. Nur, dass es noch einige Augenblicke dauern wird ...

He, alter Mann, bald bist du, was du scheinst! Dann können sich Maden und Würmer an deinem welken Fleisch mästen, bis sie platzen und ihren Eiter im Nirgendwo ver-

streuen. Der stinkende Auswurf der Fäulnis! Und selbst dieser wird verdampfen. Bis von deinem widerlichen Körper kein Körnchen mehr übrig ist. Nur noch eine verblassende Erinnerung an einen alten, senilen Schwätzer!

Du, dort unten – schau mich nicht an, als wüsstest du nicht, wovon ich spreche. Du bist deinem Herrn nur ein winziges Stück voraus. Bald folgt er dir, und morgen könnt ihr in der Hölle Gassi gehen!

Doch halt! – Der Alte steht auf! Wurde auch Zeit. Jetzt schnell zur Terrassentür! Du, kleiner Streuner, kommst mit. Sollst dabei sein, wenn Herrchen Freundschaft mit dem Schnitter schließt.

Diese Tür ist so morsch wie die Knochen des Alten. Bloß noch ein wenig Gewalt und schon sind wir drinnen ... Na, wer sagt's denn! – Hu! Hier stinkt es wie in einer Gruft! Warum nehmen die Alten eigentlich immer schon vorzeitig den Geruch des Sterbens an? Wollen sie damit dem Tod schmeicheln? Oder die Welt schonend auf ihr Ende vorbereiten?

Pfui, kleiner Racker! Du tropfst den guten Teppich voll. Benimmst dich wie ein abgestochenes Ferkel!

Der Alte steigt die Treppe hinauf. Hoffentlich trifft ihn dabei nicht der Schlag. Wäre schade – Blut muss zirkulieren, wenn die Kehle geöffnet wird. Nur dann gibt's einen schönen Springbrunnen – eine lustige Fontäne! Du hast es vorgemacht, braver Liebling. Schauen wir mal, wie sich dein Herrchen schlägt ...

16.

»Ist heute Nacht ziemlich spät geworden.«

Philipp umrahmte diese Feststellung mit einem fragenden Blick in Tanjas Richtung, deren verquollene Augen mürrisch auf der Müslischale klebten, die vor ihr auf dem Küchentisch stand.

»Ich habe nicht auf die Zeit geachtet«, gab sie knapp zurück, »sonst wäre ich viel eher aufgebrochen.« Nach einem lustlosen Schluck Kaffee fügte sie hinzu: »Warum müssen diese verdammten Klausuren auch immer so früh beginnen?«

»Vielleicht, um verwöhnten Studenten ausnahmsweise einen geregelten Tagesablauf zu verschaffen?«

Tanja betrachtete ihn mit einem Ausdruck, der erkennen ließ, dass sie für Ironie heute Morgen nicht zugänglich war. Philipp seufzte. Auch er wäre gerne noch eine Stunde liegen geblieben, wollte seiner Freundin jedoch an ihrem Klausurtag mit gutem Beispiel vorangehen. Wenn sie auch im Allgemeinen wenig von seinem Vorbild zu halten schien. Es konnte kaum überraschen, dass Tanjas Studium keine Fortschritte nahm, wenn sie am Vorabend einer wichtigen Prüfung erst um ein Uhr von ihren Freundinnen zurückkehrte.

Eine Weile saßen sie stumm beisammen, dann erkundigte sich Tanja beiläufig nach seinem Gesundheitszustand.

»Danke, heute geht es schon besser.«

»Dann wirst du am Montag wieder arbeiten?«

Philipp zuckte verdrossen mit den Schultern. »Mir wird nichts anderes übrig bleiben, Prinzessin. Warum fragst du? Willst du mich loswerden?«

»Das nicht gerade«, sagte sie langsam. »Allerdings dachte ich immer, längere Krankheiten wären tabu bei euch in der Firma.«

Philipp nickte nachdenklich. Sie hatte recht. Er musste sich bald wieder im Büro blicken lassen, wenn er verhindern wollte, dass seine Position Schaden nahm. Einige Tage waren kein Problem. Ein längerer Ausfall jedoch würde unweigerlich den Verdacht nähren, irgendetwas könnte ernsthaft nicht in Ordnung sein.

Mit einem widerstrebenden Stöhnen stand Tanja auf und stellte ihr Geschirr in der Spüle ab. »Jetzt muss ich los. Hast du alles, was du brauchst?«

»Ich komme zurecht. Später bin ich mit Felix auf dem Tennisplatz verabredet, vielleicht gehen wir danach noch eine Kleinigkeit essen.«

»Auf dem Tennisplatz?« Tanja warf ihm einen erstaunten Blick zu.

»Warum nicht? Wir haben früher regelmäßig gespielt. Mal sehen, ob wir den Ball noch treffen.«

Tanja machte ein eigenwilliges Geräusch, während sie sich in der Diele in ihre hochhackigen Pumps zwängte. »Na, dann. Nur beschwere dich nicht, wenn du wieder krank wirst!«

Mit dieser Mahnung huschte sie aus dem Haus.

Philipp sah ihr mit ernster Miene nach. – Am Tennisspielen würde das kaum liegen, dachte er.

Als Tanja gegangen war, begann ihn die Müdigkeit mit ihren süßen Verlockungen zu umgarnen. Philipp gab ihr nach kurzem Zaudern nach und legte sich wieder ins Bett. Kaum später glitt er in einen seichten, unruhigen Schlaf, der sich schnell mit wirren Träumen vollsog.

Zuerst flog Philipp schwerelos durch einen dichten Nebel, in dem allein das leise Rauschen seiner Fortbewegung hörbar war. Von Zeit zu Zeit tauchten gekrümmte Gestalten auf, näherten und entfernten sich, als wollten sie erforschen, wer da die unwirtlichen Weiten ihres Reiches durchquerte. Es waren beflügelte Wesen, Dämonen mit spitzen Schnäbeln – wie von der Hölle entsandt. Philipp empfand keine Furcht vor ihnen. Nur vor der Ungewissheit, wohin ihn seine rätselhaften Bahnen führen würden.

Ohne den Grund zu kennen, spürte er, dass die Geschwindigkeit, mit der er vorantrieb, stetig anschwoll. Und mit jeder Steigerung wuchs die Sorge um die Bestimmung seiner Reise. Bald war er so schnell, dass selbst die bizarren Wesen nicht mehr an ihn heran kamen. Die Angst, er könnte jäh irgendwo zerschellen, wurde mit jeder Sekunde größer und war schließlich derart drängend, dass ihn heftige Übelkeit übermannte. Er fühlte sie wie eine Sturmflut in sich toben, und gerade in dem Augenblick, in dem ihn der Ekel verschlingen wollte, sah er die gewaltige Wand, auf die sein Körper zuraste ...

Dann lag er plötzlich auf einem Bett. Die Augen geschlossen, obwohl er wach war. Seine Ohren vernahmen Stimmengewirr und Schritte, die wie aus entfernteren Räumen zu ihm drangen. Alles andere an seinem

Körper war taub. Unfähig, auch nur einen Muskel zu bewegen, verharrte er in lebloser Starre. Stunde um Stunde, ohne dass sich an seiner Lage etwas änderte. Eine triste Ewigkeit, die an seiner Geduld nagte wie saurer Regen an einem Felsbrocken.

Endlich öffnete jemand die Tür. Philipp spürte, wie das Bett bewegt wurde. Zuerst schien es gerollt zu werden – über lange Gänge, die kein Ende nehmen wollten. Sodann schob oder zerrte man es voran. Die Strecke wurde jetzt holprig und kurvenreich. Philipp wusste, dass sein steifer Körper hin und her geschüttelt wurde, aber er fühlte nichts davon. Allein sein Gehör und der damit verbundene Gleichgewichtssinn waren die unversehrten Relikte einer leibhaftigen Welt, die ihm auf unerklärliche Weise abhandengekommen war.

Zuletzt war ihm, als würde man ihn einen steilen Weg hinauf tragen. Eine Anhöhe, deren Maße er nur schwer abzuschätzen vermochte. Dann wurde es ganz ruhig. Erst nach einer Weile konnte Philipp das leise Rauschen ausmachen. Ein pulsierendes Brodeln, das, wie es schien, tief unter ihm zur Entstehung kam. Es musste einige Zeit vergehen, bis er begriff, dass es eine Brandung war. Offenbar hatte man ihn an die Küste eines Meeres geschafft. An einen Ort, der sich über dem Wasser befand – erhaben und schrecklich verwundbar zugleich.

In diesem Moment nahm er das kaum merkliche Schwanken wahr, das sein Lager berührt hatte. Nicht mehr als der Hauch einer Veränderung, der schon im selben Augenblick fortgeweht wurde wie eine Daune im Wind. Doch es reichte, um Philipp bewusst zu machen, was geschehen war: Sie hatten ihn auf den Rand einer Klippe gestellt. An die Kante eines Abgrundes, der in ungewisse Tiefe fiel. Philipp spannte alle Gedanken an, als wollte er damit sein Gewicht dem Gefälle entwenden. Sein Körper jedoch war wie ein blindes Stück Holz.

Auf diese Weise verrannen die Stunden, in denen ihn das bedrohliche Schwanken immer wieder aufs Neue ergriff. Es kam und ging ohne Regel, war bald von längerer, bald von kürzerer Dauer und mündete doch stets wieder in der brüchigen Balance, die sein Dasein zu taxieren schien wie eine Waage, die sich nicht entscheiden konnte, in welche Richtung sie ausschlagen sollte. Und mit jedem Mal stieg seine Unruhe. Ein quälendes Gefühl der Hilflosigkeit, das sich immer tiefer in sein Bewusstsein fraß.

Schließlich hatte die Verzweiflung Philipps Verstand fast gänzlich verzehrt. Er versuchte nun, sein Gewicht der Tiefe entgegenzutreiben, sehnte den finalen Fall herbei wie den wärmenden Mutterleib. Doch es gelang ihm nicht. Ebenso wenig wie die gegenläufigen Versuche zuvor. Die Verzagtheit kochte in seinem Hirn wie ein Vulkan. Aber die Glut fand keinen Ausweg. Nichts konnte ihre Hitze hemmen, nichts ihr gleißendes Licht löschen.

Und da erkannte er, dass die Machtlosigkeit noch viel bedrohlicher war als alle stofflichen Gefahren, die die Bahnen des Lebens kreuzten ...

Philipp erwachte mit stechenden Kopfschmerzen. Ein Blick auf die Uhr verriet, dass es nach elf war. Er hatte mehrere Stunden geschlafen. – Ein Fehler, sich noch einmal hingelegt zu haben. Und die Quittung war ein Haufen Schreckgespenster.

Widerstrebend stand er auf und stellte sich unter die kalte Dusche. Danach hatte sich sein Kreislauf weitgehend stabilisiert, die Kopfschmerzen aber waren nach wie vor zugegen.

Er machte starken Kaffee und setzte sich eine Weile auf die Terrasse. Die Kirschen lagen mittlerweile auf dem Rasen verstreut, er hatte es versäumt, sie rechtzeitig zu ernten. Jetzt dienten sie Vögeln und Insekten als willkommenes Festmahl. Philipp beobachtete das emsige Treiben einige Minuten lang. Aber über die unbefangenen Bilder schoben sich wieder und wieder die verschwommenen Schemen seines Traumes. Jenes düstere Echo abgründiger Hilflosigkeit, das noch immer gespenstisch in seinem Schädel hallte.

Und dann – als wollte er sich selbst beweisen, dass die verhängnisvolle Ohnmacht keinen Teil mehr an ihm hatte –, stand er auf, ging zurück ins Haus und tauschte den Pyjama gegen Polohemd und Leinenhose. Bis zu seiner Verabredung mit Felix hatte er noch reichlich Zeit. Nichts sprach dagegen, vorher einen kleinen Spaziergang zu machen.

Draußen lachte die Sonne. Ein paar vereinzelte Wolken hingen wie große Wattebausche am blauen Himmel. Die Luft war klar und verströmte einen wohltuenden Duft nach Realität. Schon nach wenigen Minuten merkte Philipp, wie die Schmerzen seinen Kopf zu verlassen begannen.

Ganz selbstverständlich schlug er den Weg zum Wald ein. Diesmal trieb ihn keine Eile, kein banger Eifer. Nur eine aufrichtige Entschlossenheit, die ihm zwar neu war, ihn aber keineswegs beunruhigte.

Festen Schrittes marschierte er über den weichen Waldboden, auf den die Mittagssonne einen Flickenteppich aus Lichtklecksen gemalt hatte. Als er den Festplatz erreichte, hielt er abrupt inne. Eine Gruppe Fahrradfahrer hatte sich auf einer der groben Tischbänke niedergelassen. Ältere Herren, die sich mit dröhnenden Stimmen unterhielten.

Irritiert flüchtete Philipp in den Schatten einer breiten Tanne. Was wollten diese Leute hier? Gab es keinen anderen Ort für sie? Keine andere Stelle für ihre belanglose Zusammenkunft? – Obwohl er erkannte, wie töricht seine Gedanken waren, war er unfähig, seine Verärgerung zu unterdrücken.

Eine Weile blieb Philipp wie angewurzelt stehen, fuhr sich mehrmals nervös mit der Hand durchs Haar. Sollte er umkehren oder einfach abwarten? Mit Erschrecken stellte er fest, dass ihn die Frage vollkommen zu überfordern schien ... In dieser Sekunde standen die Männer auf und bereiteten sich geräuschvoll auf die Weiterfahrt vor. Philipp wartete hinter den Bäumen, bis sie außer Sichtweite waren. Erst als er wenig später die verlassene Festwiese betrat, hatte sich sein Puls wieder beruhigt.

Einen Augenblick lang verharrte er, um die wiedereroberte Stille auf sich wirken zu lassen. Dann stieg er behutsam über das laubbedeckte Unterholz, bis er die Lichtung mit dem sonnenbeschienenen Spielfeld erreichte. Eine merkwürdige Erregung befiel ihn. Nicht zum ersten Mal war ihm, als spreche dieser Ort eine tiefsitzende Sehnsucht in ihm an. Eine Einsicht, die er nirgendwo anders erleben konnte. Und obschon der Gedanke an seinen undurchschaubaren Gegenspieler noch immer Unbehagen in ihm auslöste, konnte er nicht leugnen, dass er hier die heimliche Genugtuung verspürte, sein Los selbst in den Händen zu halten, selbst über die Dinge entscheiden zu können. Und diese Vorstellung gefiel ihm ungemein. Auch wenn er wusste, dass sie vielleicht nur eine Illusion war.

Gedankenversunken ließ Philipp seine Augen über das Spiel gleiten. Aber so sehr er sich auch bemühte, er konnte nicht erkennen, dass sich seit seinem letzten Besuch etwas getan hätte. – Ein Schatten huschte über sein Gesicht. Hatte sein Rivale das Interesse verloren?

Philipp erging sich eine Zeit lang in ratlosem Brüten, bis er den weißen Bauern erspähte, der etwas abseits auf der Wiese lag. »Verdammt!«, entfuhr es ihm. Er hatte schon wieder eine Figur verloren! Diesmal zwar nur einen wertlosen Bauern, der am Feldrand von einem feindlichen Artgenossen aus dem Weg geräumt worden war. Aber das ärgerte ihn keinen Deut weniger. Hatte er sich nicht vorgenommen, die Partie fortan mit größerer Sorgfalt anzugehen?

Philipp war außer sich vor Wut. Der Vorfall zeigte, dass ihm nach wie vor jeder Weitblick fehlte. Das Schicksal wollte ihm eine Chance geben, doch er war im Begriff, diese mit Pauken und Trompeten zu verspielen!

Heftig mit sich selbst hadernd, zog Philipp weite Kreise um das Spielfeld. Unbeabsichtigt streifte sein Blick das merkwürdige Holzgestell, das zaghaft zwischen den Baumstämmen hervorlugte. Ein maroder Hochsitz, wie es schien. Merkwürdig, dass er mitten im

Wald stand, dachte Philipp. Doch seine Aufmerksamkeit hatte sich bereits wieder den Schachfiguren zugewandt.

Er hielt inne und begann zerstreut, seine Finger zu kneten. – Im Grunde war ja nichts Schlimmes passiert, überlegte er. Einen Bauern an der Peripherie des Geschehens konnte man kaum als dramatischen Verlust bezeichnen. Die wichtigen Bereiche des Spiels hatte er unter Kontrolle. Und so würde er den Vorfall als eine Art Denkzettel abtun können. Als weitere Warnung vor der eigenen Nachlässigkeit, die ihn in weit größere Schwierigkeiten bringen würde, wenn er ihr nicht endlich Einhalt gebot!

Philipp beschloss, sich von seinem dummen Fehler nicht ablenken zu lassen. Eine Weile dachte er nach – diesmal länger als gewohnt –, dann griff er nach seinem Turm, um diesen ein Stück weiter in die Mitte des Spielfelds zu verlagern. Eine gute Lauerstellung, befand er, von der aus er jederzeit zuschlagen konnte, wenn sich die Gelegenheit ergab. Mit diesem Zug hatte er nichts falsch gemacht, das stand fest. Und so gewann in ihm die Hoffnung überhand, am Ende vielleicht doch noch alles zum Guten zu wenden. Auch wenn die Zweifel hieran immer stärker an ihm nagten.

Mit einem gedämpften Gefühl der Verunsicherung machte er sich auf den Heimweg. Als er den Parkplatz am Waldrand überquerte, blieb sein Blick an dem alten Forsthaus hängen. – Merkwürdig, dachte er. Gartenpforte und Haustür standen offen, doch weit und breit war keine Menschenseele zu sehen.

Philipp konnte es sich nicht erklären, aber mit einem Mal verspürte er das Verlangen, sich dem seltsamen

Haus zu nähern. Vielleicht war es der harmlose Anblick, den das gesamte Areal in der Mittagssonne machte. Vielleicht aber auch etwas anderes.

»Hallo? Ist da jemand?«

Keine Antwort.

Mit klopfendem Herz ging er durch das schiefe Törchen, bis er an der Schwelle des Hauses stand. Ihm war klar, dass er etwas Verbotenes tat, aber sonderbarerweise hielt ihn diese Erkenntnis nicht vom Handeln ab.

Als er eintrat, schlug ihm ein schaler Geruch entgegen. Er stand in einem winzigen Vorraum, der ihm mit seiner dunklen Enge wie die Schleuse zu einer anderen Welt vorkam. Durch die halboffene Tür rechts konnte man in einen größeren Raum sehen. Eine Art Wohnzimmer, das diese Bezeichnung angesichts seiner kärglichen Einrichtung kaum verdiente. Langsam ging er hinein und schaute sich um. Das Herz schlug ihm bis zum Hals. Durch die kleinen Fenster fiel spärliches Licht. Zu wenig, um dem Zimmer eine behagliche Note zu verleihen. Alles wirkte vernachlässigt, als hätte sich jahrelang niemand mehr darum gekümmert.

Philipp brauchte einige Sekunden, um sich zu orientieren. Erst dann realisierte er es – aber der Anblick war so befremdlich, dass es noch einen Moment dauerte, bis er auch begriff: Drei von vier Wänden waren vom Boden bis zur Decke mit Fotografien übersät. Dicht an dicht gereiht, manche mit Reiszwecken, manche mit Klebeband an der alten Tapete befestigt. Auf dem staubigen Holztisch lagen stapelweise weitere Bilder, und aus den Pappschachteln, die auf dem Boden standen, quollen noch hunderte mehr.

Er ging näher heran und starrte auf die sonderbare Galerie. Die Bilder zeigten stets dasselbe Motiv: Spaziergänger, Wanderer, Radfahrer oder Jogger. Einige waren undeutlich oder verwackelt, andere dagegen gestochen scharf. Immer waren sie aus derselben Perspektive aufgenommen und offenbar waren alle Aufnahmen unbemerkt geschossen worden. Aus einem geheimen Versteck heraus.

Einer plötzlichen Idee folgend, trat Philipp an eine der beiden Fensterluken, die zur Vorderseite in Richtung des Parkplatzes gingen. Ein kurzer Blick hinaus bestätigte seine Vermutung: Die Fotos hatte man aus diesem Haus gemacht. Der graue Asphalt und die gelegentlichen Ausschnitte parkender Autos auf den Bildern ließen keinen Zweifel daran, dass es sein Bewohner gezielt auf vorbeikommende Waldbesucher abgesehen hatte. Ohne es zu ahnen, waren all diese Leute zu Objekten einer bizarren Sammlung geworden. Einer Menschensammlung.

Philipp wandte sich wieder dem wirren Mosaik zu. Ob die Bilder irgendeine Ordnung hatten? Ihrer Anzahl zufolge musste der Förstersohn dieses Spiel schon Jahre treiben. Hatten die Fotografien, die an den Wänden hingen, eine besondere Bedeutung für ihn? Oder handelte es sich lediglich um die jüngeren Stücke seiner Kollektion, die irgendwann in einem Pappkarton enden würden wie ihre Vorläufer?

Langsam ließ er den Blick über die Reihen wandern. In dem schummrigen Licht war es nicht leicht, Details auszumachen. Plötzlich stutzte er. Eines der Bilder zeigte einen alten Mann mit Hund. Philipp musste nicht lange raten, um zu erkennen, dass es Dr. Arnold war. Die gebückte Haltung und das markante Gesicht konnten kaum verwechselt werden. Offenbar war der Alte ein regelmäßiger Waldgänger, und ohne es zu ahnen, hatte auch er den Weg in die verschrobene Sammlung des Förstersprosses gefunden.

Ein Foto, das zwei Reihen darunter hing, war verwackelt und weniger leicht zu bestimmen. Doch auch hier war er sich schnell sicher – zwei Spaziergänger mit angespannten Mienen: Kein Zweifel, auf dem Bild waren Walter und er selbst zu sehen! Es musste entstanden sein, als sie neulich gemeinsam in den Wald gegangen waren!

Philipp lief es kalt den Rücken herunter. Es war, als hätte ihm der morbide Geist dieses Raumes gerade persönlich auf die Schulter geklopft. Als sei der unterschwellige Wahnsinn, der an diesen Mauern klebte, auf ihn übergesprungen.

»Was willst du hier?!«

Die grobe Stimme traf ihn wie ein Hammerschlag. Als er sich reflexartig umdrehte, sah er in das stumpfe Gesicht des Hausherrn, der breitbeinig in der Tür hinter ihm aufgetaucht war. In dessen rauer Miene spiegelte sich ein vages Gemisch aus Überrumpelung und Feindseligkeit, sein Blick jedoch zielte ausweichend in eine Ecke des Raums.

Philipp merkte, wie ihm das Blut in den Kopf schoss. »Entschuldigung«, stammelte er, »ich wollte ... die Tür stand offen, da dachte ich ...«

Der andere machte einen verhaltenen Schritt in Philipps Richtung. »Mach, dass du wegkommst!«

Philipp hob die Arme zu einer Geste der Beschwichtigung. »Ich wusste nicht –«

»Mach, dass du wegkommst! Los!«

Die Sinnlosigkeit weiterer Bekenntnisse war offenkundig. Im Handumdrehen hatte sich Philipp an dem massigen Körper vorbeigeschoben und stürzte Hals über Kopf hinaus ins Freie.

Er rannte, als ginge es um sein Leben. Als hätte ihm sein Entdecker ein Heer aus grimmen Geistern nachgesandt, die nun versuchten, ihn zurück in den Bannkreis des Bösen zu ziehen. Auf dem Parkplatz drehte er sich nochmals um, doch statt ihm zu folgen, stand der andere nur reglos im Schatten des Hauseingangs und starrte ihm nach. – Wie ein gewaltiger Golem, schoss es Philipp durch den Kopf, der seine Höhle verteidigt hatte ...

Philipp verlangsamte seine Schritte, bis er schließlich wieder im Normaltempo angelangt war. – Was es für merkwürdige Menschen gab, dachte er verwirrt. Ganz in unserer Nähe und doch so weit entfernt, dass man glauben mochte, sie wären nicht von diesem Planeten.

Aber da war noch etwas anderes, was ihn irritierte: Das, was er gesehen hatte, war nicht allein das Ergebnis tiefer Einsamkeit; dahinter musste sich mehr verbergen! Philipp war sich über die Folgen dieser Erkenntnis nicht im Klaren, aber er war sicher, auf das Werk eines kranken Geistes gestoßen zu sein. Aus dem zurückgebliebenen Jungen war ein unberechenbarer Sonderling geworden. Und mit einem Mal, ganz tief in den Windungen seines Hirns, begann sich ein Gedanke abzuspalten, dessen Bedeutung Philipp zunächst nicht greifen konnte – der ihn aber bald schon auf beklemmende Weise einholen sollte ...

17.

Nach den unerfreulichen Erlebnissen des Vormittags war das Tennismatch mit Felix eine angenehme Abwechslung gewesen. Sie spielten fast zwei Stunden lang, und obwohl sich beide nicht gerade in Höchstform präsentierten, war es Philipp wie eine Heimkehr in frühere, unbeschwertere Zeiten vorgekommen.

Danach hatten sie noch eine Weile auf der Sonnenterrasse des Tennisclubs verbracht, ihr Bier getrunken und über alte Bekannte geplaudert. Die tragischen Ereignisse mitsamt dem mysteriösen Schachspiel hatte Felix zu Philipps Erleichterung nicht mehr zur Sprache gebracht. Ob er es tat, um seinen Freund nicht zu beunruhigen, wusste Philipp nicht. Vielleicht erschien Felix das Thema auch einfach nicht wichtig genug.

Als sie gerade aufbrechen wollten, hatte sich Felix mit einem erwartungsvollen Grinsen an ihn gewandt: »In der Stadt soll es einige neue Clubs geben. Wie steht's – hast du Lust, heute Abend mit mir auf den Putz zu hauen?«

Einen Moment lang war Philipp unschlüssig gewesen, hatte sich dann jedoch dagegen entschieden. Ihm war nicht nach Party zumute. Außerdem war er immer noch krankgeschrieben und wollte nicht riskieren, irgendeinem Kollegen über den Weg zu laufen. Auf Felix' Gesicht hatte sich ein Anflug von Enttäuschung gezeigt, der jedoch schnell in Verständnis umgeschlagen war –

in seinem Zustand wäre ihm Philipp sicher keine vergnügliche Begleitung gewesen.

Nun war es Abend geworden und Philipp saß alleine mit einem Glas Bordeaux vor dem Fernseher. Tanja war nach der Klausur erst gar nicht nach Hause gekommen, sie wollte mit ihren Kommilitonen den Abschluss des heutigen Prüfungstages feiern. – Nach Philipps Geschmack eine reichlich verfrühte Feier, konnte mit den Ergebnissen doch erst nach Wochen gerechnet werden – aber so war es nun einmal ... Im Grunde musste er froh sein, dass Tanja den Verlust ihres Vaters so schadlos verwunden hatte. Allerdings konnte er sich des Gefühls nicht erwehren, dass sie ihre neu gefundene Unabhängigkeit zunehmend in die falsche Richtung lenkte. Und er konnte auch nicht leugnen, dass er Tanja heute Abend gerne in seiner Nähe gehabt hätte.

Philipp seufzte und nahm einen tiefen Schluck des kräftigen Weines, der ihm angenehm im Gaumen kitzelte. Erst jetzt merkte er, wie hungrig er war. Das dünne Sandwich nach dem Tennis hatte seine Wirkung längst verloren, mit einem Mal verspürte er eine unbändige Gier nach etwas Herzhaftem, Unvernünftigem.

Nur Augenblicke später ließ er den Wagen an, um einen der beiden Fastfood-Tempel anzusteuern, die sich am Ortsrand von Bad Grünau befanden und dem Städtchen seit einigen Jahren das Prägesiegel der Moderne verliehen.

Am Drive-in-Schalter herrschte reger Andrang, offenbar war Philipp nicht der Einzige, den nächtlicher Heißhunger umtrieb. In der aufgewärmten Luft lag ein Stich von würzigem Fett, der sich mit den Abgasen zu einer ganz eigenen Unbekümmertheit verband. Während Philipp wartete, wanderte sein Blick gedankenverloren über die Mauer, an der die Fahrzeuge vorbeigelotst wurden. Direkt unter einer der grellen Wandleuchten hatte eine Spinne ihr Netz geflochten. Ein lichtgeflutetes Gewebe, das nun entschlossen und zugleich unendlich zart im Nachtwind zitterte.

Für einen Moment gab sich Philipp ganz der Betrachtung des sonderbaren Gebildes hin. Er bewunderte die elegante Selbstverständlichkeit, mit dem sich die schlichten Fäden zu einem komplexen Ganzen fügten. Was er sah, war ein Meisterwerk an Maß und Präzision. Und doch, überlegte er, war es die Schöpfung eines hässlichen Räubers, der nur darauf aus war, die Arglosigkeit in seine Fänge zu locken.

Wie anmutig das Böse sein konnte! Wie anziehend und abstoßend zugleich! Die ebenmäßigen Linien des Netzes konnten kaum dessen wahre Bestimmung verleugnen. Und sicher wollten sie das auch nicht. Die Spinne hatte keinen Grund, ihre Absichten zu verbergen. Warum auch? In diesem Punkt war sie ehrlicher als manch anderes Geschöpf, das mit falschen Farben und Formen seine Opfer zu täuschen suchte. Das Netz der Spinne war das Schaustück der Erkenntnis, dass alles Böse einen Plan hatte. Ein System, dessen Motiv und dessen Zweck sich aus derselben finsteren Quelle speisten. Und während das Gute nur allzu oft ziellos wirkte, ohne Sinn und Bedacht, kam doch die Niedertracht nie ohne Vorsatz daher.

Philipp wusste, dass diese Regel keine Ausnahme kannte. Und also musste sie auch für das gelten, was gerade in seinem Leben geschah. Das, was sich scheinbar in kein Muster fügen wollte, besaß in Wahrheit eine verborgene Logik. Eine geheime Symmetrie, die er bloß noch nicht verstanden hatte, die aber existierte, um von ihm entdeckt zu werden. Und Philipp spürte, dass er hierbei keine Zeit verlieren durfte, wollte er verhindern, dass ihn das Schicksal immer weiter dem dichten Gespinst des Bösen entgegen trieb.

Das ärgerliche Hupen riss ihn jäh aus seinen Gedanken. Langsam ließ er den Cayenne vorrollen, zählte das Geld ab und nahm wortlos seine Bestellung entgegen.

Sein Hunger aber war mit einem Mal verflogen.

⌘

Der Vormittag des folgenden Tages entband eine Nachricht, die die örtlichen Polizeikräfte erneut in Aufruhr versetzte. Die Meldung war von der Reinigungskraft gekommen, die wie jeden Freitag ihren Dienst verrichtete, bis die grauenhafte Entdeckung sie jäh unterbrochen hatte.

Mit angespannten Mienen machten sich Hauptkommissar Bechtold und Kommissar D'Antoni auf den Weg. Sie nahmen Bechtolds Dienstwagen, der sie nach kurzer Fahrt bergan ins alte Villenviertel von Bad Grünau führte.

»Nur ein Steinwurf vom Platanenweg entfernt«, raunte D'Antoni, als sie vor dem schmucklosen Haus hielten.

Sein Vorgesetzter nickte und ließ den Blick beiläufig über das verblichene Briefkastenschild streifen: *Dr. med. Frieder Arnold.* Der Name sagte ihm etwas, wenn er auch lange in seinem Gedächtnis kramen musste.

Die uniformierten Kollegen waren bereits vor Ort. Bechtold und D'Antoni schlüpften hinter das Absperrband, wo sie sogleich von einem missmutig dreinschauenden Polizisten in Empfang genommen wurden.

»Der Täter ist über den Garten ins Wohnzimmer eingedrungen«, erklärte dieser. »Vielleicht fangen wir der Einfachheit halber dort an?«

Das Wohnzimmer des Hauses war ungewollt zur Einsatzzentrale geworden.

Der Beamte deutete auf den hellen Veloursteppich, auf dessen Oberfläche sich eine schmale Spur dunkler Verfärbungen entlang zog. »Das Blut in diesem Raum stammt wahrscheinlich nicht vom Tatopfer«, erläuterte er vorsorglich.

Bechtold hob fragend die Augenbrauen.

»Dieser Gestörte hat zuerst dem Hund die Gurgel durchgeschnitten, bevor er dasselbe mit seinem Besitzer getan hat. Das tote Tier scheint er dabei mit sich herum geschleppt zu haben wie eine Trophäe.«

D'Antonis Wangen hatten merklich an Farbe verloren.

Der andere wandte sich dem großen Fenster zu: »Vermutlich hat der Kerl draußen unter der Fensterbank gewartet. Dort fanden wir eine Pfütze aus Hundeblut. Anschließend hat er die Terrassentür aufgebrochen und ist von hier aus ins obere Stockwerk gelangt. Ein Kinderspiel, wenn man den Zustand der Scharniere betrachtet. Schlage vor, Sie sehen sich jetzt den Ort des Geschehens an.«

Schweigend stiegen sie nacheinander die enge Treppe empor. Das, was sich in diesem Haus zugetragen hatte, lag wie ein Schatten über den Dingen, und noch bevor Bechtold und D'Antoni im Bilde waren, spürten sie, dass sie erneut etwas Ungeheuerliches erwarten würde.

Als sie das Badezimmer betraten, wurden ihre Befürchtungen bestätigt.

»Scheiße!« D'Antoni wandte sich abrupt ab.

Bechtold starrte kopfschüttelnd auf den zusammengesackten Leib in der Mitte des Raumes. »Welcher Teufel tut so etwas?«, murmelte er.

Der alte Mann lag wie ein eingefallenes Bündel am Boden; die hellen Fliesen waren über und über mit Blut bedeckt. Im Hals des Toten hatte das Messer einen zweiten Mund geöffnet, dessen Lippen – mittlerweile schwarz angelaufen – sich zu einem missbilligenden Schmollen gekrümmt hatten. Dicht neben den Füßen lag der tote Collie.

»Offensichtlich ein Verrückter«, kommentierte der Vollzugspolizist. »Ich fürchte, nun haben wir ein echtes Problem: Zwei Morde hier in der Nachbarschaft und dann noch die Sache draußen am Reiterhof ... Die Leute werden sich nicht mehr mit allgemeinen Floskeln zufriedengeben!«

Bechtold nickte ernst und blickte sich noch ein, zwei Minuten im Raum um. Dann wandte er sich an seinen jüngeren Kollegen: »Lassen Sie uns nach unten gehen. Solange die Spurensicherung nicht hier gewesen ist, können wir nichts ausrichten.«

D'Antoni hatte sich wieder gefangen und folgte ihm wortlos ins Erdgeschoss. Zurück im Wohnzimmer nahm Bechtold auf dem braunen Sofa Platz, wo er sich seufzend mit den Händen über das Gesicht fuhr. Seine

Miene war wie versteinert, und obgleich er in seinen langen Berufsjahren schon viele Abgründe erlebt hatte, konnte man ihm ansehen, dass das, was sich wenige Meter über ihren Köpfen ereignet hatte, an seinen Nerven zehrte.

D'Antoni brach das Schweigen. »Das gleiche Muster wie beim alten Harth und bei der Reiterin vom *Erlenhof*.«

Der Hauptkommissar sah ihn ausdruckslos an. »Sie glauben, dass wir es mit einer Serie zu tun haben?«

D'Antoni hob seine breiten Schultern. »Ich habe keine andere Erklärung.« Nach kurzer Überlegung fügte er hinzu: »Außerdem bin ich mir nun beinahe sicher, dass es sich um einen Einzeltäter handelt. Das ganze Vorgehen ist derart krank, dass sich unmöglich mehr als ein Hirn daran verbrochen haben kann!«

Bechtold knetete nachdenklich seine Unterlippe. Nach einer Weile des Schweigens sagte er: »Ich kenne Arnold noch von früher. Damals hatte er eine ziemlich große Praxis in der Altstadt, ich war ein paarmal in seiner Behandlung. Ein feinsinniger, kultivierter Mensch, soweit ich mich erinnere. Bestimmt niemand, der jemals Anlass für solch eine Tat gegeben hat.«

D'Antoni, der stehen geblieben war, begann nun unruhig im Zimmer auf und ab zu gehen. »Für mich sieht es so aus, als ginge unser Täter schlicht wahllos vor! Ein steinreicher Bauunternehmer, eine Reiterin aus der Großstadt und ein ehemaliger Landarzt – wer sollte ein Interesse am Tod dieser Menschen haben? Sie sind so verschieden.«

»Die wenigsten Serienmörder gehen wahllos vor«, erwiderte Bechtold, ohne seinen Kollegen anzusehen. »Irgendein Schema gibt es immer. Eine Verbindung, die auf den ersten Blick nicht erkennbar ist, die aber in den Augen des Täters existiert.«

Er stieß ein leises Stöhnen aus und fuhr fort: »Leider sind die Chancen am Anfang der Serie noch gering. Doch je mehr Opfer es gibt, desto mehr Informationen eröffnen sich.«

»Klingt reichlich zynisch.«

»Zynisch oder nicht, so ist es nun einmal. Es liegt in unseren Händen, die Dinge zu beschleunigen. Das kleinste Detail kann weiterhelfen. Noch ist es die Suche nach der Nadel im Heuhaufen, doch je gründlicher wir vorgehen, desto eher könnten wir auf etwas stoßen.«

D'Antoni machte Anstalten sich hinzusetzen, blieb dann aber doch stehen. »Hört sich nach einer Menge Arbeit an.« Seinen geplanten Urlaub konnte er endgültig abschreiben. Und wenn nicht gerade ein Wunder geschah, dann würden sie noch Wochen und Monate mit diesem Alptraum beschäftigt sein.

Das Eintreffen des Gerichtsmediziners und des Teams der Spurensicherung beendete die trübsinnigen Betrachtungen der beiden Ermittler. Nach kurzer Untersuchung der Leiche wurde als vorläufiger Todeszeitpunkt die Nacht von Mittwoch auf Donnerstag verkündet, der alte Mann lag folglich schon eine ganze Weile unentdeckt an Ort und Stelle.

Wie in den beiden vorausgegangenen Fällen musste die Tat auch hier mit einem großen Messer begangen worden sein. Einem langen Blockmesser oder einer Art Jagdmesser. Und wie zuvor schon Siegfried Harth und

Viola Neureuter war auch der alte Dr. Arnold am Ende verblutet wie ein geschächtetes Stück Vieh.

Als Bechtold und D'Antoni eine Stunde später das Haus in der Weidenstraße verließen, schienen die vielen unbeantworteten Fragen auf ihren Gemütern zu lasten, als wären es schwere Wackersteine. – Wenn man unterstellte, dass derselbe Täter am Werk gewesen war, warum hatte er sich dann gerade diese drei so ungleichen Ziele ausgesucht? Konnte die Wahl der Opfer tatsächlich Zufall sein? D'Antoni hätte dies durchaus gelten gelassen, Bechtold dagegen war überzeugt, dass es nicht so war. Zwischen den Ermordeten, so meinte er, musste eine Verbindung existieren; oder zumindest eine Gemeinsamkeit.

Bevor sie diesen Berührungspunkt nicht gefunden hatten, bestand weder eine ernstzunehmende Chance, das Geschehene aufzuklären noch künftige Taten zu verhindern. Und zu glauben, der Mord an dem alten Arzt wäre der Abschluss der Serie, wäre allzu naiv, dessen war sich Bechtold bewusst. Der Täter würde es wieder tun, würde sich, nach welchen Kriterien auch immer, das nächste Opfer aussuchen, um sein grausames Spiel fortzusetzen.

Solange, bis sie ihm auf die Schliche kämen. Eine Aufgabe, dachte der Hauptkommissar resigniert, um die man sie nicht gerade beneiden konnte.

⌘

Philipp stand pfeifend in der Küche und betrachtete die wohlgeformten Lammkoteletts, die verheißungsvoll in einer leichten Weißweinsoße vor sich hin brutzelten.

Besonders gut wurden sie, wenn man sie nach dem Anbraten einige Minuten in den Ofen gab. Spätestens bei Tanjas Heimkehr würden sie fertig sein.

In diesem Moment hörte er den Mini vorfahren. Tanja kam früher zurück als erwartet, dachte er verwundert. Vor kaum zwanzig Minuten war sie aufgebrochen, um in der Buchhandlung die Karten für die morgige Freilichtaufführung abzuholen (die Premierenvorstellung des lokalen Theatervereins, bei der zahlreiche Bekannte von ihnen mitwirkten und die daher, wie jedes Jahr, zum gemeinsamen Pflichtprogramm gehörte), und Philipp war fest davon ausgegangen, dass sie diese Gelegenheit noch für die eine oder andere Plauderei in Bad Grünaus Ladenstraße nutzen würde.

Durch das Fenster sah er sie aus dem Auto stürzen, dann wurde die Haustür hastig aufgeschlossen. Nur einen Augenblick später stand Tanja völlig aufgelöst in der Küche.

»Jetzt ist auch noch der alte Doktor ermordet worden!«, rief sie, und ihre Stimme flatterte wie ein Bündel Gras, das zwischen Empörung und Entsetzen hin und her gepeitscht wurde.

Philipp wäre fast das Weinglas aus der Hand gefallen. »Langsam, Prinzessin. Wer soll ermordet worden sein?«

»Der alte Arzt, den du Anfang der Woche besucht hast! Gerade habe ich Claudias Mutter getroffen, die ganze Nachbarschaft weiß schon Bescheid. Heute Morgen hat man ihn entdeckt. Es muss ein grässlicher Anblick gewesen sein!«

Sie verlor sich in einem erstickten Schluchzen, während sie kraftlos auf einen der Küchenstühle glitt. »Es ist genau wie bei Papa!«

Philipp spürte alles Leben aus seinem Gesicht weichen. Doch zu seinem Erstaunen gelang es ihm, die Fassung zu wahren. Mechanisch trat er einen Schritt vor und strich Tanja über den Nacken. Dann wandte er sich zum Ofen, holte die Koteletts hervor und stellte sie mitsamt Salat und Brot auf den Küchentisch.

»Iss erst einmal«, murmelte er. »Du hast einen Schock erlitten und brauchst Stärkung.«

Wortlos gehorchend nahm Tanja einige Bissen zu sich. Ihre Augen waren glasig geworden und ruhten starr auf dem metallenen Korb, in dem einige Scheiben gerösteten Roggenbrots lagen.

Philipp beobachtete sie beklommen. Nach einer Weile erkundigte er sich leise: »Weiß man schon Näheres?«

Doch seine Frage schien Tanja gar nicht zu erreichen. Sie sah aus, als hätte sie sich bis zu den Rändern der Wirklichkeit zurückgezogen. Es vergingen einige Minuten, bis sie den Weg zurück ins Hier und Jetzt gefunden hatte.

»Jemand ist gewaltsam eingedrungen und hat den alten Herrn niedergestochen«, antwortete sie schließlich mit belegter Stimme. »Das ganze Haus soll über und über mit Blut befleckt sein. Und sogar der Hund wurde brutal hingerichtet. Angeblich soll er direkt neben der Leiche gefunden worden sein!«

Philipp war wie betäubt. Das, was Tanja sagte, klang so entsetzlich, dass er am liebsten entschieden hätte, es einfach nicht zu glauben. Doch er wusste, dass dies nur eine sinnlose Form des Widerstands gewesen wäre. Eine Flucht vor der Realität, die ihn ohne jeden Zweifel wieder einholen würde.

»Mein Gott«, stieß er kopfschüttelnd hervor. »Mein Gott ...« Zu mehr war er nicht in der Lage.

Nach dem Essen hatte sich Tanja ins Bett gelegt. Philipp brachte ihr noch eine Tasse Tee und ihre Johanniskrautkapseln und überließ sie dann ihrer ganz eigenen Art, mit dem Erlebten fertig zu werden. Er wusste, dass sie in solchen Situationen allein sein wollte, meistens hatte sich ihr Befinden nach ein paar Stunden Schlaf so gefestigt, dass ihr Verstand wieder normal arbeiten konnte. Philipp selbst war hiervon ebenso weit entfernt wie von einer Antwort auf das Heer von Fragen, das in seinem Hirn wütete.

Nervös lief er im Wohnzimmer auf und ab und versuchte verzweifelt, den Gedanken, der sich die ganze Zeit schon Bahn brechen wollte, unter Verschluss zu halten. – Erst vorgestern hatte er mit dem alten Mann zusammengesessen, hatte mit ihm über das Leben und seine unergründlichen Windungen geplaudert. Nun war Dr. Arnold tot. Und obwohl die Bekanntschaft mit dem pensionierten Arzt eher von weitläufiger Natur war, so handelte es sich bei dem Mord an ihm doch bereits um das dritte grausame Tötungsdelikt in Philipps persönlichem Umfeld!

Stöhnend setzte er sich auf den Couchsessel, rieb sich angestrengt die Schläfen, um dem aufkeimenden Kopfweh zu widerstehen. – Es hatte keinen Zweck, sich noch länger etwas vorzumachen: *Das* also war der weiße Bauer am Rand des Spielfelds gewesen! Die vermeintliche Nebenfigur, der er tags zuvor keine Beachtung geschenkt hatte, die ihm bloß als Mahnung seiner Nachlässigkeit erschienen war!

Philipp spürte, dass der Moment gekommen war, da er sich einer Einsicht beugen musste, die ebenso fürchterlich wie unvermeidbar war: Niemand anders als *er selbst* stand im Mittelpunkt dieses Dramas! Und die Bühne, auf der sich alles entschied, war das rätselhafte Spiel. Dieser verwunschene Fleck, der so achtlos versprengt und doch scheinbar nur für ihn allein bestimmt in das Fleisch des Waldes geschnitten war, um dort seiner Hilflosigkeit zu spotten.

Verdrossen sah er durchs Wohnzimmerfenster. Der schmale Ausschnitt des sonnenbeschienenen Gartens hing wie das Foto eines entlegenen Ortes im Raum. So unwirklich alles auch anmuten mochte, so ergab es doch plötzlich einen Sinn. Wie ein Puzzle, das zum ersten Mal die Umrisse seines Inhalts erkennen ließ.

Irgendjemand hatte eine harmlose Schachpartie auserkoren, um ein teuflisches Spiel mit ihm zu treiben. Ein Spiel, das keine Rücksicht nahm. Und das erst dann zu Ende sein würde, wenn es einen Sieger und einen Besiegten gab.

Eine sonderbare Unruhe ergriff mit einem Mal Besitz von ihm. Unvermittelt schlüpfte er in seine Sportschuhe, schnappte die Autoschlüssel und lief rasch nach draußen zum Wagen.

Während der kurzen Fahrt versuchte er angestrengt, seine Gedanken neu zu wiegen. – Wenn sein unheimlicher Rivale beschlossen hatte, sich zum Herrn über Philipps Schicksal aufzuschwingen, dann würde das Spiel

unweigerlich seinen Fortgang nehmen, ob er wollte
oder nicht. Eine ziemlich beängstigende Vorstellung –
trotz allem aber keine völlig aussichtslose Lage, wie
Philipp sich einzureden versuchte. Er musste nur verstehen, was der Unbekannte als Nächstes vorhatte.
Wenn er schnell genug reagierte, konnte er vielleicht
ein weiteres Unglück verhindern oder zumindest so
lange hinauszögern, bis er einen Ausweg gefunden
hatte.

Als er am Waldparkplatz hielt und eilig aus dem Auto
sprang, streifte sein Blick flüchtig über das alte Forsthaus. In stummer Anklage lauerte es am Rand der Rodung, als würde es eine geheimnisvolle Botschaft für
ihn bereithalten. Doch Philipps Aufmerksamkeit hatte
sich längst schon in den Tiefen des Waldes verloren.

Halb trabend hastete er über den steilen Pfad. Alles,
was er wollte, war so schnell wie möglich zur Festwiese
zu gelangen, zur Lichtung mit dem Spiel – dorthin, wo
sein Geschick auf so undurchsichtige Weise bestimmt
zu werden schien ...

Nach zwanzig Minuten hatte er sein Ziel erreicht. Völlig außer Atem kam er neben der wackeligen Holzbank
zum Stehen und wischte sich mit dem Handrücken den
Schweiß von der Stirn. Dann tasteten seine Augen gebannt das vor ihm liegende Spiel ab – Feld für Feld, um
genau zu ergründen, ob sich etwas verändert hatte.

Philipp spürte die Spannung in seinem Körper an-
schwellen wie einen Tsunami, der ungebremst auf ihn
zu rollte. Und der ihn schließlich mit ganzer Wucht
traf. Philipp zuckte zusammen und merkte, wie er sich
vor Schreck taumelnd abwandte. – Bitte nicht, dachte

er, während sein Herz in großen Bögen schlingerte. Bitte lass es nicht wahr sein!

Tief Luft holend lenkte er seinen Blick von Neuem auf das Schachfeld. Aber er hatte sich nicht getäuscht. Die Reaktion seines Gegners war unmissverständlich. – Ihm war umgehend klar, was der neuerliche Zug zu bedeuten hatte.

Ohne weiter nachzudenken, sprang er durchs Gehölz zurück zur Festwiese, von wo aus er so schnell er konnte in Richtung des Waldparkplatzes lief. Er lief und lief, rannte mit großen, langen Schritten, die ihn der Schwerkraft zu entheben schienen. Die unheilvolle Erkenntnis aber war ihm dicht auf den Fersen, sie verfolgte ihn wie ein gefräßiger Rachen – und im selben Moment, da Philipp mit letzter Kraft den Cayenne erreichte, verschlang sie ihn mit Haut und Haaren.

Vierter Teil
– Gardez la Dame –

18.

Entmutigt sank Philipp auf den Sitz und ließ seine Stirn auf das Lenkrad fallen. Er war wie betäubt. – Sein heimlicher Widersacher hatte es auf seine Dame abgesehen! *Sie* war die Figur, die nun in die Schusslinie geraten war, bedroht vom schwarzen Läufer, der einfach wenige Felder verrückt worden war, ohne dass Philipp die Wendung vorausgesehen hatte!

Er hätte schreien wollen, hätte seinen Kopf hart gegen das Wagenfenster schlagen können. Doch für all dies blieb jetzt keine Zeit! Er ließ den Motor an und jagte in halsbrecherischem Tempo nach Hause. Um jeden Preis musste er verhindern, dass Tanja etwas zustieß! Sie – die weiße Dame in seinem Spiel –, die jetzt unvermittelt in den Mahlstrom der Ereignisse geraten war!

Als Philipp daheim ankam, stürzte er ins Obergeschoss. Grauenhafte Bilder traten vor sein geistiges Auge: Blutbefleckte Laken, Tanjas nackter, verkrümmter Körper, übersäht mit anklagenden Malen ... Vor der Schlafzimmertür zögerte er einen Moment – schließlich öffnete er.

Seine Furcht zerstob zu Staub, als er Tanja, friedlich schlafend, im Bett liegen sah. Eine Weile betrachtete er das versöhnliche Bild, das wie die Illusion einer besseren Welt wirkte. Dann schloss er die Tür leise von außen ab und ließ den Schlüssel in seine Tasche gleiten.

Unten in der Diele griff er zum Telefon.

Es vergingen keine zehn Minuten, bis Philipp das vertraute Rattern der alten Vespa vernahm.

Philipp öffnete, noch bevor Felix vor der Tür stand, und lotste seinen Freund eilig ins Wohnzimmer.

»Schieß los, alter Knabe. Du siehst mitgenommen aus!«

Philipp bedeutete ihm nervös, die Stimme zu senken. Tanja sollte unter keinen Umständen etwas von ihrem Gespräch mitbekommen. Dann berichtete er Felix, was sich in den letzten Tagen ohne dessen Wissen zugetragen hatte.

Als er fertig war, hatte Felix' Miene einen Ausdruck angenommen, in dem eine ziemlich symmetrische Mischung aus Vorwurf, Fassungslosigkeit und Betroffenheit lag.

»Du bist also doch wieder zum Schachplatz gegangen?«

Philipp zeichnete eine Geste der Ratlosigkeit in die Luft. »Ja, ja«, rief er ungeduldig. – »Ja, verdammt noch mal! Hätte ich es doch bloß gelassen! Aber ich wollte einfach nicht kampflos kapitulieren!«

Er strich sich seufzend mit der Hand durchs Haar, bevor er fortfuhr: »Zuerst hatte ich ein gutes Gefühl. Der geschlagene Bauer erschien mir nicht wichtig. Ich dachte, eine echte Chance zu haben. Aber als ich vorhin die Nachricht vom Mord an Dr. Arnold bekam, wurde mir klar, dass meine Zuversicht reine Selbsttäuschung gewesen ist. Und jetzt hat mein Übermut Tanja in tödliche Gefahr gebracht! Die weiße Dame – die Frau an meiner Seite ...«

Philipp schüttelte verzweifelt den Kopf. Es bedurfte keiner weiteren Erläuterung, in welch unheimlichem Verhältnis die Schachpartie zu seiner Wirklichkeit stand.

»Begreifst du jetzt, was auf dem Spiel steht? Die Morde am alten Harth, an Viola und an Dr. Arnold, das Verschwinden von Walter – und jetzt noch Tanja ...« Er holte tief Luft und setzte bedeutungsvoll hinzu: »Für all das trage *ich* die Verantwortung!«

Felix starrte gedankenverloren aus dem Fenster, sein Blick war in den letzten Minuten sehr ernst geworden. »Wenn deine Vermutung zutrifft«, sagte er schließlich, »dann kann es nur eine einzige richtige Reaktion geben.«

»Und die wäre?«

»Keine Frage, du musst sofort die Polizei verständigen! Die werden den Wald pausenlos beobachten und herausfinden, wer sich dort als Großmeister des Schicksals aufspielt. Und dann wird sich zeigen, ob ein Zusammenhang mit den Morden besteht oder nicht.«

Philipp rutschte unruhig auf seinem Sessel umher. »Ich kann der Polizei unmöglich etwas über das Spiel erzählen! Die würden mich sofort für verrückt erklären!«

»Hast du eine bessere Idee?«

Philipp stieß einen verdrießlichen Seufzer aus. Es war keineswegs nur die Angst, nicht ernst genommen zu werden, es war noch etwas anderes, was ihn zögern ließ.

»Es ist ein Wettstreit, verstehst du? Ein Kampf zwischen mir und einem verborgenen Feind. Wenn ich diesen Kampf nun mit fremder Hilfe beende, greife ich in etwas ein, was nicht in die Hände Dritter gehört. Und ich bezweifle, dass sich der Unbekannte eine solche Provokation gefallen lässt –«

»Um was geht es dir eigentlich?«, fuhr ihn Felix ärgerlich an. »Um Fairplay? Oder um Tanja?«

Philipp verzog zaudernd das Gesicht. Einen Moment lang schien er heftig mit sich zu ringen. Dann stand er auf und ging langsam zum Sideboard, wo seine Brieftasche lag: »Du hast recht, ich werde die Polizei um Hilfe bitten. Tanja muss geschützt werden – gleich jetzt! Die Sache mit dem Spiel aber werde ich unter keinen Umständen ansprechen. Die Gefahr wäre einfach zu groß, dass die Dinge außer Kontrolle geraten!«

Felix gab einen wenig überzeugten Laut von sich, während er zusah, wie Philipp nervös eine Visitenkarte hervorholte und anschließend mit angespannter Miene die Nummer in sein Handy tippte.

⌘

Die Stirn von Hauptkommissar Bechtold legte sich dezent in Falten, während er, so teilnahmsvoll wie möglich, in den Telefonhörer sprach.

»Ich kann verstehen, dass Sie sich Sorgen machen.« (Er sagte dies zum wiederholten Mal.) »Alle machen sich Sorgen. Für Ihre Lebensgefährtin ist diese Nachricht gewiss besonders beunruhigend. Wir versichern Ihnen, dass das gesamte Viertel unter Beobachtung steht. Aber wie gesagt, Ihr Anliegen ist nicht das einzige dieser Art. Hier laufen inzwischen die Telefone heiß –«

Geduldig ließ Bechtold den Schub an Protesten gewähren. Er wusste, dass er mit seinen Argumenten nicht überzeugen konnte, doch er hatte momentan keine andere Wahl.

»Ich habe Ihnen schon erklärt, dass wir nicht genug Personal haben, um jedes einzelne Haus zu bewachen. Gegenwärtig halten wir das auch nicht für erforderlich. Wir melden uns, sobald sich Neuigkeiten ergeben. Seien Sie in der Zwischenzeit wachsam, aber geraten Sie bitte nicht in Panik. Damit wäre niemandem gedient.«

Als er aufgelegt hatte, wandte sich der Hauptkommissar mit einem mürrischen Kopfschütteln an D'Antoni, der in Bechtolds Bürotür stehend mit verschränkten Armen das Telefonat mitverfolgt hatte.

»Philipp Wendelstein«, raunte er. »Er meint, seine Freundin sei in Gefahr und verlangt, dass wir jemanden vor seiner Haustür postieren. Was glaubt er eigentlich, wer er ist?«

D'Antoni hob interessiert die Augenbrauen. »Die Tochter vom alten Harth?«

Bechtold nickte.

»Hm.« D'Antoni strich sich grübelnd über das unrasierte Kinn. »Der Killer des eigenen Vaters läuft frei durch die Nachbarschaft und mordet munter vor sich hin. Vielleicht sollten wir die Anfrage ernst nehmen, um Fingerspitzengefühl zu zeigen?«

»Ich sehe keine konkrete Gefährdungslage. Die Ermordeten waren weder verwandt noch sonst persönlich verbunden. Es ist also höchst unwahrscheinlich, dass sich der Täter als Nächstes ausgerechnet die Tochter seines ersten Opfers aussucht.« Bechtold ließ ein gereiztes Schnaufen vernehmen. »Unsere Ressourcen sind begrenzt. Ich will sie in dieser Ermittlungsphase nicht für überflüssige Manöver vergeuden.«

Verärgert warf er seinen Kugelschreiber auf die Tischplatte. »Verdammt, die Leute drehen langsam durch! Kein Wunder – es wird Zeit, dass wir Fortschritte machen! – Lassen Sie uns noch einmal systematisch durch die Fakten gehen. Ich werde das Gefühl nicht los, dass wir etwas Wichtiges übersehen haben.«

⌘

»Unbegreiflich, wie man derart ignorant sein kann!«

In den letzten Minuten hatte Philipps Stimmung alle Schattierungen zwischen Wut und Verzweiflung durchlaufen. Mittlerweile hatte er aufgehört, im Zimmer auf und ab zu gehen und stand nun etwas verloren neben der großen Yukkapalme, deren spitze Blätter wie lange Messer zur Decke ragten.

Felix beobachte ihn geduldig. »Ohne konkrete Anhaltspunkte wirst du keine Sonderbehandlung bekommen.«

Doch Philipp war nicht bereit, dieses Thema weiter zu vertiefen. Seine Entscheidung stand nicht zur Disposition. Solange der Unbekannte meinte, das Spiel laufe in kontrollierten Bahnen, ließ sich die Gefahr zumindest eingrenzen. Die Einbeziehung offizieller Stellen aber, hier war sich Philipp nun immer sicherer, hätte die Symmetrie zwischen Risiko und Chance unkalkulierbar ins Wanken gebracht. Und über die damit verbundenen Konsequenzen wollte er lieber gar nicht erst nachdenken.

»Was willst du nun unternehmen?«

215

»Ich weiß es nicht.« Philipps Ton klang wenig hoffnungsvoll. Er spürte, dass er einen toten Punkt erreicht hatte. Einen Punkt, an dem er alleine nicht mehr weiterkam.

»Ich habe keine Ahnung, wie es weitergehen soll«, wiederholte er mit heiserer Stimme.

Felix stand auf und näherte sich langsam seinem Freund. Ihm war die Verzweiflung, die Philipp befallen hatte, nicht entgangen.

»Wir beide haben doch stets zusammengehalten. Wenn du es wirklich für nötig hältst, diese Herausforderung ohne Hilfe der Polizei durchzustehen, dann werde ich die Entscheidung akzeptieren – auch wenn ich sie beim besten Willen nicht verstehe.«

»Ich verlange auch nicht, dass du sie verstehst. Womöglich verstehe ich sie selber nicht. Doch mein Instinkt sagt mir, dass Vorsicht das einzig richtige Verhalten ist.«

»Trotzdem glaube ich nicht, dass du die Sache ganz alleine angehen solltest. Lass dir wenigstens von deinem besten Freund helfen. Bisher hast du ein ziemlich verkorkstes Einzel gespielt; was, wenn wir nun ein Doppel daraus machen?« Er überlegte kurz, bevor er hinzufügte: »Dein rätselhafter Gegenspieler muss ja nicht gleich etwas davon mitbekommen.«

»Ich will dich nicht in diesen Wahnsinn hineinziehen!«

Felix stieß ein zynisches Lachen aus. »Hör schon auf! Ich habe in den letzten Jahren zu viel erlebt, als dass mich noch irgendetwas aus der Fassung bringen könnte. Glaubst du wirklich, ich lasse mich von diesem Spuk einschüchtern?«

Philipp sah seinen Freund lange an. Dann sagte er mit großem Ernst: »Das ist kein Spaß, Felix. Kein Abenteuer, das man aus Neugier oder Übermut eingeht. Irgendetwas hat sich in meine Wirklichkeit gedrängt. Etwas, das mein Schicksal einer finsteren Logik opfern will. Und hinter allem lauert die Fratze des Todes.«

Felix legte ihm sanft die Hand auf die Schulter. »Mir ist bewusst, was du durchmachst. Und gerade deshalb kannst du auf mich zählen! Lass uns gemeinsam überlegen, wie wir –«

Er konnte den Satz nicht zu Ende bringen, denn in diesem Moment ließ sie ein lautes Poltern im Obergeschoss aufschrecken. Für den Bruchteil einer Sekunde stand blankes Entsetzen in Philipps Gesicht, dann stürzte er wie besinnungslos nach oben; Felix folgte ihm auf dem Fuß.

»Mein Gott, Tanja! Das kam aus dem Schlafzimmer!«

In diesem Moment setzte der Lärm von Neuem ein – ein lautes Hämmern wie das Schlagen einer großen, dumpfen Trommel. Etwas hieb heftig gegen die Tür.

Philipp griff hastig nach der Klinke, um sogleich festzustellen, dass abgeschlossen war. Einen Moment lang wirbelte sein Blick orientierungslos durch die Luft. Dann entsann er sich und zog den Schlüssel aus der Hosentasche.

Als sich die Tür öffnete, erwartete ihn eine vollkommen aufgebrachte Tanja, deren Augen abwechselnd Giftpfeile auf Philipp und Felix schleuderten.

»Was fällt euch ein, mich hier oben einzuschließen!«, schrie sie. »Seid ihr noch bei Trost?!« Ihr Gesicht glühte vor Zorn.

Felix signalisierte seine Unschuld mit einer abwehrenden Geste, während Philipp um Schadensbegrenzung rang.

»Beruhige dich, Prinzessin! Ich wollte bloß, dass du in Sicherheit bist.«

»In *Sicherheit*? Warum sollte ich in meinem eigenen Zuhause nicht in Sicherheit sein! Oder glaubst du etwa, ich bin übergeschnappt und muss eingesperrt werden?«

Philipp presste ein gequältes Lächeln hervor. »Keineswegs! Ich habe bloß überreagiert. Die Sache mit Dr. Arnold hat mich so geschockt, dass ich –«

»Ach, lass das! Es reicht wohl nicht, dass die Welt da draußen auf dem Kopf steht. Jetzt hat auch noch mein eigener Freund den Verstand verloren!«

Verärgert stapfte sie an den beiden verlegen dreinblickenden Männern vorbei und verschwand ohne ein weiteres Wort im Bad.

Philipp und Felix sahen sich unsicher an. Dann gingen sie seufzend zurück ins Wohnzimmer, um die so jäh unterbrochene Krisensitzung fortzusetzen.

19.

Zart erleuchtet vom warmen Licht der Scheinwerfer muteten die alten, efeuumrankten Burgmauern an wie das Zeugnis einer längst vergessenen Zeit. Wie die verwunschenen Überreste eines Märchens, die sich durch eine Laune des Schicksals ihren Weg in die Wirklichkeit einer lauen Sommernacht gebahnt hatten.

Die Ruine lag erhaben auf der anderen Seite des Tals, nur wenige Kilometer von Bad Grünau entfernt. In früheren Zeiten war sie Trutzburg und Festung irgendeines unbedeutenden Rittergeschlechts gewesen, heute galt sie als beliebtes Ausflugsziel, dessen Waffenkammern und dunkle Verliese vor allem Schulklassen und junge Familien anlockten. Mit ihrer verstiegenen Architektur und dem ausgedehnten Innenhof bot sie die ideale Kulisse für die alljährliche Freilichtaufführung des Theatervereins.

Philipp stand ungeduldig auf der schmalen Brüstung, die den Rand des Burghofs wie eine Galerie umgab, und ließ seinen Blick über die Szene schweifen. Seine Uhr zeigte kurz nach elf. Die Aufführung war bereits seit einer knappen Stunde zu Ende, doch noch immer tummelten sich Zuschauer, Schauspieler und andere Mitwirkende vor Ort. Waldgeister, Gnome, bizarres Gefolge in bunten Kostümen – im flackernden Licht der

Ölfackeln zeichneten sie ein Bild, das in seiner flüchtigen Eigenart geradewegs dem Reich der Träume entsprungen zu sein schien.

Tanja weilte bei einer Gruppe Schauspieler. Selbst aus einiger Entfernung konnte man ihre gehobene Stimmung vernehmen. Diesmal war ausnahmsweise sie es, die sich den einen oder anderen Prosecco zu viel genehmigt hatte, und Philipp befürchtete schon, ihr beschwingter Mitteilungsdrang würde kein Ende mehr finden. – Die Vorstellung hatte seine Sinne zerstreut, hatte ihn für einige zauberhafte Momente den Sorgen enthoben, die tonnenschwer auf seinen Schultern lasteten. Doch nun, im bunten Treiben des ausklingenden Abends, war die Unruhe wie ein Schatten zurückgekehrt.

Endlich löste sich die kleine Versammlung auf, und Tanja kam heiter grinsend in seine Richtung gelaufen. »Auf geht's! Lass uns nach Hause fahren.«

Philipp nickte und zwang ein Lächeln auf seine Lippen. Dann schlenderten sie langsam den schmalen Pfad entlang, der sich die Anhöhe hinab bis zum Parkplatz schlängelte. Ein kühler Luftzug strich ihnen übers Gesicht. Je weiter sie kamen, desto schwächer wurde die Beleuchtung der über ihnen thronenden Burg. Im unteren Teil säumten hohe Holunderbüsche den Weg, deren Wipfel sich wie unheimliche Krallen über die Vorbeikommenden legten.

Gerade waren sie an den Fuß des Hügels gelangt, als Philipp unvermittelt stehenblieb.

»Was hast du?«

Philipp sah sich unsicher um, meinte in den Augenwinkeln eine Bewegung bemerkt zu haben. Doch er konnte nichts entdecken.

»Nichts. War wohl nur der Wind.« – Ruhig bleiben, dachte er; jetzt nur nicht die Nerven verlieren …

Schließlich hatten sie den Parkplatz erreicht – eine geschotterte, von Brombeer- und Weißdornhecken flankierte Fläche, in deren Mitte eine einzelne Laterne ihr schwaches Licht in die Umgebung warf. Die meisten Gäste waren bereits weggefahren. Die wenigen Autos, die geblieben waren, sahen aus wie eine schlafende Herde auf einer düsteren Koppel.

Der Mini stand in der hinteren Ecke. Langsam näherten sie sich dem Fahrzeug. Aus dem Gestrüpp konnte man die Signallaute einer Grille vernehmen. Eine Weile kramte Tanja in ihrer Tasche. Schließlich fand sie den Schlüssel und machte Anstalten einzusteigen, als Philipp dazwischenfuhr: »Ist wohl besser, wenn ich fahre, Prinzessin. Du hast eindeutig zu tief ins Glas geschaut.«

Einen winzigen Augenblick lang schien Tanja zu überlegen, ob sie sich auf eine Diskussion einlassen sollte, ließ es dann aber bleiben. »Wie du meinst«, murmelte sie und wechselte die Seite.

Philipp nahm erleichtert den Schlüsselbund entgegen, setzte sich auf den Fahrersitz und schloss die Wagentür.

Dann überschlugen sich die Ereignisse:

Aus dem Dunkel hinter der Windschutzscheibe löste sich urplötzlich eine rote Silhouette. Eine fürchterliche Fratze – wie die eines riesigen Vogels –, die blitzartig auf das Auto zugeschossen kam. Fast im selben Augenblick wurde die Fahrertür aufgerissen und Philipp brutal nach draußen gezerrt. Tanjas hysterische Schreie fegten wie Glasscherben über den Parkplatz.

Die ganze Szene dauerte nur Sekunden, doch Philipp kam es vor, als würde sie sich in Zeitlupe abspulen. Er fühlte seinen Rücken hart auf den Schotter prallen. Das Vogelwesen versuchte sogleich, sich auf ihn zu stürzen. Reflexartig drehte er sich weg, sodass der andere bloß noch die Rückseite seines Jacketts zu fassen bekam. Philipp spürte den reißenden Stoff, als ihn sein Angreifer mit beinahe übermenschlicher Kraft wieder auf die Beine hievte. Und dann standen sie sich jäh gegenüber – Mensch und Tier – Bestie und Beute.

Philipp starrte in die toten Augenhöhlen, die ihn in ihrer unendlichen Tiefe scheinbar verschlingen wollten, er erspähte den riesigen Schnabel, der aussah, als wollte er sich jeden Moment in sein Fleisch bohren, und in seinen Augenwinkeln nahm er noch etwas anderes wahr: Die lange Klinge, die aus dem Umhang ragte und nur darauf zu warten schien, in seine Richtung gestoßen zu werden.

Philipp spannte seine Muskeln an, um die unheimliche Kreatur auf Abstand zu halten, und obwohl sein Gegenüber um einiges größer war als er, gelang es ihm auf unerklärliche Weise. Für den Bruchteil einer Sekunde schienen sich ihre Kräfte gegenseitig aufzuheben, dann spürte Philipp, dass seine Anstrengungen abrupt ins Leere strebten. Taumelnd blickte er ins Nichts der ihn umgebenden Nacht.

Die Dunkelheit hatte das Wesen verschluckt.

Es dauerte eine Weile, bis er wieder zu Besinnung kam. Tanja hatte inzwischen aufgehört zu schreien, war herbeigestürzt und klammerte sich nun derart heftig um sein Genick, dass er die gerade zurückeroberte Balance beinahe wieder verlor. Abgesehen von einem brüchigen Schluchzen brachte sie kein Wort heraus.

Vom vorderen Teil des Parkplatzes kam eine Gruppe junger Männer herbeigelaufen.

»Was ist passiert?«

»Ist jemand verletzt?«

Noch immer atemlos schüttelte Philipp den Kopf. Sein Rücken tat ihm weh, doch ansonsten hatte der Angriff keinerlei Spuren hinterlassen.

Unter gutmeinenden Kommentaren schob man die beiden in einen besser beleuchteten Teil des Parkplatzes. Philipp hörte, wie einer der Burschen mit dem Handy telefonierte.

»Was hat dieser Spinner von Ihnen gewollt?«

»Er sah aus wie ein mutierter Riesenpapagei!«

Doch Philipp antwortete nicht. Gedankenversunken starrte er in die nächtliche Leere, an deren Peripherie sich die dunklen Umrisse des Dickichts abzeichneten. Dann wanderte sein Blick zurück zu Tanja, die mit verstörtem Gesichtsausdruck im fahlen Licht der Laterne stand. Langsam trat er auf sie zu, streifte das lädierte Jackett ab und legte es um ihre Schultern.

»Hab keine Angst, Prinzessin. Hier bist du in Sicherheit.«

Die Polizeistreife traf wenige Minuten später ein. Philipp machte eine provisorische Aussage, Tanja war hierzu nervlich nicht imstande. Die jungen Männer bestätigten die Darstellung von einem Angreifer mit Vogelmaske, der nach kurzem Kampf das Weite gesucht hatte. Eine Zeit lang suchten die beiden Vollzugspolizisten mit Taschenlampen das Gebüsch ab, doch außer einem roten Stofffetzen, der sich in den Dornen verfangen hatte, fanden sie keinen Hinweis.

»Der Kerl ist längst über alle Berge«, brummte der eine.

»Vermutlich ist er über die Wiese zur Straße gelaufen und von dort mit dem Auto geflüchtet«, bemerkte der andere.

Philipp bat darum, Hauptkommissar Bechtold zu informieren, der sich so schnell wie möglich mit ihm in Verbindung setzen sollte. Dann bedankte er sich bei seinen Helfern und führte Tanja behutsam zum Wagen.

⌘

D'Antoni saß mit einem lauwarmen Becher Automatenkaffee in einem der Konferenzzimmer des Polizeipräsidiums. Es war Sonntagnacht, ein Uhr, und er hätte in diesem Moment beinahe jeden anderen Ort dieser Welt dem schmucklosen Raum mit seinen schiefen Jalousien, seinem grellen Deckenlicht und dem schalen Geruch nach billigem Scheuermittel vorgezogen.

Der Anruf von Hauptkommissar Bechtold hatte ihn eine halbe Stunde zuvor erreicht – auf der Geburtstagsparty eines Freundes –, und obwohl er bereits einige Biere intus und gerade die vielversprechende Bekanntschaft mit einer Kunststudentin des zweiten Semesters gemacht hatte, war er der Order seines Chefs gefolgt, sich umgehend im Präsidium einzufinden.

Mit einem missmutigen Seufzen ließ er sich zurück in die Stuhllehne fallen. Bechtold war bereits vor Ort gewesen und hatte ihn sogleich über die jüngsten Ereignisse ins Bild gesetzt. – Schöne Bescherung, dachte D'Antoni. Er war frustriert und mittlerweile so erschöpft, dass er am liebsten die Augen geschlossen und sich in eine ferne, bessere Welt geträumt hätte.

Bechtold dagegen schien hellwach zu sein. Mit verschränkten Armen wanderte er im Zimmer auf und ab und ließ seinen Gedanken freien Lauf: »Auf dieser verdammten Veranstaltung müssen hunderte Menschen gewesen sein – und ausgerechnet Philipp Wendelstein wird um ein Haar das nächste Opfer des Serienmörders!«

»Tanja Harth, um genau zu sein«, warf D'Antoni müde ein. Beiden war bereits zu diesem Zeitpunkt klar, dass Tanja das wirkliche Ziel des Angriffs gewesen sein dürfte. Es war *ihr* Auto, und eigentlich hätte *sie* auf der Fahrerseite gesessen, wenn sie und ihr Freund nicht im letzten Moment die Plätze getauscht hätten.

Bechtold nickte ungehalten. »Das macht die Sache nur noch schlimmer! Stellen Sie sich vor, der kleinen Harth wäre tatsächlich etwas passiert – und dass, obwohl wir ihr kurz zuvor den Personenschutz verweigert hatten!«

(*Wir* ist einer zu viel, dachte D'Antoni, enthielt sich jedoch eines Kommentars.)

»Ich frage mich bloß«, fuhr Bechtold fort, »wie Wendelstein ahnen konnte, dass sie in Gefahr war. Mir drängt sich das Gefühl auf, dass er irgendetwas weiß – oder wenigstens vermutet –, was uns weiterbringen könnte. Warum verschweigt er es uns?«

D'Antoni zuckte matt mit den Achseln. »In jedem Fall sollten wir seinen Verdacht nun ernst nehmen und schleunigst geeignete Maßnahmen ergreifen.«

»Ist bereits veranlasst. Von jetzt an steht Tanja Harth unter Polizeischutz. Noch einmal will ich uns nicht an den Rand einer Totalblamage bringen. Die Presse hält uns ohnehin schon für unfähig.«

»Immerhin wissen wir jetzt, dass unser Killer ein Faible für skurrile Maskeraden hat. Das passt auch zu der roten Feder, die wir in Harths Schlafzimmer fanden.«

Der Hauptkommissar strich sich nachdenklich über die Lippen. »Ein eigenartiger Umstand, aber womöglich die erste nennenswerte Spur. Ein Verbrecher, der sich verkleidet, tut dies nicht aus Übermut, sondern weil er einen bestimmten Zweck verfolgt.«

»Wahrscheinlich will er seinen Opfern bloß einen Schrecken einjagen«, murmelte D'Antoni, ein herzhaftes Gähnen unterdrückend. Der Alkohol in seinem Blut und die Müdigkeit in seinen Knochen ließen ihn kaum noch einen klaren Gedanken fassen. Hatte er sich vorhin eigentlich die Telefonnummer der Kleinen notiert?

Bechtold sah ihn nachdenklich an. – »Mag sein. Vielleicht will er aber auch schlicht seine Identität verbergen! Und da wird die Sache mit einem Mal interessant. Der Schutz durch Verkleidung kann bedeuten, dass es sich um eine Person aus der näheren Umgebung handelt. Um jemanden, der befürchtet, erkannt zu werden, wenn er sein wahres Gesicht zeigt.«

»Bislang hat er seine Opfer immer in völliger Abgeschiedenheit überrascht. Eine Maske wäre da nutzlos gewesen. – Allein heute war es anders ...«

»Und gerade deshalb ist der heutige Vorfall so bemerkenswert! Zum ersten Mal gab es Zeugen eines Angriffs!« Bechtold machte eine Pause, bevor er fortfuhr: »Sieht ganz so aus, als hätte unser Mörder seinen ersten Fehler begangen! Umso wichtiger ist jede Einzelheit, die Philipp Wendelstein und Tanja Harth beobachtet haben. Morgen müssen wir detaillierte Aussagen einholen. Sagen wir elf Uhr dreißig?«

D'Antoni verzog sein Gesicht. Damit hatte ihm die unsägliche Geschichte auch noch den Sonntag verhagelt! Wohin sollte das führen? Dass er rund um die Uhr einem Phantom hinterherjagte, das überall und nirgendwo zu sein schien? Aber einen Vorteil hatte die Sache: So würde er die kleine Harth schneller wiedersehen als erwartet. Und diese Aussicht stimmte ihn dann doch ein wenig versöhnlich.

»Bei dieser Gelegenheit sollten wir dem Herrn Rechtsanwalt einmal näher auf den Zahn fühlen«, fügte Bechtold hinzu. »Mag sein, dass Philipp Wendelstein nicht Teil der Lösung ist – in jedem Fall aber scheint er Teil des *Problems* zu sein.«

20.

Der Abend begann sich über den Wald zu wölben. Die weichen Strahlen der verklingenden Sonne hingen wie seidene Bänder in den Baumkronen, während aus dem dichten Unterholz bereits langsam die Dämmerung kroch.

Felix ließ einen gedankenvollen Blick über die Lichtung wandern. »Das also ist der geheimnisumwitterte Schachplatz«, murmelte er. »Ein ziemlich verschlafenes Fleckchen – kaum zu glauben, dass hier das Schicksal böse Ränke schmiedet.«

Philipp sah ihn argwöhnisch an.

»Schon gut, lassen wir das«, winkte Felix ab. »Wir haben Besseres zu tun!« Er schlenderte an den Rand des Spielfelds, verweilte dort einen Moment, bevor er sich wieder dem Freund zuwandte: »Und? Hat sich seit deinem letzten Besuch etwas getan?«

Philipp betrachtete die Figuren auf dem Feld und schüttelte den Kopf. »Ich denke nicht.« Die Stellung hatte sich seit Freitag nicht verändert. Der gegnerische Damenläufer war auf die schwarze Königslinie zurückgesetzt worden, von wo aus er mit zynischer Zielsicherheit die weiße Dame bedrohte. – Abermals schnitt der Anblick Philipp ins Herz.

»Ich verstehe zwar nur wenig vom Schachspielen«, sagte Felix, »aber wenn ich es richtig sehe, könntest du deine Dame durch einen simplen Bauernzug schützen.«

Er trat mit einem Fuß auf die Steinplatten, um seinen Einfall in die Tat umzusetzen, doch Philipp fuhr dazwischen.

»Halt!«

»Was?«

Philipp hob beschwichtigend die Hände. »Warte noch einen Augenblick.«

»Dachte, wir waren uns einig, dass Weiß noch einmal zieht?«

»Du hast recht, aber ich möchte dennoch nichts Unüberlegtes tun. Wir wissen beide, was auf dem Spiel steht.«

Felix machte eine ratlose Geste und trat beiseite. »Bitte. Wenn du eine bessere Idee hast …«

Eine Weile ging Philipp am Feldrand auf und ab und fuhr sich dabei so heftig durch die Haare, dass man hätte meinen können, er wollte sie sich mit letzter Verzweiflung herausreißen. Er wusste nicht, wie viele solche sinnlosen Handgriffe er heute schon produziert hatte. Es waren Reflexe seiner Unruhe, seiner Orientierungslosigkeit.

Endlich fasste er einen Entschluss und rückte, Felix' Vorschlag folgend, den weißen Bauern zwischen seine Dame und den feindlichen Läufer.

»Bravo«, kommentierte Felix. »Nun ist Schwarz an der Reihe – der zweite Teil des Plans kann beginnen!«

Philipp nickte. Dann wandte er sich vom Spielfeld ab und ging beherzt an den Rand der Rodung. »Komm mit!«

Geschickt stieg er durchs Gestrüpp, bis er wenige Meter vor dem verborgenen Holzgestell stehen blieb, das ihm unlängst in den Blick geraten war. Es war ein

Hochsitz wie ihn Jäger benutzten. Knapp vier Meter hoch und etwa acht Meter in den Jungwald versetzt, schien er einer fiktiven Schneise zugewandt zu sein, die früher einmal existiert haben musste, von der später jedoch nur das kleine Stück übrig geblieben war, das heute die Lichtung mit dem Schachspiel bildete.

»Und du meinst, dieses klapprige Ding trägt uns beide?«

»Ganz sicher bin ich mir nicht, aber wir werden ja sehen.«

Vorsichtig erklomm Philipp die steile, knarrende Leiter, die zu einem geschlossenen Verschlag aus groben Balken führte. Er öffnete die enge Luke und kletterte in den Innenraum. Obgleich das Gebilde von außen einen spärlichen Eindruck machte, wirkte es drinnen erstaunlich geräumig. Zwei Stühle mit verschlissenen Polstern, ein hölzernes Tischchen und ein hässlicher Glasaschenbecher formten das Inventar. Durch die schmale Kanzelöffnung hatte man, an den Baumstämmen vorbei, einen beinahe ungehinderten Blick zur Wiese mit dem Spiel. Umgekehrt konnte man von dort aus den Hochstand praktisch nicht erkennen.

»Komm herauf«, rief er. »Hier ist genug Platz für zwei!«

Felix folgte ihm, und schon wenige Augenblicke später saßen die beiden Freunde Seite an Seite in ihrem einsamen Versteck, um der Dinge zu harren, die sie erwarteten – und die vielleicht, so hofften sie, endlich Licht in diesen finsteren Fall bringen würden.

Der Plan, den sie geschmiedet hatten, war ebenso einfach wie raffiniert: Wenn sie den unbekannten Spieler aufspüren wollten, gab es nur eine Möglichkeit – sie mussten ihn auf frischer Tat ertappen! Da das Phantom bisher immer postwendend reagiert hatte, stand zu vermuten, dass es auch diesmal rasch zuschlagen würde. Und hierin lag – vielleicht – ihre Chance!

Sobald sie den dunklen Widersacher erst einmal gestellt hatten, würde sich der Bezug zu den Ereignissen ganz von alleine erschließen. Wenn ein solcher Bezug denn bestand! Andernfalls hätten sie zumindest Gewissheit, dass das Schachspiel nichts mit den Morden zu tun hatte. Doch daran wollte Philipp nicht glauben. Er war überzeugt, dass beide Rätsel eine gemeinsame Ursache hatten. Und diese Überzeugung war es schließlich gewesen, die ihn dazu bewogen hatte, sich Felix' Idee vom heimlichen Hinterhalt anzuschließen. Trotz aller Bedenken.

Unter dem Vorwand wegen eines wichtigen Termins bereits am Sonntagabend in die Stadt zu müssen, hatte er sich zu Hause verabschiedet, war zu Felix gefahren und mit diesem in den Wald aufgebrochen. Das lag eine gute Stunde zurück. Ein schlechtes Gewissen brauchte er wegen Tanja kaum zu haben, hatte sich doch seit Samstagnacht ununterbrochen ein Polizist vor dem Haus postiert.

Nachdem die beiden ihre Lauerstellung bezogen hatten, spähten sie erwartungsvoll auf die Lichtung, die einen Steinwurf entfernt unter den immer dichter werdenden Schatten der umstehenden Bäume lag.

»Was genau hat die Polizei heute Mittag eigentlich gewollt?«, fragte Felix nach einer Weile, zwei Dosen Bier aus seinem Rucksack zaubernd.

Philipp zuckte gleichgültig mit den Schultern. »Na, was wohl? Sie haben uns wegen gestern Nacht Löcher in den Bauch gefragt. Ich habe alles Wesentliche berichtet und mich dann lauthals beschwert, dass immer erst etwas geschehen muss, bevor die Polizei einschreitet.«

»Wie haben sie reagiert?« »Der Personenschutz wurde bewilligt, aber Bechtold scheint nun zu glauben, dass ich ihm etwas verschweige. Keine Ahnung, wie er darauf kommt.« Felix sah eine Zeit lang stumm nach draußen, wo sich das Zwielicht des Abends mühevoll durch dichtes Blattwerk kämpfte. Endlich sagte er: »Dumm scheint Bechtold nicht zu sein. Ich finde, du gehst ein hohes Risiko ein. Wenn du mit offenen Karten spielen würdest –«

»Tue ich aber nicht!« Philipps Stimme klang trotzig. »Und ich will nicht verhehlen, dass mir dieser neunmalkluge Hauptkommissar so langsam auf die Nerven geht! Sein Hilfssheriff ist übrigens nicht besser! Dieses beharrliche Interesse für Tanja wird allmählich lästig. Würde mich nicht wundern, wenn dieser Lackaffe ein Auge auf sie geworfen hätte!«

Felix schmunzelte über diesen ungewohnten Anflug von Eifersucht. Doch er verkniff sich jeden weiteren Kommentar.

Die Dunkelheit kam, und mit ihr legte sich eine unheimliche und drückende Stimmung über den Wald und die kleine Lichtung. Tausend Töne zuckten wie Nadelstiche durch die Stille. Im faden Schein des Mondes sahen die schwarz-weißen Gebilde auf dem Spielfeld wie morbide Geister aus, die sich zu einem stummen Heer versammelt hatten.

»Kannst du dir jetzt vorstellen, dass dieser Ort ein schauerliches Geheimnis birgt?«, flüsterte Philipp.

»Er macht jedenfalls keinen besonders einladenden Eindruck«, sagte Felix ebenso leise.

Es entstand eine längere Pause, in der ihre Augen argwöhnisch durch die Nacht streiften. Schließlich wandte sich Philipp an seinen Freund: »Schau dir die Figuren genau an – man kann das Böse in ihnen förmlich spüren.«

Felix gab ein verächtliches Geräusch von sich. »Das Böse steckt nicht in den Figuren. Höchstens in dem, der sie für seine Zwecke missbraucht. Wenn es überhaupt böse Absichten sind, die dem Ganzen zugrunde liegen. Bislang haben wir noch keinen Beweis dafür!«

Philipp schüttelte unmerklich den Kopf. In seiner Stimme schwang ein seltsames Gemisch aus Resignation und Trotz. »Ich bin sicher, dass du deine Meinung änderst. Bald wirst du erkennen, dass ich recht habe. – Hoffentlich ist es dann nicht zu spät!«

Felix' Lächeln erstarb in der Dunkelheit. »Du hast einfach zu viel Angst«, murmelte er.

»Und du zu wenig!«

Dann sprachen sie nichts mehr miteinander.

Der Plan sah vor, die Wache in zwei Hälften zu teilen, von denen Felix die erste und Philipp die zweite übernehmen sollte. So mussten sich beide nur die halbe Nacht um die Ohren schlagen, was Philipp entgegenkam, der am nächsten Morgen zeitig im Büro sein musste.

Die Ellbogen auf das Fensterbrett gestützt und den Kopf in den Händen vergraben, saß Felix an der Brüstung und betrachtete gleichmütig die Waldlücke mit den Schachfiguren.

Philipp dagegen war in die hintere Ecke des Verschlags gerückt, hatte die Kapuze seines Sportpullis übergezogen und versuchte, sich dem Puls der Nacht hinzugeben. Doch fiel es ihm nicht leicht, Ruhe zu finden. Sein Inneres kam ihm wie der Grund eines Gewässers vor, der wieder und wieder durch die Kraft einer unsichtbaren Strömung aufgewühlt wurde.

Irgendwann verlor sich die Unrast in einem seichten Schlummer, der sich wie flüchtiger Nebel zwischen seine Sorgen schob ...

Philipp fuhr zusammen, als ihn Felix' Hand unwirsch auf die Schulter schlug.

»He, alter Knabe! Zeit für die Ablösung!«

Ihm war, als hätte er nur für einen winzigen Moment die Augen geschlossen, doch die Uhr verriet, dass es bereits nach zwei war.

»Bin ich eingenickt?«

»Sah ganz danach aus!«

Philipp streckte Beine und Rücken und unterdrückte ein Gähnen. »Muss völlig an mir vorbeigegangen sein«, murmelte er. »Im Moment fühle ich mich wie gerädert.«

»Frag *mich* erst! Ich musste stundenlang gegen den Schlaf kämpfen! Und gelohnt hat es sich nicht die Bohne! Drüben auf der Lichtung hat sich kein Grashalm geregt. Nicht mal ein Waschbär oder ein Eichhörnchen wollte sich die Ehre geben.« Er verzog den

Mund und spuckte dessen Inhalt in hohem Bogen aus der Fensteröffnung. »Wenn dein geheimnisvoller Widersacher wirklich so beflissen ist, müsste er sich doch allmählich blicken lassen!«

Philipp rieb sich mit den Händen übers Gesicht und zog dann seufzend seinen Stuhl an die Brüstung. »Lass gut sein. Ab jetzt halte ich die Stellung.«

»Viel Erfolg. Und gib Bescheid, wenn etwas geschieht!« Mit diesen Worten lümmelte sich Felix in seinen Sitz, verschränkte die Arme vor der Brust und schloss die Augen.

Bereits wenige Minuten später vernahm Philipp die gleichmäßigen Atemzüge des Schlafes. Behutsam wanderte sein Blick in Richtung des Freundes. – Merkwürdig, dachte er. Selbst jetzt strahlte Felix noch eine unverhohlene Präsenz aus. Eine körperliche Gegenwart, wie er sie selten bei einem Menschen gespürt hatte. Und in der ein Vertrauen mitschwang, das ein ganzes Leben gewährt hatte. Eine Freundschaft jenseits aller Konventionen, die stets eine Brücke über dem Alltäglichen gewesen war. Etwas, auf das man sich verlassen konnte – wie die Stangen in einem Gerüst, ohne die jeder Tritt ins Ungewisse führt.

Philipp überlegte, was den Geist dieser seltsamen Beziehung ausmachte. Im Grunde einte sie kaum etwas. Nicht der Beruf, nicht die Neigung – und bis vor ein paar Tagen nicht einmal die bloße Nähe, die den Boden für jedes soziale Band bildete ... Felix lebte sein Leben, während Philipp das seine immerfort zu gestalten suchte und dabei nur allzu oft verkannte, auf was es ihm ankam.

Dennoch musste es einen Grund für ihre gegenseitige Gewogenheit geben. Ein entscheidendes Argument, das alles andere überbot. – Philipp ahnte, was es war: Mit Felix war er Kind gewesen. Und lag es nicht in der Art der Kinder, seltsame Bündnisse einzugehen? Allianzen jenseits der Vernunft, die allein dem Augenblick geschuldet waren? Und die manchmal ein ganzes Leben überdauern konnten, obwohl sie auf nicht mehr als auf dem Gewesenen fußten.

Philipp starrte gedankenverloren durch das Spalier dunkler Bäume, das den Hochstand von der Lichtung trennte. Die Erkenntnis, dass er mitten in der Nacht in einem entfernten Winkel des Waldes saß, ließ einen kalten Schauder über seine Haut streifen. – Was tat er hier? Glaubte er wirklich, an diesem Ort dem Ursprung seiner Bedrängnis auf die Spur zu kommen? Weiteres Unheil zu verhindern? Oder war dies bloß der untaugliche Versuch, ein Blatt zu spielen, das man gar nicht in der Hand hatte?

Philipp suchte mit seinen Augen die Finsternis ab, als würde er die Antwort auf seine Fragen dort draußen im Dickicht finden können. Doch der Wald strafte ihn mit spöttischem Schweigen. Er verbarg sein Geheimnis und würde sich, so schien es Philipp, nicht durch kindische Manöver hinters Licht führen lassen. Die Kraft, die gegen ihn wirkte, war gerissener als alles, was er bislang erlebt hatte. Und zweifellos: Damit schwanden seine Chancen, dieses Spiel jemals als Sieger zu beenden.

Mutlos sank Philipps Kopf in seine Hände. Eine ganze Weile brütete er vor sich hin, betrachtete das Nichts, das sich vor ihm auftat und das ihm nun wie das Sinnbild der Vergeblichkeit erschien. Bis das Nichts allmählich zu schrumpfen begann. Sich langsam zusammenzog – enger und enger – und sich schließlich in einem winzigen Raum verkapselte. In einem Raum, der die ganze Welt in sich vereinte. Und der endlich auch Philipp wie ein samtenes Etui umschloss ...

Als er aufwachte, tagte der Morgen, und flüchtig glitzernder Tau hatte sich über die Wiese mit dem Schachfeld gelegt. Philipp fühlte sich verspannt und klamm, jeder Muskel seines Körpers war steif vor Kälte. Wann war er eingeschlafen? Er hatte keine rechte Vorstellung, aber es konnte gewiss nicht lange her sein. Benommen blinzelte er auf seine Uhr – und erschrak: Kurz vor sieben!

Sofort befiel ihn eine heftige Unruhe. Hastig weckte er Felix, der ihm einen perplexen Blick zuwarf.

»Ich muss eingeschlafen sein«, rief Philipp wiederholt, und in seiner Stimme hallte ein Dreiklang aus Panik, Verärgerung und Frust.

Zunächst schien Felix nicht zu begreifen, doch dann dämmerte ihm, was Sache war. »Willst du behaupten, du hast deine Nachtwache verpennt?«

Philipp antwortete nicht. Fieberhaft öffnete er den Verschlag und kletterte Hals über Kopf die schmale Leiter hinab, dicht gefolgt von Felix, der ihm eine Wolke diffuser Verwünschungen hinterherwarf. Ein kurzer Satz von der Steige und ein paar Schritte durch das Unterholz – schon hatten sie die Lichtung erreicht, die unschuldig im Schein des anbrechenden Tages lag.

Getrieben von einer ungezähmten Erregung umrundete Philipp das Spiel. Immer und immer wieder, als wollte er es mit seinen Kreisen fesseln. Plötzlich blieb er stehen. Felix bemerkte, wie ein kaum hörbares Stöhnen der Kehle seines Freundes entrang.

»Was hast du?«

Philipp starrte auf die Figuren wie auf ein leeres Grab.

Felix folgte dem Blick – und dann sah er es auch: »Moment mal. Der schwarze Bauer dort vorne – täusche ich mich oder stand der gestern Abend noch an einer anderen Stelle?«

Doch Philipp schwieg. Eine Antwort war überflüssig. Der neue Zug wirkte wie ein Brandmal inmitten des Spiels. Eine Provokation – weniger raffiniert als beschämend und dennoch in einer kompromisslosen Weise bedrohlich, die ihm alle Luft zum Atmen nahm.

Philipp merkte, wie jede Energie aus seinem Körper wich. Er fühlte sich plötzlich wie eine leere Hülle.

Auch wenn der Eingriff in den Lauf des Spiels nur minimal war, der namenlose Gegner hatte bewiesen, dass er Philipp haushoch überlegen war. Dass es zwecklos wäre, ihm alberne Fallen zu stellen.

Felix blickte betreten auf den Boden. Sein braungebranntes Gesicht hatte merklich an Farbe eingebüßt. »Unfassbar«, raunte er. »Der Gauner zieht seelenruhig sein Programm durch, während wir zwei Schnarchnasen den entscheidenden Moment verpennen. Das nenne ich einen Reinfall!«

Philipp raufte sich schwer atmend die Haare. Eine Zeit lang herrschte Schweigen, bis sich Felix schließlich seinem Freund zuwandte. »Mach dir nichts draus. Dieses Mal ging die Sache daneben. Das nächste Mal –«

»Es wird kein nächstes Mal geben!«, unterbrach ihn Philipp in einem jähen Ausbruch von Trotz. »Glaubst du wirklich, ich werde diesen Ort noch einmal betreten? Nur über meine Leiche! Dieser Teufel wird von mir keine Vorlage mehr bekommen, um sein grausames Spiel fortzusetzen!«

Felix wich überrascht zurück, doch nur Sekunden später besann er sich und bemerkte beifällig: »Späte Einsicht, mein Lieber! Vergiss endlich den Hokuspokus und versuche, die Dinge so zu akzeptieren, wie sie sind. Bin sicher, die Polizei wird den Mörder finden – es ist nur noch eine Frage der Zeit! Niemand verlangt von dir, dass du auf eigene Faust Detektiv spielst!«

Philipps Blick hatte sich wieder in starrer Ausdruckslosigkeit verloren. Die Worte seines Freundes schienen an ihm vorbeigeflogen zu sein. – »Niemals«, wiederholte er leise. »Niemals – selbst wenn es das Ende wäre.«

Dann spürte er, wie sich Felix' Arm sanft um seine Schulter legte. – »Komm jetzt.«

Wortlos machten sie sich auf den Rückweg. Zu Hause bei Felix nahm Philipp eine heiße Dusche, zog sich um und trank drei Tassen schwarzen Kaffee, bevor er sich widerwillig aufmachte, in die Stadt zu fahren.

Er fühlte sich elend. Müde und besiegt. Sonderbarerweise empfand er es in diesem Augenblick einfacher, sich als Besiegter denn als Sieger zu fühlen. Der Grund hierfür war ihm nicht ganz klar, aber es lohnte sich kaum, ihm weiter nachzugehen. Er hätte am Ergebnis nichts geändert. Und das Ergebnis kam ihm auf angenehme Art erleichternd vor. Beinahe wie eine Befreiung. Doch zugleich ahnte er, dass diese Befreiung nur

einen trügerischen Aufschub darstellte: Die Niederlage
würde ihren Preis haben! Einen Preis, der alles über-
stieg, was er sich leisten konnte. Und den Philipp, solange er lebte, wohl immer schuldig bleiben würde.

21.

Tanja Harth stand in der Küche und rührte verdrossen in einem Becher mit heißer Schokolade. Nachdenklich sah sie aus dem Fenster. Der dunkle VW-Passat parkte an gewohnter Stelle vor dem Haus. Heute saß wieder der junge Vollzugspolizist darin. Der mit den Sommersprossen, der immer etwas rot wurde, wenn sich ihre Blicke durch Zufall begegneten. Ein kaum wahrnehmbares Lächeln glitt über ihre Lippen, aber es verschwand sofort hinter der sorgenumwobenen Miene, die sie schon den ganzen Tag über begleitete.

Die ständige Polizeipräsenz gab ihr ein schwaches Gefühl der Sicherheit, doch war dies nur eine äußere Wahrnehmung. Schon kurz unter der Oberfläche glich ihre Verfassung einem Trümmerfeld.

Die jüngsten Ereignisse hatten sie aufs Äußerste beunruhigt. Das grausame Attentat auf ihren Vater, die Bluttaten an der Reiterin und dem alten Arzt, zuletzt der entsetzliche Angriff vom Wochenende – was hatte das alles zu bedeuten? Und welche Rolle kam ihr selbst dabei zu?

Die Polizei schien zu meinen, dass die rätselhafte Attacke womöglich ihr selbst gegolten hatte. Man sprach es nicht aus, aber aus dem Gebaren der Ermittler konnte man erkennen, in welche Richtung ihre Theorie lief.

Tanja musste unwillkürlich schlucken. Wenn dies wahr wäre, welche Schlüsse konnte man daraus ziehen? Weshalb sollte ausgerechnet *sie* zum Ziel eines bösartigen Verbrechers geworden sein?

Tanja merkte, dass sie die Tränen nur mit Mühe zurückhalten konnte. Ihr war, als hätten sich die schrecklichen Erlebnisse wie ein Ring aus Feuer um sie gelegt. Sie verstand nichts von dem, was gegenwärtig geschah, und dies verursachte ein Gefühl der Hilflosigkeit in ihr, das sie fast in den Wahnsinn trieb.

Wie ein schwaches Aufbegehren gegen diese Anwandlung verließ sie die Küche und ging ins Wohnzimmer, wo sie sich leicht fröstelnd in der Sofadecke vergrub. Der Zustand, in dem sie sich befand, machte ihr Angst. Sie war weit weniger labil als viele – allen voran Philipp – annahmen. Doch im Augenblick hatte sie jeden Halt verloren. Verwundern konnte das kaum, aber es bekümmerte sie trotzdem. Und noch schwerer als die eigene Schwäche wog, dass auch Philipp seit Tagen neben sich stand. Ausgerechnet jetzt, da sie seine Vernunft, sein rationales Wesen gebraucht hätte, fand sie ihren Freund in einer inneren Erstarrung vor, die sie noch nie zuvor an ihm erlebt hatte.

Was war der Grund hierfür? – Der Vorfall auf dem Parkplatz musste ihn gewiss hart getroffen haben, aber er war keineswegs der Auslöser. Seine Unbeständigkeit hatte schon viel früher begonnen. Tanja war nicht verborgen geblieben, dass Philipp mit seinem Job haderte, unter der vielen Arbeit litt und am liebsten, wäre er mutiger gewesen, alles hingeschmissen hätte. Die ewigen Planspiele mit Walter waren keine Flausen – auch wenn sie kindisch und unausgegoren wirkten. Doch offenbar war Walter diesmal zu weit gegangen. Der Umstand, dass er sich seit geraumer Zeit nicht blicken ließ, konnte nur bedeuten, dass es ernsthafte Verstimmungen zwischen den beiden gab. Und so, wie sie Philipp kannte, hatte diesem die Kontroverse mit seinem Freund gehörig zugesetzt.

Aber auch dies konnte kaum der alleinige Anlass für sein Verhalten sein, überlegte sie. Es sah vielmehr so aus, als ob auch Philipp, wie sie selbst, ahnte, dass all der Wahnsinn, all das Furchtbare vor ihren Augen auf unerklärliche Weise verbunden war mit ihrer – Philipps und Tanjas – Realität. Dass es irgendeine dunkle Beziehung zu geben schien, durch die ihrer beider Leben unfreiwillig zum Bestandteil eines unfassbaren Alptraums geworden war.

Das Klingeln an der Haustür übergoss sie mit einem eiskalten Schauder. Für einen kurzen Moment war Tanja starr vor Entsetzen, doch dann entsann sie sich, dass ihr Schutzengel in Uniform einen Unbefugten wohl kaum bis zum Eingang vorlassen würde. – Tief atmend stand sie auf, ging gebannt in die Diele und öffnete die Tür.

Das entwaffnende Grinsen, das ihr aus dem markanten Gesicht von Kommissar D'Antoni entgegenstrahlte, verscheuchte die Gespenster.

»Hallo«, hörte sie den angenehmen Tenor sagen. »Haben Sie ein paar Minuten Zeit? Ich würde gerne noch zwei, drei Fragen stellen – natürlich nur, wenn es Ihnen nichts ausmacht.«

Tanja war eigentlich nicht danach zumute und dennoch formte sich ein zartes Lächeln auf ihrem Mund.

Es war wie ein Reflex, ausgelöst durch das überraschende Erscheinen des jungen Beamten, der ihr wie ein unbekümmerter Gruß aus einer besseren Welt vorkam.

»Es macht mir nichts aus«, antwortete sie und führte ihn ins Wohnzimmer.

D'Antoni folgte ihr. Nach einigen Sekunden verlegenen Schweigens wandte er sich scherzend an seine Gastgeberin: »Irgendwelche Beschwerden über meine Kollegen, die da draußen herumlungern?«

Tanja musste lachen. »Nein, ganz gewiss nicht. Im Gegenteil! Ich fühle mich wirklich sicherer, seit sie da sind.«

Er verzog verschmitzt den Mund. »Wenn mir mein Chef die Zeit ließe, würde ich mich natürlich persönlich darum kümmern. Wäre bestimmt erfreulicher, als die Leute tagein, tagaus mit dummen Fragen zu nerven.«

Tanja merkte, wie sich ihre Wangen unmerklich färbten. Ihr war klar, dass D'Antoni auf plumpe Weise imponieren wollte, aber seltsamerweise machte es ihr nicht das Geringste aus. Ganz anders als sein spießiger Vorgesetzter sprach der Jungkommissar ein angenehmes Gefühl der Zuversicht in ihr an. Ein Vertrauen, dass die Polizei tatsächlich imstande wäre, dem Spuk ein Ende zu bereiten.

Mit einer schwachen Handbewegung bat sie ihn, auf dem Sofa Platz zu nehmen. »Kann ich Ihnen etwas anbieten? Kaffee, Tee – oder vielleicht ein Bier?«

D'Antoni sah sie schmunzelnd an, ließ sich zurückfallen und breitete seine Arme lässig auf der Rückenlehne aus.

»Sehr gerne«, sagte er. Und seine weißen Zähne leuchteten wie Schneeflocken auf mandelbraunem Lack ...

⌘

Zur selben Zeit saß Philipp in seinem Büro und verschaffte sich mühsam Überblick über eine Flut von Verträgen, Lieferbedingungen und Korrespondenz. Ausgerechnet jetzt lag eine umfangreiche Anfrage eines der ausländischen Partnerbüros vor, die man ihm aufgrund seiner Expertise anvertraut hatte.

Philipp merkte, wie seine Konzentration immer wieder ins Schwanken geriet. Er war sich nicht sicher, ob er die Brücke zwischen Wahn und Wirklichkeit überhaupt noch schlagen konnte oder ob er nicht mittlerweile so kraftlos war, dass jeder Versuch, sich den Gefilden des Alltags zu nähern, vergebens sein musste.

Wieder einmal fand er sich in der Umklammerung verhasster Pflichten wieder, aus deren Fängen er sich längst schon befreit haben wollte.

Philipp fuhr sich seufzend durchs Haar. Das Geschehene hatte etwas überdeckt, was nun mit aller Unverhohlenheit wieder zum Vorschein kam. Und das eine tiefe Beklemmung in ihm auslöste. Hatte er seine Wahl nicht längst schon getroffen? Hatte er dies alles um ihn herum nicht bereits lange hinter sich gelassen? Was tat er hier? Die ganze Situation kam ihm unwirklich vor. Irreal und zynisch. Und er selbst fühlte sich wie ein Dieb, der sein eigenes Geld stahl. Oder einfach wie jemand, der nicht den Mut aufbrachte, das Urteil, das er selbst gefällt hatte, zu vollstrecken.

Mit einer ungehaltenen Geste warf er das Blatt, das er in der Hand hielt, in die Luft und beobachtete, wie es langsam zu Boden schlingerte. Er würde heute nicht mehr in der Lage sein, nennenswerte Fortschritte zu erzielen.

Nach kurzer Überlegung entschied er, die Arbeiten einem der Neuzugänge zu übertragen, die die Kanzlei Anfang des Jahres aufgenommen hatte. Die Wahl fiel auf Tom Mertens. Tom war ein hemdsärmeliger Junganwalt, der sich für die praktischen Aspekte der Mandate interessierte, und Philipp hatte eine gewisse Zuversicht, dass er die komplizierten Zusammenhänge schneller durchschauen würde als die anderen Berufsanfänger, die zwar die besseren Meriten besaßen, den Blick für das Ergebnis jedoch oft vermissen ließen.

Nachdem er etwa eine halbe Stunde mit Tom gesprochen hatte, war ihm befreiter zumute. Er hatte sich einer lästigen Pflicht entledigt, und doch wusste er, dass dies, wie immer in solchen Fällen, bloß die Stundung einer Schuld war, die ihn auf kurz oder lang wieder einholen sollte.

Eine Weile saß er versonnen am Schreibtisch und starrte in den Monitor, auf dem große und kleine Paragrafen als Bildschirmschoner umhersprangen. Philipp kamen sie wie Fragezeichen vor, die gezielt die Stellung wechselten, damit sie jeder Antwort entkamen.

Schließlich griff er zum Telefon, um Walters Nummer zu wählen. Ihm war bewusst, dass dies ein gänzlich überflüssiges Unterfangen war, doch scheinbar glomm irgendwo in seinem Herzen noch ein letzter Funke Hoffnung.

Als sich niemand meldete, war endlich auch dieser Rest erloschen.

Am Abend war er mit Felix im *Da Mario* verabredet. Eigentlich hatten sie geplant, die Geschehnisse der vergangenen Nacht zu besprechen, doch als Felix damit anfangen wollte, winkte Philipp energisch ab.

»Bitte lass uns kein Wort darüber verlieren«, rief er. »Mir ist klar geworden, dass ich mit diesem Spiel absolut nichts mehr zu tun haben will! Und zwar endgültig!« Er schüttelte den Kopf und fügte fast flüsternd hinzu: »Ich wollte, ich hätte es niemals angerührt.«

Felix sah ihn bedachtsam, doch nicht ohne eine gewisse Zufriedenheit an. »Den Gefallen tue ich dir gerne, Kamerad. Du erinnerst dich vielleicht, dass ich immer dazu geraten habe. Überleg mal, wie viel Energie du in diesen Unsinn investiert hast! Die Kraft ist besser eingesetzt, dein Leben wieder in den Griff zu bekommen.«

Philipp nickte mechanisch und beobachtete, wie ihm Felix einen kräftigen Schluck Chianti nachschenkte. »Du hast ja recht«, murmelte er. »Hätte ich bloß auf dich gehört. Ganz gleich, was da draußen vor sich geht, es ist nur ein Echo meines eigenen Tuns. Die Vergangenheit lässt sich nicht ungeschehen machen. Doch wenn ich das Spiel von heute an ignoriere, kann ich wenigstens künftiges Unheil verhindern.«

Für einen Moment schwiegen beide. Dann setzte sein Freund verheißungsvoll an: »Bravo! Richtig so! Und da wir nun entschieden haben, uns wieder mit der Wirklichkeit zu befassen, möchte ich dir eine ganz reale Neuigkeit mitteilen.«

Philipp hob erstaunt den Kopf. »Und die wäre?«

»Nun ja ... Ich bin in der letzten Woche nicht faul gewesen. Während du deinen Geistern hinterher gelaufen bist, war ich ein paarmal auf eigene Faust unterwegs. Und – wie der Zufall so will – habe ich bei dieser Gelegenheit jemanden kennengelernt.«

Er kicherte etwas verlegen, was Philipp nicht ohne Irritation zur Kenntnis nahm.

»Ach ja?«

»Eine nette Blondine aus der Stadt. Ausgesprochen entzückend und sehr intelligent! Bin sicher, sie wird dir gefallen!«

Philipp zwang sich ein Lächeln auf die Lippen. Er wusste nicht recht, was er mit dieser überraschenden Eröffnung anfangen sollte.

»Das ging ja flott«, stellte er fest und bemühte sich dabei, möglichst heiter zu klingen.

»Was soll ich sagen? Manche Dinge ergeben sich einfach von selbst.«

Philipp nickte. »Wie schön. Stell sie mir doch mal vor.«

Erleichtert gewann Felix wieder Haltung; der winzige Moment der Unsicherheit war so schnell verflogen wie er aufgekeimt war.

»Klar, nichts lieber als das! Sicher ergibt sich bald eine Gelegenheit.«

Der Rest des Abends zerbröselte in blumigen Einzelheiten über Felix' jüngste Errungenschaft. Philipp zeigte höfliches Interesse, konnte aber das Gefühl nicht abstreifen, dass sich Felix besser des einen oder anderen Details enthalten hätte.

Schließlich zahlten sie und tauchten gerade in die hereinbrechende Dämmerung, als sich Felix noch einmal zögerlich an Philipp wandte. »Ach so, hätte ich fast vergessen: Tanja scheint heute Besuch von irgendeinem Latino-Schnösel gehabt zu haben. Sah verdammt nach Polizei aus, aber ganz sicher bin ich mir nicht.«

Philipp hob fragend die Augenbrauen.

»Bin vorhin mit der Vespa an deinem Haus vorbeigefahren«, erklärte Felix. »Wollte schauen, ob du vielleicht schon zu Hause wärst, da spazierte er gerade aus der Tür heraus. Ein ziemlich selbstbewusster Bursche, wie mir schien. Eigentlich absurd, wenn man bedenkt, wie erfolglos die Polizei bislang vorgegangen ist.«

»D'Antoni«, murmelte Philipp nach einer beredten Pause. »Ich frage mich, was der Kerl schon wieder wollte. So viele Antworten kann es doch gar nicht geben für all die Fragen, die er sich ausdenkt.«

»Vielleicht ist deine gestrige Befürchtung richtig gewesen und Tanja hat, ohne es zu ahnen, einen Verehrer!«

Die Bemerkung von Felix war eher scherzhaft gemeint, doch Philipp war nicht nach Späßen zumute.

»Mag sein«, gab er zerstreut zurück. Und sein Blick verlor sich nachdenklich im purpurnen Zwielicht des Abendhimmels, der sich langsam von Nordwesten her mit milchigen Schleierwolken zu trüben begann.

22.

Während der nächsten Wochen nahm Philipps Konzentrationsvermögen weiter ab. Sein Vorhaben, das Spiel und den mysteriösen Gegner zu vergessen, gelang zwar vordergründig, tief unter seiner Haut jedoch flossen die düsteren Ahnungen unbeirrt weiter wie ein Wasserlauf, der nur vorübergehend unterirdisch geworden war, um den Unbilden einer verworfenen Oberfläche zu entkommen.

Der schützende Mantel der Verdrängung, mit dem er sich umschlungen hatte, begann sich langsam aufzulösen.

Mittlerweile berichteten auch die überregionalen Medien von der unerklärlichen Mordserie in und um Bad Grünau. Wilde Spekulationen über die Hintergründe grassierten, und so vielfältig die Meinungen auch sein mochten, so bestand doch Einigkeit, dass die lokalen Polizeikräfte mit der Aufklärung hoffnungslos überfordert waren. Jene Polizeikräfte, zu denen Philipp inzwischen jedes Vertrauen verloren hatte – und das nicht bloß wegen ihrer erschütternden Erfolglosigkeit, sondern auch angesichts der plumpen Beharrlichkeit, mit der man Tanja und ihn noch immer regelmäßig belästigte.

Als Philipp eines Abends sein Wohnzimmer betrat, machte er eine erstaunliche Entdeckung.

»Du hattest Besuch?«

»Wie kommst du drauf?« Tanjas Frage mischte sich in das Plätschern des Wasserhahns, mit dem sie sich drüben in der Küche die Hände wusch.

Philipps Augen ruhten argwöhnisch auf der leeren Bierflasche, die – schwimmend in einer Kondenswasserlache – auf dem Couchtisch stand.

»Ich kann mir nicht vorstellen, dass du dir alleine am helllichten Tag ein kühles Pils genehmigst.«

Tanja, die in diesem Moment das Zimmer betrat, warf einen gewundenen Blick auf die Hinterlassenschaft. »Ach so«, murmelte sie beiläufig und fügte nach kurzer Pause hinzu: »Das habe ich vergessen zu erzählen. Heute Nachmittag war die Polizei noch mal hier –«

»Die Polizei?«

»Genauer gesagt Kommissar D'Antoni. Er wollte zusätzliche Details wissen. Über Papas Geburtstagsparty und so.«

Philipp merkte, wie Ärger in ihm aufstieg. Schon wieder D'Antoni! Kaum zu glauben, wie hartnäckig dieser Kerl war.

»Er scheint dich erstaunlich häufig zu besuchen. Sind deine Antworten so unpräzise, dass er immer aufs Neue nachhaken muss?«

Tanja zuckte gleichgültig mit den Schultern, erwiderte jedoch nichts.

»Und du bietest ihm einfach so ein Bier an? Mitten in seiner Dienstzeit?«

Sie betrachtete ihn verwundert, ihr Blick verriet einen leisen Anflug von Verärgerung. »Ja, und? Was ist schon dabei? Ich sehe das Problem nicht. Alle wollen, dass dieser verfluchte Mörder gefasst wird. Hierzu braucht die Polizei Unterstützung. Bei D'Antoni hat man wenigstens den Eindruck, dass er die Dinge in die Hand nimmt.« Sie gab einen verächtlichen Laut von sich, bevor sie nachschob: »Du führst dich wie ein eifersüchtiger Ehemann auf! Kommt dir das nicht selber komisch vor?«

Philipp schaute mürrisch zu Boden. »Schon in Ordnung«, knurrte er und verließ den Raum, um sich ein heißes Bad einzulassen. Während der letzten Minuten hatten seine Kopfschmerzen wieder zugenommen, er war nicht in der Lage, das Thema weiter zu eskalieren. Sein Missbehagen jedoch blieb bestehen. Und die bittere Ahnung trieb ihn, dass das letzte Wort in dieser Angelegenheit noch nicht gesprochen wäre.

Für den folgenden Nachmittag war eine Telefonkonferenz mit den Mandanten und den ausländischen Kollegen angesetzt. Philipp rief Tom zu sich, um vorab das Ergebnis seiner Untersuchungen zu besprechen. Der junge Mann lieferte eine detaillierte Zusammenfassung seiner Schlussfolgerungen, doch Philipp merkte bald, dass er viele wichtige Aspekte nicht gesehen oder zu Ende gedacht hatte. Tom wollte betont geschäftsmäßig wirken, aber es gelang ihm immer weniger, je mehr er redete. Hinter der Fassade aus geschliffenen Worten verbarg sich eine formlose Unsicherheit, die durch die polierte Oberfläche nur noch augenfälliger wurde.

Die Einsicht, dass er sich in seinem Mitarbeiter getäuscht hatte, ließ Philipp erschrecken und schwemmte eine plötzliche Wut in ihn. Er hatte sich auf Tom verlassen und stand nun mit leeren Händen da. Jetzt würde er improvisieren müssen – ein Umstand, der ihm zutiefst zuwider war, weil er ihn in den Kittel des Stümpers zwängte.

Aus einem Impuls heraus begann er, auf Tom einzureden. Immer lauter und heftiger. Bald schrie und brüllte er, als wollte seine Seele ihren ganzen Ärger ausspucken, und noch während er sich dergestalt gehen ließ, wurde ihm bewusst, dass dieser Ärger weit mehr umfasste als den misslungenen Versuch, eine lästige Aufgabe zu delegieren.

Tom saß mit gesenktem Haupt vor ihm, seine Unterlagen auf den Knien, und nahm den Wutausbruch schweigend entgegen. Er machte nicht einmal den Versuch, seine Position zu verteidigen, was Philipp nur noch mehr erzürnte.

Als Tom Mertens schließlich das Büro verlassen hatte, ließ sich Philipp mit einem langen Seufzer in seinen Stuhl fallen. Eine Weile starrte er ins Nichts, unfähig einen klaren Gedanken zu formen. Erst ganz langsam begann sein Verstand wieder normal zu arbeiten.

Was war bloß in ihn gefahren? So hatte er sich noch nie gegenüber einem Kollegen verhalten. Die Aufgabe, die er Tom anvertraut hatte, war alles andere als einfach gewesen, schon gar nicht für einen Neuling wie er es war. Wenn Tom seine Ansprüche nicht erfüllt haben sollte, dann lag die Verantwortung hierfür alleine bei ihm – Philipp –, da er sie nicht präzise genug formuliert hatte. Ihm war klar, dass sein Gebaren vollkommen unangemessen war. Es war das Gebaren, das er selbst als Anfänger gefürchtet und verachtet und das ihn nie weiter gebracht, sondern stets einen Schritt zurück geworfen hatte. Damals war er fest entschlossen gewesen, sich – sollte er jemals selbst in die Lage kommen – anders zu verhalten. Gelassener, bedachter. Nachsichtiger.

Philipp schüttelte verdrossen den Kopf. Ganz unvermittelt fühlte er sich an den sanften Ton seiner Großmutter erinnert, wie sie mit ruhiger Stimme auf ihn einredete, sorgfältig nach den rechten Worten wägend, um ihm zu erklären, dass er etwas falsch gemacht hatte. Es war nicht die Art, wie eine Mutter mit ihrem Kind umging – hierzu war die Distanz zu groß. Und doch war sie von dem Bemühen getränkt gewesen, die Spanne so klein wie möglich zu halten. Das, was fehlte, durch etwas anderes zu ersetzen. Erst später war ihm bewusst geworden, dass dieses Etwas *Respekt* gewesen war. Respekt vor denen, die mit uns sind und uns jederzeit den Spiegel vor Augen halten können. – Es war eine Einsicht gewesen, um die Philipp anderen Kindern voraus war, in deren Wirklichkeit Respekt mit natürlicher Liebe beglichen wurde. Und vielleicht war dies der eigentliche Grund, warum Philipp mit der Zeit eine besondere Empfindsamkeit für jede Form von Respektlosigkeit entwickelt hatte. Heute war er über seine eigene Grenze gestolpert. Er wusste um die Bedeutung dieses Vorgangs – und dieses Wissen erfüllte ihn mit Abscheu, Mutlosigkeit und einer schrecklichen Angst, dass die Geschehnisse, die hinter ihm lagen, etwas in ihm getötet hatten, was nicht mehr wiederkehren würde. Und was ihn – ohne dass er es ändern konnte – zu einem anderen Menschen machte.

Einen Augenblick lang erwog er, sich bei Tom zu entschuldigen, doch er merkte, dass ihm die Kraft dazu

fehlte. Also wartete er stumm, welchen Weg die Dinge
einschlugen.

Erwartungsgemäß entwickelte sich die Telefonkonferenz zu einem Spießrutenlauf, den Philipp nur mit
größter Mühe zu absolvieren verstand. Als das Gespräch zur allseitigen Unzufriedenheit beendet war,
standen ihm dicke Schweißtropfen auf der Stirn. Er
fühlte sich müde und gedemütigt.

Kurzerhand beschloss er, den unerfreulichen Arbeitstag für heute abzubrechen. Sein Ärger hatte sich mittlerweile in eine Resignation verwandelt, die seinen
Körper lähmte, als hätte er Blei in den Gliedern.

Frustriert lenkte er den Cayenne aus der Tiefgarage
hinein in den träge fließenden Strom des frühen Feierabends. Um diese Zeit waren die Straßen der Stadt
noch dicht befahren, und es dauerte eine ganze Weile,
bis er den klebrigen Brei aus buntem Blech durchschwommen hatte.

Endlich erreichte er die Autobahn, die das Verkehrsgedränge ein wenig entzerrte. Erschöpft starrte Philipp
auf das abrollende Grau der Straße, während aus den
Lautsprechern die getragenen Klänge von Albinonis
Adagio in g-Moll flossen. All die trüben Gedanken,
Zweifel, Fragen und Vermutungen in seinem Kopf
schienen sich zu einer unförmigen, trägen Masse verbunden zu haben, deren Gewicht tonnenschwer auf
seinem Gemüt lag. – In den letzten Jahren war der Unwille gegenüber seiner aufreibenden Arbeitswelt stetig
größer geworden, aber noch nie war die Abneigung
stärker gewesen als in diesem Augenblick.

Das Gaspedal durchdrückend wechselte Philipp auf die Überholspur. Die Kraft des aufheulenden Motors presste ihn jäh in den Sitz. Seine Hände umklammerten das Lenkrad, als handelte es sich um das Seil, das ihn vor dem tödlichen Sturz in die Tiefe bewahrte. Die Finger krampften sich so fest um das lederne Steuer, dass die Knöchel weiße Flecken bekamen. Und dann – ganz unvermittelt, ohne dass es ihm bewusst wurde – schlossen sich seine Augen.

Die Dunkelheit, die ihn umschlang, schien ihn von jeder Last entbinden zu wollen. Philipp fühlte, wie der Wagen fast schwerelos über die Fahrbahn schoss. Ein wohltuendes Gefühl der Leichtigkeit durchströmte ihn. Und mit einem Mal verspürte Philipp den Impuls, die Augen geschlossen zu halten. Sie einfach nicht mehr zu öffnen, für immer Teil der behütenden Dunkelheit zu bleiben, beschirmt vor den grellen Farben der Wirklichkeit, die ihn blind gegenüber den eigenen Wünschen gemacht hatten. – Würde dies nicht die beste Antwort auf all seine Fragen sein? Die Lösung aller Probleme, aller Rätsel? Das Ende aller Beschwerlichkeit …

Als er die Augen aufschlug, konnte er gerade noch dem Kleinlaster ausweichen, der vor ihm ausgeschert war. Philipp trat hart auf die Bremse, sein Herz machte einen Sprung. Das Fahrzeug schlingerte kurz, doch schon Sekunden später hatte er die Kontrolle zurückerlangt und brachte es, kreidebleich, auf dem Standstreifen zum Halten. – Hatte er nun vollends den Verstand verloren? Um ein Haar wäre ein fürchterliches Unglück geschehen, und das nur, weil er wieder einmal seine Nerven nicht im Griff hatte!

Einige Minuten saß Philipp stumm da, ganz allein mit sich. Dann stellte er im Radio irgendeinen Pop-Sender ein, um sein Hirn zu entlüften, drehte die Lautstärke auf und setzte seine Fahrt mit einem dumpfen Gefühl der Niedergeschlagenheit fort.

Kurz vor sechs bog er in die heimatliche Garage ein. Abgesehen von dem schwarzen Passat des Personenschutzes und Tanjas Mini stand vorne an der Straße noch ein dunkelblauer BMW, der ihm ebenfalls irgendwie bekannt vorkam.

Philipp schloss stirnrunzelnd das Tor und näherte sich seinem Haus. Von der hinteren Terrasse her konnte er Tanjas Lachen hören – jenes glucksende Jauchzen, das sie immer dann hervorstieß, wenn sie sich betont sorglos geben wollte; und scheinbar war sie nicht allein.

Er betrat die Diele, warf den Schlüsselbund nachlässig auf die Ablage und marschierte schnurstracks durchs Wohnzimmer Richtung Garten. Eine seltsame Anspannung hatte sich in seiner Magengegend breitgemacht, eine Vorahnung, die wie verstreute Splitter in ihn stach.

Als er die Terrasse erreichte, fügten sich die Teile zu einem unverhohlen Ganzen: Tanja, bequem in der Lounge sitzend, balancierte ein halbvolles Glas Aperol Spritz zwischen den Fingern und schien sich, ihrer Miene zufolge, bestens zu amüsieren. Ihr gegenüber lümmelte Kommissar D'Antoni, das Flaschenbier in der Hand, in engen Jeans, luftigen Mokassins und blütenweißem Hemd, das für Philipps Geschmack mindestens zwei Knöpfe zu weit offenstand. – Die Szene vermittelte ein blendendes Bild von Jugend und Unbekümmertheit, welches in seiner Makellosigkeit beinahe schon obszön wirkte.

Tanja bemerkte sein Erscheinen als Erste, doch Philipp kam ihr zuvor: »Hallo zusammen, hoffentlich störe ich die Party nicht.« (War es Einbildung oder war da ein schuldbewusstes Zucken in ihrem Gesicht?)

»Guten Abend, Herr Wendelstein«, nuschelte D'Antoni und erhob sich hastig. »Frau Harth ist so freundlich gewesen –«

»Bleiben Sie nur sitzen.« Philipps Ton war abweisend und erstickte fast in dem Bemühen, gleichgültig zu klingen. »Ich wollte mich nur rasch umziehen, habe noch einen Termin außer Haus.«

»Du willst noch mal weg?«

Tanja war jetzt ebenfalls aufgestanden und machte einen pflichtbewussten Schritt in Philipps Richtung. Doch dieser befand sich schon wieder im Haus, auf dem Weg nach oben. Ein Ausdruck des Widerwillens stand in seinem Gesicht wie eine hässliche Maske. Was bildete sich dieser aufgeplusterte Schönling eigentlich ein? Wollte er ihm in seinem eigenen Haus Hörner aufsetzen?

Im Schlafzimmer streifte Philipp sein Jackett ab und warf es achtlos über einen der ledernen Cocktailsessel. Seine Wut begann sich nun langsam mit Enttäuschung zu färben. Enttäuschung über die Hemmungslosigkeit, mit der ein anderer in seine Welt einzudringen versuchte, und vor allem über Tanjas Verhalten.

In diesem Augenblick betrat Tanja den Raum. »Was sollte das?«, rief sie verärgert, nachdem sie die Tür hastig geschlossen hatte.

Philipp erwog, sie einfach zu ignorieren. Wortlos nahm er die Krawatte ab und zog sein Hemd aus. Doch warum hätte er sich verstellen sollen? Es gab keinen Anlass, sein eigenes Verhalten zu ändern, nur weil sie sich daneben benahm.

»Was sollte *was*?«

»Dein Auftritt gerade. Merkst du nicht, dass du über alle Maßen peinlich bist?«

»Peinlich? Ich habe mich wohl verhört.« Philipp hatte Mühe, die Fassung zu wahren. »Draußen rennt ein brutaler Killer herum und derjenige, der ihn jagen soll, hat nichts Besseres zu tun, als den Don Juan von Bad Grünau zu spielen. Das übertrifft doch an Peinlichkeit alles!«

Tanjas Blick tauchte einige Sekunden in den seinen, als wollte sie ergründen, ob Philipp scherzte. Doch da sie nicht fand, was sie suchte, wandte sie sich mit einem verständnislosen Seufzen von ihm ab. »Du begreifst immer noch nicht, dass er nur seine Arbeit tut! Wenn das nicht in deinen Kopf will, kann ich dir nicht helfen!«

Philipp erwiderte nichts, sondern schaute versonnen in den großen, bodentiefen Spiegel, der neben dem Kleiderschrank hing. Der Mann, der ihm gegenüberstand, mochte zwar gerade eine Niederlage erleben, doch dies bedeutete keineswegs die Aufgabe seiner Selbstachtung. Und obwohl er, nur mit Unterhose und Socken bekleidet, nicht gerade ein kämpferisches Bild bot, lag auf seinem Gesicht ein herausfordernder Zug, der dem, der ihn sah, durchaus Angst machen konnte.

Schließlich schüttelte er den Kopf, schlüpfte in seine Jeans und entschied sich nach kurzer Überlegung für das schwarze Poloshirt mit dem grünen Streifen, das ihm Walter vor Jahren einmal zum Geburtstag geschenkt hatte.

»Ich treffe Felix«, sagte er knapp. »Warte nicht auf mich, wahrscheinlich wird es spät werden.«

Tanja zuckte mit den Schultern, während sie zusah, wie ihr Freund die Treppe hinuntereilte. Nur Sekunden später fiel die Haustür vernehmbar ins Schloss.

Philipp holte den Wagen wieder aus der Garage und fuhr mit laut dröhnendem Motor davon. Es war nicht gerade Genugtuung, die er verspürte, aber dennoch meinte er, richtig gehandelt zu haben. Tanja musste erkennen, dass es Grenzen gab, deren Verletzung er nicht dauerhaft zu tolerieren bereit war. Er kam ihr in vielem entgegen und konnte erwarten, dass sie sich gelegentlich zusammenriss.

Vom Auto aus rief er Felix an, erreichte jedoch nur die Mailbox. Mit schwindender Zuversicht schlug er den Weg zu Felix' Elternhaus ein. Es war ein schmuckloses, ältliches Anwesen am östlichen Ortsrand, das von einem weitläufigen Garten mit allerhand Hecken und Obstbäumen umsäumt war. Als er in der Einfahrt hielt, überkamen ihn ferngeglaubte Erinnerungen. Bilder von Nachmittagen, in denen die Jungen auf Bäume geklettert waren, stundenlang herumgetollt oder sich in dem breiten Hof nach eigens hierfür ausgetüftelten Regeln Softballduelle geliefert hatten.

Philipp stieg aus und verharrte eine Weile im Anblick dieser längst vergangenen Welt, die ihm gerade heute so unerreichbar vorkam. Die drückende Luft, die sich schwer über das Tal gelegt hatte und beinahe alle Geräusche verschluckte, verstärkte den Eindruck der Unwirklichkeit. Wahrscheinlich würde es später am Abend noch ein Gewitter geben.

Wie befürchtet, war Felix nicht zu Hause. Die Nachfrage bei seinen Eltern ergab, dass er schon vor Stunden mit dem Zug in die Stadt aufgebrochen war – Rückkehr unbekannt. Enttäuscht stieg Philipp wieder in den Wagen und fuhr los. Doch er hatte keine Ahnung, wohin es ihn verschlagen sollte. Sich allein in eine Kneipe zu setzen, brachte er in seiner Verfassung nicht übers Herz, und zurück nach Hause zu fahren kam keinesfalls in Betracht. Mit Schrecken wurde ihm gewahr, dass es in diesem Augenblick kein Ziel gab, das er ansteuern konnte, keinen Ort, der ihm einen Hafen bot – und keinen Menschen, der ihm Halt vermitteln würde. Die Erkenntnis setzte eine heftige Emotion in ihm frei. Eine stürmische Regung seines Gemüts, in der Eifersucht, Demütigung und das kindliche Gefühl des Ausgeschlossenseins aufeinanderprallten.

Derart erschüttert lenkte er seine Fahrt aufs Geratewohl durch die Straßen des Städtchens, die ihm allesamt verlassen und teilnahmslos schienen. Das bleierne Wetter wob eine merkwürdige Lethargie um das Geschehen, so als ob sich Mensch und Natur weggeduckt hätten. Er selbst kam sich wie ein törichtes Tier vor, das störrisch umherstreifte, während die Herde lange schon im sicheren Stall weilte.

Als er die vertrauten Zeichen der Tankstelle erblickte, bog er ohne weiter nachzudenken ein. Philipp füllte den Wagen auf, betrat den Shop und blieb einen Moment lang versonnen vor dem Spirituosenregal stehen. Dann griff er nach einer Flasche Wodka und bezahlte.

Wieder im Auto stellte er das Radio an und kreuzte eine Zeitlang gedankenversunken durch die Gegend. Erst als die Straße immer schmaler und kurvenreicher wurde, merkte er, dass er den Weg zum Waldparkplatz eingeschlagen hatte. Ihm war nicht ganz klar, warum es ihn ausgerechnet hierher zog, aber vielleicht war es gerade dieser Ort, der dem Abseits seiner Gefühle am lautesten zusprach.

Philipp hielt am Rand des Parkplatzes, nahe eines dichten Tannenbestands. Außer ihm war niemand hier, und wenn er es recht bedachte, war auch seine eigene Anwesenheit ein Umstand, den er sich selbst lieber verschwiegen hätte.

Einige Minuten lang saß er stumm vor dem Lenkrad, die beruhigende Stille des nahen Waldes in sich einsaugend. Durch das heruntergelassene Fenster strömte harziger Duft ins Wageninnere. Schließlich öffnete er die Flasche und nahm einen tiefen Schluck.

Da war er nun. Einsam und verlassen, mit einer Flasche Wodka als einzigem Gefährten, der seine Sorgen teilte. So weit war es mit ihm gekommen. So weit, dass er sein eigenes Haus meiden, seinen letzten Rückzug preisgeben musste, weil Tanja die hütende Hülle entweiht hatte. Erkannte sie denn nicht, was ihr Verhalten bewirkte? War es so schwer zu begreifen, was in ihm vorging?

Etwas Entsetzliches war im Begriff gewesen, Macht über ihn zu erlangen. Und beinahe wäre er daran zerbrochen. Dass es anders gekommen war, verdankte er allein einer glücklichen Fügung, die ihn rechtzeitig zur Abkehr gebracht hatte. Doch damit war die Krise noch nicht überwunden. Das Böse warf seine Schatten weit über das Gewesene hinaus, und Philipp musste all seine Energie aufbringen, um nicht von Neuem von ihnen verdunkelt zu werden. Gerade in dieser Lage hätte er Tanjas Beistand gebraucht. Aber sie schien von alledem völlig unberührt zu sein.

Philipp spülte die Verbitterung mit einem weiteren Schluck hinunter. Die Vorstellung, dass ihm Tanja abhandenkommen könnte, machte ihn fast wahnsinnig. Sie ließ sich von einem dahergelaufenen Polizisten um den Finger wickeln. Von einem Schürzenjäger, der keinen Respekt hatte vor den Empfindungen anderer Menschen. Und gerade jenem sollte er die Lösung seines schrecklichen Rätsels anvertrauen?

Philipp merkte, wie blanke Verzweiflung in ihm aufquoll. Hatte sich denn die ganze Welt gegen ihn verschworen? – Noch einmal versuchte er, seine trüben Gefühle mit dem klaren Alkohol zu bändigen – mittlerweile hatte er die halbe Flasche geleert –, doch es gelang nicht mehr. Der Wodka hatte seine betäubende Wirkung verloren und begann stattdessen, tief verborgene Emotionen aufzuschwemmen.

Mit einem Mal schossen ihm Tränen in die Augen. Unwillkürlich senkte er das Gesicht in seine Hände und begann zu schluchzen. Er konnte es nicht aufhalten, es brach ungehemmt aus ihm heraus wie ein aufgestauter

Strom. Er wusste nicht, wie lange er so dasaß, doch eines war gewiss: Er war am Tiefpunkt angelangt. An einem Punkt, an dem ihm alle Fäden entglitten waren.

Als das Unwetter seiner Gefühle versiegt war, richtete sich Philipp auf und starrte eine Zeit lang durch die beschlagene Scheibe nach draußen. Eine drückende Leere hatte sich in ihm ausgebreitet, und gerade in dem Moment, in dem jedes Empfinden in seinem Innern zum Erliegen gekommen zu sein schien, erfasste ihn ein teuflischer Einfall. Der Gedanke war so abwegig, dass er damit rechnete, ihn sogleich wieder fallen zu lassen, doch sonderbarerweise behielt er ihn – ja, klammerte sich sogar fester und fester an ihn, bis er eins mit ihm wurde.

Er stieg aus, um den Blick verstohlen über das Gelände streifen zu lassen. Vor ihm klaffte der Eingang zum Wald – bestrickend, bestechlich, als wollte er Philipp auffordern, seinen finstersten Wünschen nachzugeben.

Beherzt wanderte er den Pfad entlang, der ihn noch vor wenigen Wochen so oft in die Arme des Schicksals gespült hatte – bis der Entschluss gefallen war, ihn nicht wieder zu betreten. Doch dieser Entschluss erschien jetzt in ganz neuem Licht: Bisher hatte ihn das rätselhafte Spiel stets vor sich her getrieben. Philipp musste reagieren, während ein anderer die Kontrolle übernahm. Und selbst wenn er geglaubt hatte, die Oberhand erlangt zu haben, war er seinem dunklen Widersacher in Wahrheit doch nur hinterher gelaufen.

Das Spiel hatte sich als Werkzeug des Teufels entpuppt – aber warum musste der Teufel zwingend sein

Feind sein? Was sprach dagegen, den Spieß umzudrehen? Das Prinzip des Spiels so zu wenden, dass es nicht *gegen* ihn, sondern *für* ihn stritt?

Philipp beschleunigte seinen Gang. Die Vorstellung, den dämonischen Rivalen zu seinem geheimen Komplizen zu machen, beflügelte ihn auf absonderliche Weise. Mit einem Mal verlor der Wald all seinen Schrecken …

Als Philipp den alten Festplatz erreichte, hatte sich seine dunkle Stimmung in blitzenden Mut verkehrt. Heute war er nicht als Opfer gekommen, sondern als Angreifer! Der weiche Laubteppich am Rand der Rodung, die sanfte Stille in den Wipfeln, die wie eine schützende Decke über ihm hing – in diesem Augenblick zeigte sich ihm alles ringsumher gewogen, ganz so, als wollte es ihn in seiner heimlichen Eingebung bestärken.

Entschlossen strebte er ins nahe Unterholz, stieg über einen Flor von Walderdbeeren, der ihm vorher nie aufgefallen war, und passierte schließlich ein Spalier dicker Buchenstämme, die ihm freundlich den Weg zu seinem Ziel wiesen.

Dann stand er auf der Lichtung. Eine Zeit lang verweilte er in stiller Betrachtung des Spielfelds. Die verbliebenen Figuren starrten ihn erwartungsvoll an – fast war es Philipp, als würden sie ihm zurufen, er solle ihnen endlich wieder Aufmerksamkeit schenken.

Mit angehaltenem Atem ließ er das Bild auf sich wirken. Alles sah so zuversichtlich, so arglos aus, dass es schwer war, an die verneinende Existenz des Bösen zu glauben. Und doch wusste er, dass sich hinter der harmlosen Fassade eine finstere Macht verbarg. Eine

Macht, die nur darauf wartete zuzuschlagen, sobald er ihr erneut eine Chance gab.

Philipp ging einen Schritt auf das Spiel zu. Die Szene trat nun mit erschütternder Klarheit vor seine Augen: Der weiße König, der noch immer wie ein Beobachter am Rand des Geschehens weilte, der Königsturm, der ihm schützend zur Seite stand, geduldig auf seinen Einsatz wartend, die Dame, die weit vorgerückt war und sich nun hinter einem tollkühnen Bauern versteckt hielt und all die bedauernswerten Figuren neben dem Spielfeld, die das Schicksal bereits unwiederbringlich weggefegt hatte ... Hier lag ihm sein Leben zu Füßen! Er konnte es mit einem einzigen Blick fassen, konnte es umkreisen und durchqueren, hätte es jederzeit zertreten können. – Zum ersten Mal wurde ihm bewusst, wie nah er seinem eigenen Ich war. Es bedurfte nur eines winzigen Handgriffs, um es zu gestalten, herauszufordern, zu zerstören. Wie leicht es doch war, wenn man sich nur darauf einließ!

Und Philipp wusste genau, was zu tun war. Der Gedanke, der ihn beherrschte, ließ keinen Zweifel zu. Er griff nach dem Bauern, den er unlängst als Schutz vor dem schwarzen Läufer an die Seite seiner Dame gezogen hatte, und schob ihn unumwunden ein Feld nach vorne. Der Bauer stand jetzt völlig ungedeckt im Fadenkreuz seines Gegenspielers, der wählen konnte, ob er ihn mit seiner Dame oder dem nahenden Königsläufer vernichten wollte.

Selbst der Teufel würde sich eine solche Gelegenheit nicht entgehen lassen, urteilte Philipp, als er sein tückisches Werk mit einem Lächeln bedachte. Die Schläue des lästigen Bauern würde nun ihr verdientes Ende finden!

Mit tiefer Zufriedenheit trat er den Rückweg zum Auto an. Zum ersten Mal fühlte er sich nicht als Gejagter, sondern als Jäger. Er war zum Wilderer im Revier des Bösen geworden. Doch diese Vorstellung hatte nichts Beunruhigendes an sich. Im Gegenteil: Das Böse hatte seinen ganz eigenen Reiz. Einen Reiz, der verführerisch und erregend zugleich war. Und der sich wie ein Scharnier zwischen Philipps verkeilte Gedanken legte, um ihnen zurückzugeben, was sie vorübergehend verloren hatten.

23.

Die Nacht brach herein und füllte das Tal mit wabernder Unruhe. Philipp starrte gebannt auf die Zimmerdecke, die wie ein finsteres Firmament über dem Bett schwebte. Durch die Vorhänge drang in unregelmäßigen Abständen schwaches Wetterleuchten, das den Raum für Bruchteile von Sekunden in seltsam faden Schein tauchte. Philipp meinte dann, auf der rauen Tapete eigenartige Zeichen erkennen zu können. Schemen und Symbole, die mit ihm sprachen, deren Bedeutung aber unverständlich blieb.

Tanja schlummerte fest und friedlich an seiner Seite. Ihr Atem klang sanft, doch die Verstimmung, die zwischen ihnen schwang, glaubte Philipp selbst über die Grenzen des Schlafs hinweg spüren zu können. Nach seiner Rückkehr waren sie sich aus dem Weg gegangen, und Tanja hatte sich bald, ohne auf ihn zu warten, zu Bett begeben. Als Philipp später nachkam, war sie bereits eingeschlafen.

Nun lag er da und lauschte dem fernen Grummeln der aufziehenden Gewitterfront. Nach einer Weile fiel er in einen unruhigen Halbschlaf, in dem Gedanken und Erinnerungen umherirrten, als würden sie in einem verschlungenen Labyrinth einander jagen. Noch einmal traten ihm die Bilder seines neuerlichen Waldbesuchs in den Sinn. Aus der Distanz erschien ihm sein

Handeln ungestüm und kindisch, jedoch war es keineswegs Reue, die er verspürte, sondern bestenfalls Erstaunen darüber, dass ihn blinder Eifer derart schnell von seinen Vorsätzen abgebracht hatte. Und trotz allem war da etwas, was ihn auf diffuse Weise beunruhigte. Zu versunken, um ihm habhaft zu werden – doch zu laut, um es zu ignorieren.

Philipp versuchte, seiner Irritation auf den Grund zu gehen. Die Antwort entglitt ihm wieder und wieder wie ein Fisch, der sich mit bloßen Händen nicht fassen ließ. Man hatte ihn seiner Würde beraubt, ihn bloßgestellt. Und er hatte den, der hierfür ursächlich war, ohne Scham ans Messer geliefert. *Quid pro quo.* Ein folgenschwerer Hinterhalt, den Philipp ganz alleine zu verantworten hatte. Doch war es nicht die eigene Skrupellosigkeit, die ihm Angst bereitete. Es war das bohrende Gefühl tief in seinem Innern. Die merkwürdige Ahnung, dass irgendetwas nicht stimmte – dass er trotz allem einen Fehler gemacht hatte.

Philipp schlug die Augen auf. Das Unwetter tobte jetzt direkt über dem Haus. Blitz und Donner entluden sich fast pausenlos in dumpfen Schlägen. Und gerade in dem Moment, in dem ein greller Ausbruch den Himmel spaltete, wusste Philipp plötzlich, was ihn gestört hatte. Wie elektrisiert fuhr er auf. Der krachende Schall hatte die harte Schale der Einsicht wie ein Beil zerschmettert.

Hals über Kopf sprang er in seine Kleider und rannte hinab. Als er aus der Haustür trat, kam es ihm vor, als prallte er gegen eine eisige Wand aus Wind und Regen. Beinahe besinnungslos vor Angst holte er den Wagen aus der Garage und fuhr mit quietschenden Reifen los.

In den Augenwinkeln sah er noch, wie jemand gestikulierend aus dem Passat stieg, doch er hatte jetzt keine Zeit für nutzlose Erklärungen.

In schwindelerregendem Tempo raste er die Hangstraße hinauf. Der Regen war so stark, dass die Scheibenwischer kaum noch Sicht schafften. Um ihn herum schien die Hölle zu wüten. Doch Philipp verschwendete keinen Gedanken an die Außenwelt. Die Hölle war bereits tief in ihn selbst eingebrochen. Er hatte einen verhängnisvollen Fehler begangen! Einen Fehler, der viel schwerer wog als alle, die er bisher gemacht hatte!

Als er den Waldparkplatz erreichte, hielt er nicht an, fuhr weiter, hinein in das finstere Auge des Forstes, das ihn feindselig anstarrte. Diesmal durfte er keine Sekunde verlieren, wollte er die winzige Chance nicht verspielen, die ihm der Zufall womöglich noch gewährte.

Holpernd flog der Cayenne über das unwegsame Gelände. Das Licht der Scheinwerfer schlug hart gegen den dichten Regenschleier. Hoch über allem schwangen die Zweige ihre Peitschen und schleuderten Äste hinab auf das rasende Auto.

Bald hatte er die Gabelung erreicht, die den Waldweg in zwei Richtungen teilte. Philipp riss das Steuer scharf nach links, der alte Festplatz war jetzt in greifbarer Nähe. Obwohl er das Fahrzeug kaum noch zu kontrollieren vermochte, erhöhte er das Tempo. An dieser Stelle wurde der Pfad nochmals schmaler und unebener. Philipp merkte, wie die Räder vor lauter Matsch und Regen zunehmend ins Schlingern gerieten. Plötzlich brach der Wagen aus. Philipp war, als kippe der Boden unter ihm mit einem Schlag ins Nichts, dann knallte sein Kopf schmerzhaft gegen das Seitenfenster und die Nacht riss ihn durch einen stürmischen, schwarzen Sog in die Tiefe ...

⌘

Die Hure ist allein zu Hause. Allein mit sich und ihrer Selbstgefälligkeit. Bloß schade, dass das Unwetter verebbt ist. Es hätte dem, was gleich kommt, einen gebührenden Rahmen verliehen! Doch das Schicksal scheint seinen Sinn für Theatralik verloren zu haben ...

Zuvor muss dieser überflüssige Polizeianwärter kalt gestellt werden. Schauen wir mal, was er treibt. – Ah, er sitzt im Wagen und spielt mit seinem Handy. Das nenne ich Pflichtbewusstsein! Eigentlich sollte er besonders wachsam sein – jetzt, da sein Protegé schutzlos in Morpheus Armen schlummert. – Glückloser Bursche! Muss sich die Nacht um die Ohren schlagen und steht später bloß als unnützer Trottel da!

Der Quarzbrocken aus dem Vorgarten liegt gut in der Hand ... Nur schnell herangeschlichen, Tür auf und – zack, der saß! Hab süße Träume, Freundchen!

Jetzt ist die Schlampe an der Reihe! Das Haus ist nicht gerade leicht zu knacken, aber auch hier wird der Stein gute Dienste leisten. Erst einmal zur Rückseite gehuscht. Das Kellerfenster ist nicht vergittert ...

Auf geht's. Das bisschen Klirren wird die Nachbarn kaum wecken; die haben heute Nacht schon Schlimmeres erlebt. – Perfekt! Wer hätte gedacht, dass Einbrechen so einfach sein kann! Fenster auf und hineingeschlüpft.

Die Kellertreppe hinauf, über den Flur und dann nach oben ins Schlafzimmer. Gleich sind wir am Ziel, man kann die Gegenwart des eitlen Hochmuts förmlich spüren. –

Leise, damit Madame nicht aufwacht. Wir wollen doch nicht, dass sie sich zu Tode erschreckt! Ihr Ende soll der süße Kuss der Klinge sein! Die sanfte Zunge des Stahls, die gleich in ihren hübschen Hals leckt!

Da liegt sie! Arglos wie ein junges Lamm, anmutig wie ein blonder Engel – und doch nur ein Parasit, der ein Leben lang auf Kosten anderer existiert hat!

Große, feine Dame, die du gerne gewesen wärst – die Zeit ist reif!

⌘

Als Philipp wieder zu Besinnung kam, hatte es aufgehört zu regnen. Mühsam öffnete er die Fahrertür und ließ die angenehm kühle Luft in seine Lungen strömen. Um ihn herum herrschte nächtliche Einsamkeit, doch überall war der Wald erfüllt vom leisen Knistern der Regentropfen, die sich in den Wipfeln gesammelt hatten und nun auf Blätter und Boden fielen wie winzige Kiesel.

Philipp versuchte, seine Gedanken zu sortieren. Der Motor hatte sich ausgeschaltet, doch die Scheinwerfer spuckten ihre strahlenden Kegel noch immer geisterhaft in die Dunkelheit. Offenbar war er vom Weg abgekommen und dann über die Böschung gebrochen.

Leicht benommen fuhr er sich mit der Hand durchs Haar. Ein Blick auf die Uhr zeigte, dass er fast zwei Stunden außer Gefecht gesetzt war. Stück für Stück wich das Vergessen zurück. Ein Bild nach dem anderen tauchte aus dem trüben Gewässer seines Gedächtnisses auf. Und mit der Erinnerung kroch – wie eine giftige Schlange – sogleich wieder die schreckliche Angst hervor.

Unvermittelt zog er die Wagentür zu und startete den Motor. Der Allradantrieb brachte ihn ohne Widerstände zurück auf den Waldweg, von wo aus er seine unfreiwillig abgebrochene Fahrt fieberhaft fortsetzte. Keine zwei Minuten später stoppte er am alten Festplatz, auf dessen Boden sich große Wasserlachen gebildet hatten, die das Licht der Scheinwerfer wie riesige Spiegel reflektierten.

Philipp schnappte sich die Taschenlampe aus dem Handschuhfach, sprang aus dem Auto und machte sich mit klopfendem Herz auf seinen Weg durch die sternenlose Nacht. Das Unterholz, das er durchschritt, war glitschig und feucht, ein dumpfer Geruch nach Fäulnis stieg ihm in die Nase.

Nur von dem dünnen Lichtstrahl geleitet, war es nicht leicht, die Orientierung zu behalten. Doch mittlerweile kannte Philipp den Weg beinahe blind, und schließlich stand er, völlig außer Atem, am Rand der versteckten Schneise, die das unheilvolle Spiel hütete.

Philipp merkte, dass er am ganzen Körper zitterte. Eine Weile stand er zaudernd da, zwang sich ruhig zu werden, dann begann er, mit der Taschenlampe das Schachspiel abzutasten. Feld für Feld, um zu ergründen, ob der Teufel schon reagiert hatte. Und je näher er der unvermeidbaren Enthüllung kam, desto zögerlicher wurde er. Desto größer wurde die Angst, dass sich sein fataler Fehler auf entsetzliche Weise gerächt haben könnte.

Als er zu der Stelle gelangte, an der seine Dame stehen sollte, war ihm, als wären all seine Hoffnungen wie Staub im Wind verflogen. Das, was er sah, bestätigte seine dunkelsten Ahnungen: Durch seinen leichtsinnigen Zug hatte er den Schutz der Dame aufgebrochen. Und der Gegner hatte sich durch sein durchsichtiges Manöver nicht ködern lassen, hatte das wohlfeile Bauernopfer nicht angenommen, sondern die Gelegenheit genutzt, um Philipps wertvollste Figur – die weiße Dame – zu schlagen.

Philipp fühlte einen plötzlichen Stich in der Brust, als ob jemand einen Finger in sein Herz gebohrt hätte. Sein Gesicht war aschfahl geworden. Und dann schwemmte kochende Angst in ihn wie ein Lavastrom, der sich in das eiskalte Wasser eines Meeres ergoss.

Getrieben von panischer Verzweiflung rannte er zurück, drängte blindlings durch Dickicht und Gestrüpp in Richtung der Festwiese. Die Angst füllte ihn vollkommen aus. Philipp ließ sie gewähren. Er machte keine Versuche, gegen sie zu kämpfen. Im Gegenteil – er klammerte sich an ihr fest, weil er ahnte, dass sie ihn umso härter treffen würde, wenn er erneut mit ihr kollidierte.

Keuchend erreichte er das Auto, wendete es und raste davon. Der Waldweg war nass und schlickig, dennoch verlief die Rückfahrt ohne Zwischenfälle. Zehn bange Minuten später bog er in die kleine Seitenstraße, die sein Zuhause erschloss.

Das Erste, was er im schwachen Schein der Straßenlaterne erspähte, war die halb geöffnete Fahrertür an dem VW des Personenschutzes. Philipp stoppte den Cayenne vor dem Haus, sprang heraus und lief instinktiv zu dem anderen Wagen. – Der verrückte Gedanke kam ihm, dass der Pfeil der Niedertracht womöglich sein

Ziel verfehlt haben könnte; dass sein Vorsatz auf bizarre Weise vielleicht doch noch aufgegangen wäre – mit der Abirrung, dass es einfach den falschen Bauern erwischt hätte ...

Er umrundete den Passat, beugte sich in den Innenraum und beäugte den zusammengesackten Leib, der vornüber aufs Lenkrad gefallen war. Der junge Polizist hatte eine üble Platzwunde am Kopf, doch nichts deutete auf irgendwelche Stich- oder Schnittwunden hin. Als Philipp den schwachen Atem des anderen vernahm, war ihm, als schnüre ihm eine unsichtbare Fessel die Luft ab. – Der Mann war am Leben! Und damit herrschte Gewissheit, dass seine Hoffnung bloß eine Illusion gewesen war!

Von neuerlicher Panik gepackt, hastete er zum Haus, sperrte die Tür auf und taumelte atemlos in die dunkle Diele. – Nein! Nein! Nein! Er durfte dem entsetzlichen Gedanken keine Beachtung schenken.

Als er zur Treppe gelangte, die ins Obergeschoss führte, ließ ihn ein seltsamer Impuls innehalten. – Was, wenn der Mörder in diesem Moment durchs Haus schlich? Wenn er Philipp bloß einen winzigen Schritt voraus wäre?

Mit einem Mal war er auf der Hut. Jede Faser seines Körpers war gespannt. Langsam – Stufe um Stufe – stieg er hinauf, bis er am oberen Treppenabsatz haltmachte. Philipp gefror das Blut in den Adern: Die Schlafzimmertür stand offen! Für einen Moment war er völlig erstarrt vor Entsetzen. Dann plötzlich, ganz von selbst, trugen ihn seine Beine voran, als würden sie durch einen verborgenen Magneten bewegt.

Er war jetzt auf alles gefasst, bereit, jede Sekunde aus der Dunkelheit attackiert zu werden. Doch seltsamerweise hielt ihn das nicht vom Handeln ab.

Schließlich betrat er das Zimmer und schaltete das Licht ein. Geblendet von der ungewohnten Helligkeit, kniff Philipp die Augen zusammen. – Als sich die Irritation gelegt hatte, verschmolzen all seine Ängste, all seine geheimen Ahnungen zu einer schonungslosen, Blut triefenden Realität.

Fünfter Teil
– Endspiel –

24.

Philipp Wendelstein kauerte auf einem der Wohnzimmersessel, die Ellbogen auf die Knie gestützt, das bleiche Gesicht tief in beiden Händen vergraben. Draußen bahnte sich das erste Tageslicht seinen Weg durch die vergehende Nacht, doch in seinem Innern herrschte tiefe Finsternis.

Seit der abscheulichen Entdeckung waren kaum zwei Stunden vergangen. Mittlerweile hatte die Polizei das Haus durchsucht, den Tatort gesichert und mit der Befragung von Philipp sowie des jungen Schutzpolizisten begonnen, der nach kurzer Versorgung wieder zu Bewusstsein gekommen war.

Hauptkommissar Bechtold, die Fäden bereits fest in der Hand, ging mit ernster Miene im Zimmer auf und ab. Seine Stirn war von tiefen Furchen gezeichnet, in denen sich Ratlosigkeit, Sorge und ein gehöriges Maß an Misstrauen sammelten. Auch D'Antoni war mittlerweile eingetroffen und stand betreten in einer Ecke des Raumes.

In der anderen Ecke, zwischen Philipp und der Terrassentür, hatte sich Felix wie ein gestrenger Torhüter postiert. Die Arme vor der Brust verschränkt, beobachtete er mit versteinerter Miene, was sich vor ihm abspielte. – Philipps panischer Anruf hatte ihn in den Fängen der Stadt erreicht (genauer gesagt in Vanessas Armen, mit der er die Nacht verbrachte). Die Bedeutung der Neuigkeit war ihm sofort klar gewesen. Mit dem

Taxi hatte es nur eine halbe Stunde nach Bad Grünau gedauert, und so kam es, dass er seinem völlig verstörten Kameraden Schützenhilfe leisten konnte, noch bevor dessen Vernehmung richtig begonnen hatte.

Bechtold war nun stehen geblieben und richtete von Neuem das Wort an Philipp.

»Noch einmal, Herr Wendelstein – nur um Missverständnisse zu vermeiden. Sie sagten aus, das Haus gegen Mitternacht verlassen zu haben, weil es zwischen Ihnen und Tanja Harth zu einem Streit gekommen war.«

Er schaute Philipp fragend an, wartete aber nicht auf eine Reaktion. »Dies deckt sich zwar mit den Beobachtungen des Personenschutzes, ich würde aber trotzdem gerne den Grund für diesen nächtlichen Streit erfahren.«

Philipp stieß ein gequältes Geräusch aus, bevor er einen kaum wahrnehmbaren Blick in D'Antonis Richtung streifen ließ.

»Ich erinnere mich nicht mehr«, murmelte er, die Augen sofort wieder auf seine Hände gerichtet. »Irgendetwas Privates, was nichts zur Sache tut.«

Bechtold hob verdrossen die Brauen. »Die Bewertung überlassen Sie besser uns. Aber bitte sehr – vielleicht fällt es Ihnen ja noch ein.«

Der Hauptkommissar wirkte höflich und besonnen – und dennoch war sein Tonfall von einer eigentümlichen Reserviertheit gefärbt, gegen die sich Philipp ziemlich hilflos vorkam.

»Danach fuhren Sie auf direktem Weg zu Herrn Burjahn. Hier wollten Sie den Rest der Nacht verbringen.

Sie führten ein längeres Gespräch, tranken einige Gläser Wodka, entschieden dann aber gegen halb drei, nach Hause zurückzukehren.«

Bechtold unterbrach abermals, offenbar Philipps Zustimmung erwartend. Doch dieser blieb stumm.

»Herr Burjahn, können Sie diese Aussage bestätigen?«

Felix' Blick stach gedankenversunken in die Leere. Für einen Moment schien er zu zögern, dann jedoch deutete er ein knappes Nicken an. Eine Gebärde, in der die Kürze eines Augenschlags mit der Loyalität einer jahrzehntelangen Freundschaft verschmolz.

Der Hauptkommissar kratzte sich grübelnd am Kopf. »Also gut. Der junge Kollege vom Personenschutz gab an, um Viertel nach eins eine unheimliche Erscheinung neben dem Auto wahrgenommen zu haben. Details konnte er nicht ausmachen, nur etwas von einem großen Schnabel erwähnte er.«

»Der Irre mit dem Vogelkostüm!«, entfuhr es D'Antoni, der den Ausführungen bislang schweigend gelauscht hatte.

Bechtold nahm seine dicke Brille ab und begann sich die Augen zu reiben. Als er fertig war, fuhr er fort: »Nachdem der Unbekannte die Wagentür aufgerissen hatte, schlug er unseren Kollegen mit einem stumpfen Gegenstand bewusstlos. Bedenkt man das Urteil des Arztes, wonach Tanja Harth bei dessen Eintreffen mindestens zwei Stunden tot gewesen sein musste, dürfte der Einbruch und der anschließende Mord unmittelbar danach verübt worden sein.«

»Also kurz vor halb zwei«, warf Felix nachdenklich ein.

»Richtig. So sieht es momentan aus.«

Es entstand eine längere Pause, in der alle Anwesenden ihre Gedanken abzuwägen schienen. Schließlich wandte sich Bechtold wieder an Philipp.

»Ich sage es nur ungern, Herr Wendelstein, aber offenbar nutzte der Mörder Ihre Abwesenheit gezielt aus, um die Tat zu begehen. Ein tragischer Zufall, dass Sie das Haus ausgerechnet mitten in der Nacht verlassen mussten.«

Philipp war nun ganz in sich zusammengesackt. »Das ist Wahnsinn – einfach nur Wahnsinn ...«

Felix trat einen Schritt vor, die Hand beruhigend auf seine Schulter legend.

»Ja, wir haben es ganz gewiss mit einem Wahnsinnigen zu tun«, sagte Bechtold. »Daran besteht kein Zweifel mehr. Jemand, der vor nichts zurückschreckt. Und der es bewusst auf Tanja Harth abgesehen hatte. Die heutige Tat war leider nicht der erste Versuch, sie zu töten. Ich bin mir sicher, dass der Angriff bei der Burg in Wahrheit ihr gegolten hat.«

»Aber warum wartet der Mörder mehrere Wochen, ehe er erneut zuschlägt?« Die Frage kam von D'Antoni, der aus seiner Ecke getreten war und sich nun etwas unsicher auf die Sofalehne stützte.

»Bislang war das Risiko wohl einfach zu groß. Heute Nacht, während des Gewitters und nachdem Herr Wendelstein fortgefahren war, schienen ihm die Verhältnisse offenbar günstig.« Bechtold zuckte mit den Schultern und seufzte. »Irgendwo gibt es immer ein Schlupfloch.«

Philipp gab ein leises Stöhnen von sich. Die ganze Situation war ihm ganz und gar unerträglich. Während der letzten Minuten hatte sich der Raum um ihn herum in eine stetig schrumpfende Kapsel verwandelt, die ihn bald erdrücken würde, wenn er sich nicht sofort Luft verschaffte!

»Bitte entschuldigen Sie mich«, murmelte er, sprang auf und verließ eilig das Zimmer.

Felix tauschte einen kurzen Blick mit den Polizisten aus, bevor er ihm über die Treppe ins Obergeschoss folgte.

Philipp erreichte das Bad gerade noch rechtzeitig, um sich über der Toilette zu übergeben. Der Restalkohol, die Erschöpfung und der Ekel vor seinem eigenen Unvermögen hatten seine Fassung wie die Haut eines welken Blattes brechen lassen.

Felix, dicht über ihn gebeugt, hielt Philipp die Schultern, bis dieser schließlich erschöpft den Kopf hob.

»Phil, hast du nun völlig den Verstand verloren?« Er sprach hastig, fast flüsternd. »Von wegen, wir wären zusammen in meiner Wohnung gewesen ... Mit deinem Gerede bringst du uns in Teufels Küche!«

Philipp entwand sich der Umklammerung, um sein Gesicht am Waschbecken mit Wasser zu benetzen. »Nicht jetzt«, wehrte er ab. »Bitte vertraue mir. Ich erkläre es dir, sobald wir allein sind.«

Als die beiden das Wohnzimmer erneut betraten, erwarteten sie zwei argwöhnische Augenpaare. Felix räusperte sich.

»Ich fürchte, mein Freund steht kurz vor einem Zusammenbruch. Wäre es möglich, dass ich ihn wieder zu mir nach Hause nehme, damit er etwas Ruhe bekommt?«

D'Antoni wollte zum Protest ansetzen, doch Bechtold winkte beschwichtigend ab. »Ist schon in Ordnung. Ein wenig Schlaf wird ihm guttun.« Direkt an Philipp gewandt, fügte er im amtlichen Ton hinzu: »Bitte melden Sie sich spätestens am Mittag im Präsidium. Wir werden dann noch einmal ausführlicher über die Sache zu sprechen haben. In der Zwischenzeit wird dieses Haus auf Spuren untersucht.«

Felix bedankte sich, nahm seinen Freund am Arm und zog ihn behutsam aus dem Raum. Draußen ließ er sich die Autoschlüssel aushändigen, wendete den Cayenne und brachte sie beide mit einem getrübten Gefühl der Erleichterung fort von der schaurigen Bühne, die die makabre Kulisse für diese neuerliche Tragödie gegeben hatte.

Die Fahrt verlief wortkarg. Obwohl Felix mehrmals den Versuch unternahm, seinen Freund zum Reden zu bewegen, starrte Philipp nur abwesend aus dem Fenster, hinter dessen Scheibe die Morgendämmerung gleichmütig Einzug in den neuen Tag hielt.

Felix merkte, dass er kurz davor stand, die Geduld zu verlieren. Andererseits wusste er, dass Philipp einen furchtbaren Schock erlitten hatte und wollte abwarten, bis sie in eine andere Umgebung gelangt waren.

Als sie in Felix' Kellerwohnung eintrafen, schob er Philipp auf einen der verschlissenen Ledersessel, kochte Kaffee und kehrte nach einigen Minuten mit zwei dampfenden Tassen zurück. Dann entschied er, dass die Zeit für klare Worte gekommen war.

»Philipp, was passiert hier gerade? Ein Wahnsinniger tötet Tanja, und du tischst der Polizei Lügenmärchen auf! Wo, verdammt noch mal, bist du heute Nacht gewesen?«

Philipp fixierte die heiße Flüssigkeit in seiner Hand, deren Oberfläche wie eine Scheibe aus schwarzem Lack in der Tasse schwamm.

»Die Dame ...«, stammelte er leise. »Er hat die Dame geschlagen. Ich war blind wie ein Anfänger.«

Felix verzog fragend die Stirn, doch noch im selben Moment begriff er, auf was sein Freund hinaus wollte. »Soll das heißen, du warst wieder im Wald?«

Philipp nickte schwach und flüsterte: »Ja, ich war wieder dort. Ich wollte einen Fehler korrigieren, aber es war zu spät. Der Unbekannte hatte schon zugeschlagen. Als ich zurückkam, gab es nichts mehr, was ich tun konnte.«

»Dieses verfluchte Spiel!« Felix konnte seine Wut nur mit größter Mühe zügeln. Ihm war unbegreiflich, dass Philipp selbst im Angesicht der schrecklichen Ereignisse noch an seiner fixen Idee festhielt. »Warum, um alles in der Welt, hast du dich bloß wieder auf das perverse Theater eingelassen?«

Philipp raufte sich stöhnend die Haare. »Du wirst mich jetzt für verrückt halten – wenn du das nicht längst schon tust –, aber ich habe mich zu etwas hinreißen lassen, was ganz und gar leichtsinnig war ...«

Und dann erzählte er, was sich in den letzten zwölf Stunden zugetragen hatte. Deutlich konnte man ihm ansehen, wie viel Kraft es ihn kostete, die Einzelheiten seines törichten Tuns zu beschreiben.

Schließlich ließ er seinen Kopf erschöpft auf die Sessellehne sinken. »Nun weißt du, was geschehen ist. Urteile selbst – und sag mir ins Gesicht, dass du mich für einen Narren hältst!«

Felix starrte ihn erschrocken an. In seinen Augen lag ein Ausdruck blanker Fassungslosigkeit. »Ist dir klar, was du da sagst? Dieser Teufel muss dich pausenlos beobachten! Jeden deiner Schritte, jede deiner Handlungen –«

»Ich weiß!«, unterbrach ihn Philipp. »Genau dies hatte ich dir vor Wochen schon erklären wollen. Aber du meintest ja, ich hätte mich in etwas verrannt. Siehst du jetzt, dass ich recht hatte?«

Felix' Blick streifte über die weiß-verputzten Wände, als suchte er dort nach einer Anleitung, was er denken sollte. Schließlich raunte er: »Es fällt mir immer noch schwer zu glauben, aber an diesem schrägen Zauber scheint tatsächlich etwas dran zu sein. Irgendein Irrer nimmt das Spiel zum Anlass, um wahllos Menschen zu töten –«

»Er tötet nicht *wahllos*! Er tut, was ihm die Figuren auf dem Schachfeld vorgeben!«

»Ach, und du meinst, das könnte eine Entschuldigung sein?«

Philipp schüttelte den Kopf. »Bestimmt keine Entschuldigung. Aber eine Erklärung. Wenn die Partie anders verlaufen wäre, wenn ich geschickter gespielt hätte ...«, seine Stimme zerbröselte in Selbstmitleid. »All das Unheil hätte womöglich verhindert werden können!«

»Komm schon. Glaubst du wirklich, du könntest diesen Verrückten durch ein paar Winkelzüge von seinem Tun abbringen? Der Kerl ist wahnsinnig! Man muss ihm das Handwerk legen! Doch hierzu sind weder du noch ich in der Lage.«

Er beugte sich vor und hob eindringlich die Hand. »Du musst der Polizei endlich reinen Wein einschenken, Phil! Jede Minute, die du wartest, spielt dem Mörder in die Karten. Was muss noch passieren, damit du Vernunft annimmst?«

Die Schärfe in Felix' Bemerkung riss Philipp aus seiner Lethargie. Trotzig richtete er sich auf. »Was, denkst du, würde wohl geschehen, wenn ich der Polizei mitteilte, dass ich heute Nacht mutterseelenallein im Wald war? Dass ich zufällig zwei Stunden das Bewusstsein verlor und anschließend – ohne Zeugen – nach Hause fuhr, um dort meine ermordete Freundin aufzufinden?«

Er ließ eine zynische Geste fallen, bevor er weitersprach. »Ich halte Bechtold nicht gerade für kreativ, aber die naheliegenden Schlussfolgerungen wird er ziehen. Und dann soll ich ihm wohl gleich noch von Viola erzählen, oder? Und davon, dass mich der alte Dr. Arnold wenige Stunden vor seinem Tod zu Hause besucht hat? Vielleicht auch noch von meinem Streit mit Walter und seinem Verschwinden, von der missglückten Falle für D'Antoni und –«

»Herrgott, hör schon auf! Mir ist klar, dass die Geschichte einige unangenehme Seiten hat. Trotzdem bleibe ich dabei: Diese Bestie wird ohne fremde Hilfe nicht gestoppt werden!«

Felix war aufgestanden und wanderte nun gestikulierend durchs Zimmer. »Sie werden schnell erkennen, dass du überhaupt kein Motiv hast! Außerdem gibt es doch auch Faktoren, die dich entlasten. Was ist etwa mit diesem verrückten Förstersohn? Wenn die Polizei sieht, was dieser kranke Kerl treibt, wird sie ganz schnell das Interesse an dir verlieren.«

»Du verstehst es immer noch nicht! Das, was da draußen vor sich geht, lässt sich nicht an den Normen beschränkter Polizistenhirne messen! Irgendeine unbekannte Macht hat sich in den Kopf gesetzt, mich zu vernichten! Wenn ich sie jemals besiegen kann, dann nur mithilfe des Spiels! Diese Schachpartie ist der einzige Ausweg, um dem Bösen zu entkommen. Jeder äußere Eingriff würde eine Tür versperren, die meine Rettung bedeuten kann.«

Felix musterte seinen Freund mit einer Mischung aus Ungläubigkeit und Widerwillen. »Merkst du nicht, dass du vollkommen verbohrt bist?« Sein Vorrat an Geduld ging spürbar zur Neige. Philipps Weigerung, sich von staatlicher Seite helfen zu lassen, erschien ihm entsetzlich dumm und in hohem Maße gefährlich – nicht nur für Philipp selbst, sondern auch für alle anderen Menschen in seiner Nähe.

»Bis heute ist es dir nicht gelungen, den namenlosen Gegner zu überlisten, und du wirst es auch weiterhin nicht schaffen! Weder deine Alleingänge noch unsere gemeinsamen Aktionen haben etwas bewirkt. Aus irgendeinem Grund ist uns dieser Verrückte immer einen Schritt voraus!«

Er beugte sich zu Philipp hinab und ergriff seinen Arm. »Phil, so viele Menschen sind gestorben, so viel Blut ist vergossen worden – du kannst dein Wissen nicht länger für dich behalten!«

»Du verlangst von mir, dass ich mein Los in die Hände von Stümpern lege!« Philipp stieß einen Laut der Entrüstung aus. – »Diesen Gefallen werde ich euch niemals tun! All die schrecklichen Dinge geschehen so lange, bis es mir selbst gelingt, dem Bösen Einhalt zu gebieten. Die Werkzeuge des Bösen stehen mir gleichermaßen zur Verfügung. Ich muss sie nur endlich richtig gebrauchen! Kein anderer außer *mir* kann diesen Kampf gewinnen!«

Er schüttelte Felix' Hand ab und erhob sich abrupt. »Das, was dort im Wald vor sich geht, ist allein *meine* Sache! Und ich verlange von meinem besten Freund, das er diese Entscheidung akzeptiert!«

Felix trat einen Schritt zurück, auf seinem Gesicht hatte sich tiefe Verärgerung breitgemacht. »Phil, ich stand immer hinter dir. Aber du ziehst mich da in etwas hinein, was völlig aus dem Ruder läuft. – Es tut mir leid, nun ist der Moment gekommen, an dem ich einfach nicht mehr mitmache!«

Er hielt kurz inne, um seine Worte wirken zu lassen, dann fuhr er in verändertem Ton fort: »Ich kam zurück aus der Ferne, weil ich wieder etwas Sicherheit und Beständigkeit in mein Leben bringen wollte. Doch genau das Gegenteil ist eingetreten: Ich befinde mich mitten in einem Alptraum!«

Philipps Mund verzog sich zu einem zynischen Grinsen. »Wie rücksichtslos von mir, dich mit meinen Problemchen behelligt zu haben! Das Schicksal hätte sich wohl besser eine andere Jahreszeit ausgesucht –«

»Hör bitte auf! Ich weiß, dass du momentan durch die Hölle gehst. Aber gerade weil ich es gut mit dir meine, kann ich nicht tatenlos zusehen, wie du dich zugrunde richtest!«

»Spar dir dein Mitleid!« Philipp war zwischenzeitlich ans andere Ende des Zimmers gewichen, als wollte er durch die Distanz seine Missbilligung gegenüber Felix' Haltung bekunden.

»Ich habe dir vertraut«, rief er, »und du trittst mein Vertrauen mit Füßen! Dir geht es nur um deine eigene Haut! Um deine eigenen Befindlichkeiten – deinen Egoismus!«

»Es geht mir um unser *aller* Haut, Phil! Da draußen läuft ein Serienkiller herum und wir verschwenden unsere Zeit mit kindischen Streitereien. Wenn du dich nicht in der Lage siehst, das Naheliegende zu veranlassen, dann werde eben *ich* an deiner Stelle handeln!«

Philipp fuhr sich heftig durchs Haar, seine Stimme gellte jetzt schrill und feindselig. »Deine Ignoranz wird uns alle zerstören! Aber bitte – tu, was du nicht lassen kannst! Nur beklag dich nicht, wenn der Moment kommt, an dem du die Folgen deines Verhaltens erkennst!«

Während der letzten Worte hatte sich Philipp den Autoschlüssel geschnappt und stand bereits in der halb geöffneten Wohnungstür, als er sich noch einmal umdrehte.

»Von nun an führe ich den Kampf alleine! Wenn ich ihn verliere, wird dies meine ureigene Tragödie sein! Niemand muss sich Vorwürfe machen, weil er sich meinem Starrsinn verweigert hat! Und niemand soll ein schlechtes Gewissen haben, weil er getan hat, was er für nötig hält!«

Es klang entschlossen. Trotzdem glaubte Felix, durch all den Widerstand hindurch eine versteckte Botschaft hören zu können. Eine Art Appell an die erschütterte Freundschaft, tief verborgen unter einer Schicht aus Stolz und Kränkung.

Dann war Philipp über die kleine Treppe, die aufwärts nach draußen führte, verschwunden.

Mit einem tiefen Seufzer sank Felix zurück in den Sessel. Eine unendliche Müdigkeit hatte sich über ihn gelegt.

Ihm war, als hätte Philipps Abgang einen Graben gerissen, der sich so schnell nicht füllen ließ. Philipp würde in seinem Zustand keine vernünftige Entscheidung treffen. Sein Gebaren war unmissverständlich gewesen und zeigte, wie tief er bereits in seinem gefährlichen Schicksalsglauben gefangen war.

Wenn Felix tat, was er für richtig hielt, würde ihm Philipp diesen Vertrauensbruch niemals verzeihen. Wenn er es aber bleiben ließ – Felix wagte kaum, sich die Folgen auszumalen –, dann waren gewiss weitere Menschenleben in Gefahr. Und dann konnte jeder das nächste Opfer werden!

Frustriert schüttelte Felix den Kopf. Wie er es auch drehte und wendete, er konnte in dieser Sache nur verlieren. Und er musste sich eingestehen, dass Verlust etwas war, mit dem er noch nie gut umgehen konnte ...

Unwillkürlich warf er einen Blick auf seine stählerne Omega – nicht einmal sechs Uhr morgens! Dies war nicht die Zeit für schicksalsschwere Entscheidungen, befand er. Er würde sich erst einmal aufs Ohr hauen, um das gerade Erlebte sacken zu lassen. In ein paar Stunden konnte er immer noch entscheiden, wie er mit seinem Dilemma verfahren sollte.

25.

Nach seinem Streit mit Felix hatte es Philipp auf direktem Weg in den Wald gezogen. Wie am Abend zuvor fuhr er den Wagen bis zum alten Festplatz hinaus, um nur das letzte Stück zu Fuß zu gehen. Der Teppich aus Laub und Nadeln war noch immer vollgesogen vom nächtlichen Regen, doch das freundliche Licht des anbrechenden Tages ließ die wütenden Bilder der Nacht nicht einmal mehr als Ahnung durch den stillen Morgennebel schimmern.

Philipp hatte kein Auge für diese wundersame Verwandlung. Sein Ziel war klar und greifbar: Er würde bis zum bitteren Ende kämpfen. Wenn Felix meinte, ihm in den Rücken fallen zu müssen, dann würde er dies akzeptieren. Es war nicht das, was er erwartet hatte, aber vielleicht waren seine Erwartungen ja längst schon über das hinausgewachsen, was er von anderen fordern konnte.

Mag sein, überlegte er, dass das Geschehene seine Maßstäbe verrückt hatte. Doch diese Maßstäbe waren es nun einmal, an denen er sein Handeln messen musste. Es waren die Maßstäbe seines Schicksals, an denen er selbst gemessen wurde, wenn er dem Bösen die Stirn bieten wollte. Und das Schicksal würde keinen Zoll von ihnen abweichen, dessen war er sich sicher.

Philipp stieß einen verzagten Laut aus. Er hatte alles verloren. Seinen Halt, sein Vertrauen. Und nun auch den letzten – den einzigen – Freund, der sich im entscheidenden Moment von ihm abgewandt hatte.

Als Philipp vor den Figuren stand, spürte er eine sonderbare Wut in sich keimen. Es war nicht die brausende Wut eines Zornigen, sondern die bittere, schleichende Wut des Betrogenen. Diese Wut, dachte er, war das Einzige, was ihm geblieben war, das Einzige, was ihn noch antrieb. Die Wut auf das Leben – und die Wut auf sich selbst, weil er seinen eigenen Chancen nicht gerecht wurde.

Langsam trat er vor und beugte sich über das Spielfeld. Durch die fatale Attacke auf Philipps Dame hatte Schwarz seinen Königsläufer preisgegeben müssen. Philipp hob seinen Bauern an – den Bauern, den er eigentlich schon als Opfer geglaubt hatte – und schlug die gegnerische Figur. Er empfand hierbei weder Rache noch Genugtuung. Nur eine eigentümliche Form von Demut. Er hatte getan, was von ihm verlangt wurde; nun würde das Spiel seinen Lauf nehmen, und er würde ihm folgen wie ein gehorsames Kind.

Als er sich abwenden wollte, wurde er von einer plötzlichen Erschöpfung übermannt. – Die schlaflose Nacht zollte ihren Tribut.

Sekunden später lag er rücklings auf dem moosvernarbten Gras, das ihm einladend und unerwartet weich vorkam. Feiner Morgentau sog sich behutsam in seine Kleider – doch nicht so, dass es unangenehm gewesen wäre. Von einem Moment zum nächsten fühlte sich Philipp geborgen und sicher.

Vorbei an den hohen Bäumen, die die Lichtung begrenzten, sah der Himmel aus, als würde man ihn durch ein schiefes Fenster betrachten. Philipp stellte sich vor, wie es wäre, für immer hier liegen zu bleiben; nie wieder in einem Bett schlafend, nie wieder Tanjas sanften Atem lauschend, nie wieder Violas versöhnliche Wärme spürend ... Das alles war vorbei. Unwiederbringlich, unwiederholbar. – Jetzt gab es nur noch ihn selbst. Für niemanden sonst trug er Verantwortung, auf niemand anderen musste er Rücksicht nehmen!

Die Erkenntnis erfüllte Philipp mit einer wohltuenden Leichtigkeit. Die frühe Morgensonne spuckte ihre Strahlen unbefangen über die Baumwipfel und teilte den Boden der kleinen Schneise in Hell und Dunkel, in Schatten und Licht. Philipp beobachtete die weißen Federwolken, die wie verschlungene Bänder am Himmel hingen und mit der Zeit ihre Formen zu immer neuen Figuren wandelten. Er folgte einem Flugzeug, das in großer Höhe seine Bahn zog, einem Raubfisch gleichend, den jemand vom Grund des Meeres aus über sich hinweg gleiten sah ...

Ein schwaches Lächeln schlich in seine Mundwinkel. Als Kind hatte er auf diese Weise stundenlang den Himmel betrachtet, hatte sich Geschichten hinter den Wolkenbildern erdacht, Licht und Dunkel zu einer tausendfarbigen Welt geformt. – Das war vor beinahe dreißig Jahren gewesen. Damals, dachte er, als alles noch vor ihm lag – und er doch schon unendlich viel hinter sich gebracht hatte.

Philipp war jetzt so müde, dass er die Augen schließen musste. Trotzdem versuchte er, die plötzliche Erinnerung wach zu halten, ihr nachzugehen. Er hielt seine

Gedanken an, bis alles in ihm stehen blieb. Dann grub sich sein Verstand hinein in den sandigen Grund der Vergangenheit; Schicht für Schicht, Windung um Windung …

Irgendwann war Philipp eingeschlafen.

⌘

Es war fast zehn, als Felix in seinem Bett erwachte. Mit einem verdrießlichen Stöhnen stand er auf, streckte seine Glieder und stieg in die Dusche, die er erst eine Weile auf warm, dann auf eiskalt stellte. Danach waren seine Lebensgeister wieder geweckt.

Er kochte Kaffee und kaute nachdenklich auf einem faden Müsliriegel, den er auf der Küchenablage gefunden hatte. In seinem Kopf war eine Entscheidung gereift, die nun immer lauter in den Vordergrund drängte: Er konnte die Existenz des Spiels nicht länger für sich behalten! Wenn die Polizei nichts davon erfuhr, würden sie nie in der Lage sein, den Wahnsinnigen ausfindig zu machen.

Andererseits wurde ihm immer klarer, in welche Lage er Philipp brächte, würde er das konstruierte Alibi seines Freundes zusammenfallen lassen. Warum sollte er unnötig Staub aufwirbeln, wenn es am Ende doch nichts zur Aufklärung beitrug?

Er würde Bechtold die Wahrheit über das Spiel erzählen. Er würde auf die Parallelen zu den Ereignissen der letzten Wochen hinweisen und auch auf die Schlussfolgerungen, die sie daraus gezogen hatten. Aber er würde mit keinem Wort erwähnen, was sich heute Nacht tatsächlich zugetragen hatte. Das war er seinem Freund schuldig, mochte sich dieser auch noch so halsstarrig verhalten!

Er angelte sich sein Handy, um Vanessa mitzuteilen, dass er am Nachmittag zurück in der Stadt sein wollte. Vermutlich würde die Unterredung mit Bechtold ihre Zeit dauern. Felix seufzte.

Er zog ein frisches Hemd an und verließ die Wohnung sieben Minuten nach halb elf. In Gedanken legte er sich bereits die Worte zurecht, mit denen er seine Aussage einleiten wollte. Das Polizeipräsidium befand sich am westlichen Ortsrand von Bad Grünau, mit der Vespa würde er keine Viertelstunde brauchen.

Nachdenklich betrat er den Schuppen neben der Hofeinfahrt. Sein Roller stand in der hinteren Ecke, vor einem Stapel alter Reifen. Das kraftlose Licht, das durch die offene Tür drang, hob die zahlreichen Gerätschaften, Büchsen und Holzreste nur undeutlich von den grauen Bretterwänden ab, die den fensterlosen Raum umschlossen.

Felix wollte sich gerade zur Abfahrt rüsten, als er den Schatten bemerkte, der für einen Augenblick den Eingang zum Schuppen verdunkelte. Nur Sekunden später wurde er mit einem heftigen Ruck nach unten gezerrt. Felix wusste nicht, was schlimmer war – die jähe Überrumpelung oder der Schmerz in seinem Rücken, als er auf den harten Betonboden prallte –, doch instinktiv gelang es ihm, beides auszublenden.

Auf die Ellbogen gestützt, spähte er zu der verhüllten Gestalt hinauf, die über ihm aufgetaucht war. Sofort sah er das lange Messer, das diese zum Angriff gezückt hielt. Dann sprang sein Blick zu der furchterregenden Maske mit den roten Federn und dem schwarzen

Schnabel. Und in diesem Moment – in diesem denkwürdigen Sekundenbruchteil, in dem sich alles Geschehen und alles Geschehene auf einen winzigen Punkt brannte – drang die entsetzliche Einsicht wie ein Nadelstich in sein Hirn.

Felix war fassungslos, doch zum Nachdenken blieb jetzt keine Zeit. Reflexartig teilte er einen heftigen Tritt aus, der irgendwo in der Kniegegend des Angreifers einschlug. Das Überraschungsmoment brachte Felix wieder auf die Beine, doch da hatte sich sein unheimlicher Kontrahent schon erneut auf ihn gestürzt. In den Augenwinkeln sah er den Schaft des Messers durch die Luft schnellen. Dann durchzog ein beißender Schmerz seinen linken Oberarm.

Der Magen drehte sich ihm um. Er schloss kurz die Augen, wusste aber, wenn er jetzt nachgab, würde er diesen Kampf nicht überleben. Felix sammelte all seine Kräfte, holte aus und schlug aufs Geratewohl um sich. Sein Körper schien jetzt mit Adrenalin vollgepumpt zu sein. Schon der dritte Schlag saß. Die Faust traf die Kreatur mit unversehener Härte am Kopf. Der Vogelmensch taumelte einen Moment lang orientierungslos durch den Schuppen – dann flüchtete er ebenso schnell wie er gekommen war.

Felix warf ihm einen verschwommenen Blick hinterher. All seine Muskeln waren noch immer zum Zerbersten gespannt. In diesem Moment kehrte der stechende Schmerz wieder, als hätte er nur auf Felix' uneingeschränkte Aufmerksamkeit gewartet. Unvermittelt schob sich ein schwarzer Vorhang vor seine Augen. Er biss sich heftig auf die Zunge und torkelte dann rückwärts in den Raum.

Als sein Hinterkopf gegen die harte Kante der Werk-
bank schlug, nahm er dies nur noch wie ein teilnahms-
loser Beobachter wahr.

Tiefe Nacht hatte seine Sinne umhüllt.

26.

Ein süßliches Geräusch schlich sich in Philipps Ohr. Ein gedämpfter, surrender Singsang, der anschwoll und wieder abklang. Erst nach einer Weile registrierte er, dass es sein Handy war, das sich zu Wort meldete.

Philipp schlug die Augen auf und fischte nach dem Telefon in seiner Hosentasche. Die Erschöpfung steckte ihm in allen Gliedern, er fühlte sich verspannt und so müde, als hätte er eine ganze Lastwagenladung Schlaftabletten geschluckt.

Nachdem er den Anruf auf dem Boden sitzend entgegengenommen hatte, zog sich seine Stirn zusammen. Bechtolds Stimme klang energisch und wichtig, aber für Philipp war sie bloß ein lästiger Riss in der stillen Schale des Seins.

Ohne konkret zu werden, forderte ihn der Hauptkommissar auf, im Präsidium zu erscheinen. Offenbar gab es neue Informationen, doch Philipp verspürte kein Verlangen nach ihnen. Er merkte, dass die Gleichgültigkeit gegenüber dem, was andere unternahmen, immer größer wurde, fühlte die Vergeblichkeit, die Nutzlosigkeit beinahe körperlich auf seiner Haut jucken.

»Ich mache mich gleich auf den Weg«, murmelte er, bevor er sich kraftlos aufrichtete und langsam durch die Bäume Richtung Festplatz stieg. Ein tückischer

Schwindel wand sich in seinem Kopf, und er hatte erhebliche Mühe, das Gleichgewicht zu wahren, bis er den Wagen erreichte.

Als er schließlich im Polizeipräsidium ankam, war es Viertel nach drei. Obwohl die Nachmittagshitze draußen auf ihren Hügelpunkt zusteuerte, herrschte drinnen eine schroffe Kälte, die Philipp sogleich als unangenehm wahrnahm. Bechtold empfing ihn mit einem steifen Gruß. Ebenfalls anwesend waren Kommissar D'Antoni, dessen Blick man als offen feindselig deuten konnte, sowie ein ausdruckslos dreinschauender Polizist, der robotergleich hinter einem Laptop saß.

Nachdem ihn Bechtold aufgefordert hatte Platz zu nehmen – D'Antoni und er selbst blieben stehen –, begann der Hauptkommissar ohne Umschweife:

»Wir kommen gerade von Felix Burjahn.« Er brach ab und betrachtete Philipp forschend, als erwarte er irgendeine aufschlussreiche Reaktion.

Doch Philipp schwieg. Ein verschwommenes Gefühl der Resignation machte sich bemerkbar. Demnach also hatte Felix seine Ankündigung in die Tat umgesetzt ... Aber warum überraschte ihn dies? Hatte er etwa insgeheim gehofft, Felix könnte seine Meinung noch ändern? – Im Grunde war es Philipp egal.

»Er hat verdammtes Glück gehabt, dass er noch am Leben ist.«

Philipp starrte entgeistert auf die Hände des Kriminalbeamten, während dessen Worte wie ein unwirkliches Echo zu seinen Ohren drangen. Er konnte nicht glauben, was er nun hörte: Das Attentat auf Felix war erst wenige Stunden alt. Von seinem Vater bewusstlos im Geräteschuppen aufgefunden, hatte man ihn sofort

ins Krankenhaus gebracht, wo neben leichten Schnitt-
verletzungen ein ernstes Schädel-Hirn-Trauma festge-
stellt wurde.

»Bisher hat Ihr Freund das Bewusstsein noch nicht
wiedererlangt. Die Ärzte sind aber zuversichtlich, dass
er durchkommt.«

Philipps Augen waren weit aufgerissen. Er verspürte
eine tiefe Bitterkeit in sich gären. – Nun also auch Felix,
dachte er. Das Böse war fast am Ziel seines Plans. Nur
noch ein kleines Stück, dann würde es alles vertilgt haben, was ihm je etwas bedeutet hatte.

Als Bechtold mit seinem Bericht fertig war, hielt er
inne und wandte sich mit ernster Miene an Philipp:
»Wo waren Sie heute Vormittag gegen zehn Uhr dreißig?«

Philipp verharrte reglos in seiner Pose der Erstarrung.

»Bitte beantworten Sie meine Frage!«

Als würde er erst jetzt wahrnehmen, dass man mit
ihm sprach, flüsterte Philipp: »Ich habe geschlafen.«

»Geschlafen? Wo?«

»Auf einer Wiese im Wald.«

Bechtold und D'Antoni tauschten verblüffte Blicke
aus.

»Kommt es öfter vor, dass Sie auf einer Wiese im
Wald schlafen?«

Philipp schien den Sarkasmus in D'Antonis Stimme
nicht zu bemerken. »Nein«, erwiderte er ruhig. »Es ist
lange schon nicht mehr vorgekommen.«

Bechtold wurde ungeduldig. »Und natürlich gibt es
niemanden, der Sie dort gesehen hat, richtig?«

Philipp zuckte mit den Schultern. »Wohl kaum. Aber ist das überhaupt wichtig?«

D'Antoni gab ein zorniges Schnauben von sich, doch Bechtold kam ihm zuvor. »Ob wichtig oder nicht, auf alle Fälle scheint hier etwas vollkommen außer Kontrolle zu geraten – und leider stehen *Sie* immer wieder im Mittelpunkt. Das kann kein Zufall sein!«

Er war nun neben Philipp getreten und beugte sich mahnend zu ihm hinunter. »Wenn Sie etwas wissen, ist spätestens jetzt der Zeitpunkt gekommen, um damit herauszurücken!«

Philipp senkte den Kopf. »Für mich ist das Ganze ebenso rätselhaft wie für alle anderen. Jemand scheint es auf mich abgesehen zu haben. Einer, der mein Umfeld zerstören will, um mich selbst zu vernichten. Aber so sehr ich es auch wollte – ich kann keinen Grund erkennen!«

»Niemand fasst einen solchen Plan völlig grundlos!«, brauste D'Antoni auf. »Sie müssen doch zumindest eine Idee haben, wer dahinter stecken könnte. Vielleicht ein betrogener Ehemann? Ein verbitterter Kollege? Irgendein Feind, der noch eine offene Rechnung hat?«

Philipp sah ihn missfällig an. Seine Abneigung gegen D'Antoni hatte sich seit gestern Abend weiter verstärkt.

»Wenn ich etwas wüsste«, gab er kühl zurück, »würde ich es offenbaren. Aber wie gesagt, ich habe nicht die geringste Ahnung, was hier gespielt wird.«

Bechtold richtete sich seufzend auf und trat, Philipp den Rücken zugewandt, an die Front aus milchigen Glasbausteinen, die den Raum an seiner schmalen Seite begrenzte.

»Wir können Sie nicht zwingen, Ihre Gedanken mit uns zu teilen. Sollte sich jedoch später herausstellen, dass Sie die Ermittlungen behindert haben, könnte das höchst unangenehme Konsequenzen haben.«

In Bechtolds Stimme lag ein Anflug von Verdruss. Es war ein letzter, wenig ambitionierter Versuch, Philipp zum Einlenken zu bewegen.

»Ich bin mir über die Folgen im Klaren. Sie können gewiss sein, dass ich nicht die Absicht habe, Ihre Arbeit zu behindern.«

Bechtold nickte knapp. »Wie Sie wollen. Dann wäre es das für den Moment.« Er drehte sich um und bedeutete Philipp mit einer vagen Handbewegung, dass er entlassen sei. »Bitte halten Sie sich weiterhin zu unserer Verfügung. Wir rechnen damit, dass sich in den kommenden Stunden weitere Fragen ergeben.«

Mit einem benommenen Gefühl verließ Philipp das Gebäude und steuerte geistesabwesend seinen Wagen an. Er überlegte kurz, ins Krankenhaus zu fahren, verwarf den Gedanken aber sogleich. Wenn Felix noch nicht bei Bewusstsein war, wäre ein Besuch ohne Sinn.

Als er im Auto saß, schlossen sich seine Augen. Ermattet ließ er den Kopf gegen die Lehne sinken. Die Erkenntnis, dass auf Tanja folgend nun auch beinahe sein bester Freund zum Opfer seines tragischen Dilemmas geworden war, überzog ihn mit einem undeutlichen Gefühl der Scham. Er spürte den Ansatz von Schuld in sich aufsteigen. Aber die Schuld hatte kein Gewicht. Auf seltsame Weise empfand er sie nicht als Bürde. Und so schimmerte durch den fahlen Nebel der Reue die eigentümliche Silhouette der Unabhängigkeit. Einer Unabhängigkeit, die ihn von allen Konventionen loszusprechen schien. Die Philipp das Gefühl gab, nur noch dem eigenen Ich verbunden zu sein.

Es war dasselbe Gefühl, das er am Morgen verspürt hatte. Dieselbe Unbeschwertheit. Und als wollte er dieser Regung eine Brücke bauen, ließ er den Motor an und lenkte den Wagen zurück in den Wald. Zur Quelle aller Fragen, zur Brutstätte aller Antworten. Dorthin, wo sich der Anfang und das Ende all seiner Wünsche verbargen ...

Als Philipp abermals am Schachplatz stand, wurde er von einer sonderbaren Stimmung ergriffen. Einer heimlichen, schüchternen Genugtuung. Beinahe zärtlich strichen seine Augen über das Spielfeld – alles war, wie er erwartet hatte.

Die schwarze Dame hatte erneut ein Opfer gefunden. Diesmal einen der weißen Bauern auf dem Königsflügel. Doch Philipp wusste genau, dass der Angriff in Wahrheit seinem Turm gegolten hatte. Jener letzten mächtigen Figur, die ihm geblieben war. Jener letzten Bastion, die dem König schützend zur Seite stand.

Weil er seinen Plan nicht regelkonform hatte umsetzen können, war der dunkle Rivale auf einen Winkelzug verfallen, der das eigentliche Ziel verschont und den belanglosen Bauern vertilgt hatte.

Auch der Teufel musste sich den Gesetzen fügen, die der heiligen Ordnung im Kleinen wie im Großen zugrunde lagen! Philipp lächelte schwach ob dieser bemerkenswerten Einsicht. Doch sein Lächeln gefror sofort zu Eis, als er den bösen Schatten erkannte, den das jüngste Ereignis geworfen hatte: Die feindliche Dame war durch das Manöver derart weit in seine Hälfte vorgedrungen, dass sie jetzt zugleich seinen Turm und seinen König bedrohte!

Philipp merkte, wie sich seine Kehle zusammenschnürte. Nun also war geschehen, was irgendwann geschehen musste: Das Böse streckte seine todbringende Kralle nach der Krone aus! – Wie ohnmächtig starrte er auf den fatalen Gabelangriff, unfähig zu jeder Regung, weil er wusste, dass die Antworten, die ihm jetzt noch blieben, nutzlos waren.

Nach einigen Minuten des Zauderns trat Philipp an den Rand des Spiels und griff nach seinem König. Die verschlissene Figur kam ihm unendlich schwer vor, und doch war es nicht das Gewicht, sondern der Umstand, dass mit einem Mal jede Kraft aus seinen Fingern gewichen war. Er spürte eine bodenlose Leere in seinem Körper – ein umfassendes Gefühl der Erschöpfung und der Einsamkeit, das sich seiner bemächtigt hatte.

Langsam, um dem Schach zu parieren, schob er den weißen König in den äußersten Winkel des Spielfelds. Schweiß stand auf seiner Stirn. Er ahnte, dass sich der Kampf nun dem Ende näherte. – Die Zeit war gekommen! *Dies irae* – der Tag des Zorns ... Jetzt ging es ums Ganze! Jetzt ging es ums nackte Überleben!

Nach einem letzten Blick auf das Spiel wandte er sich ab und schritt ohne Eile an den Rand der Lichtung. Die endlose Stille, die sich dahinter auftat, wirkte anmutig und verheißungsvoll.

Eine Zeit lang verharrte er, ließ lauschend das holzige Aroma der Wildnis in sich kriechen. Dann, als wäre er von etwas Magischem angezogen worden, setzte er sich in Bewegung.

Die Nachmittagssonne warf lange Lichtlanzen durch die Dächer der Bäume – gleißende Speere, die hier und da aus dem laubüberzogenen Boden ragten. Philipp wich ihnen bedachtsam aus.

Weiter und weiter stieg er hinein in die Flut der Bäume. Je tiefer er drang, desto näher fühlte er sich dem Ursprung. Und desto ferner wähnte er sich den Zwängen seines Schicksals. Doch es war keine Flucht, die er hier antrat. Es war der Einzug in eine Welt, die ihm auf merkwürdige Weise vertraut war.

Mit jedem Schritt, den er vorankam, wich seine Kraftlosigkeit. Der Boden wurde bald buckelig und abschüssig. Durch das knorrige Geäst konnte er jetzt das grünmelierte Grau eines Felsbrockens erkennen. Rau und wuchtig, wie achtlos von Riesen in die Wildnis geworfen.

Philipp blieb stehen und spähte verstohlen zu der halb überwucherten Stelle, die sich wenige Meter vor ihm auftat. Der mächtige Findling hatte die Form eines Quaders, war aber an den Seiten so stark erodiert, dass seine Kanten ineinander zu verschwimmen schienen. Dichte Dornenhecken hatten sich ringsum ausgebreitet, eine mächtige Eiche streckte ihren dicken Ast wie einen schützenden Arm über die Szene. – Ein mystischer Ort, schoss es Philipp durch den Kopf. Verwunschen und verrufen ...

Mit einem Mal erfasste ihn eine eigenartige Unruhe. Er starrte auf die moosbesprenkelte Oberfläche des Steines und spürte, wie sich dahinter eine fremde Dimension öffnete. Ein dunkler Raum, der ein finsteres

Rätsel, ein unausgesprochenes Geheimnis barg ... Sein Gleichmut war auf einmal wie weggefegt, und in dem Vakuum, das dadurch entstanden war, begann eine entsetzliche Ahnung zu wachsen.

Einige Minuten lang stand er verwirrt da, versuchte zu begreifen, was in seinem Hirn vor sich ging. Doch es gelang nicht. Je angestrengter er es versuchte, desto mehr schien sich sein Verstand zu verschließen. Philipp musste erkennen, dass er nicht in der Lage war, seiner Irritation Herr zu werden, und gleichzeitig besaß er nicht den Mut, ihr weiter auf den Grund zu gehen.

Zaghaft wandte er sich ab – als er mit einem Mal die Angst spürte. Er spürte sie in seinem Nacken wie einen eisigen Windstoß, fühlte sie wie einen stechenden, hasserfüllten Blick auf seinem Hinterkopf. Ein böser, gestaltloser Dämon, der ihm alle Kraft raubte.

Wie erstarrt hielt er inne. Ihm war, als sei der Wald urplötzlich zu einer wunderlichen Kulisse mutiert, die nur für ihn erschaffen worden war. Als hätte jeder Stamm um ihn herum, jeder Zweig, der über ihm hing, und jedes tote Blatt unter seinen Füßen die ganze Zeit auf nichts anderes gewartet.

Und in diesem Augenblick wurde ihm bewusst, dass er hier draußen nicht alleine war.

⌘

Törichter Narr!

Schau dich an, wie du im letzten Winkel der Welt herumstolperst! Schwankend und würdelos. Unfähig, den Weg zu gehen, den du selbst gewählt hast. Unfähig, die Zeichen zu deuten, die sich längst wie Brandmale auf dein Gewissen gelegt haben!

Du bist dem Geheimnis dicht auf den Fersen! Viel dichter als du glaubst! Bist seiner Spur gefolgt, einem Tier gleich, das von seinen Instinkten gelenkt wird und dennoch keine Ahnung hat, wie ihm geschieht. Dabei war die Lösung stets so nah! So nah wie dein eigener Schatten, so nah wie dein eigener Atem – dein eigener Herzschlag!

Aber du bist blind und taub gewesen! Blind für das Augenfällige, taub für das Selbstverständliche. Wolltest vermeiden, was unvermeidbar, verbiegen, was längst schon verbogen war. Wie ein seelenloser Fisch bist du umhergeirrt. Hast dich treiben lassen im gefälligen Strom der Gegenwart, ohne zu erkennen, dass er dich immer weiter dem vernichtenden Strudel der Täuschung entgegen spült.

Und trotz allem hättest du den Kampf gewinnen können! – Oh ja! Du hättest ihn zu jeder Zeit für dich entscheiden, das Spiel in jeder Phase wenden können. Wenn du nur mutiger gewesen wärst. Wenn du nur auf deine Wünsche gehört hättest ...

Nun ist es zu spät. Das Schicksal bietet dir kein Remis an! Seine Früchte lagen in deiner Hand, du aber hast sie mit ausgestrecktem Arm verdorren lassen. Und so wie die Früchte vergangen sind, sind deine Chancen vergeben. Verblüht. Zerfallen wie ein altes Gemäuer, das seine Herrschaft nie erblickt hat.

Irgendwann kommt einem das Glück abhanden, wenn man keinen Gebrauch von ihm macht. Und Herausforderungen wandeln sich in Angst, wenn man ihnen dauernd aus dem Weg geht. Die Angst aber beginnt dich zu verfolgen, stiehlt sich langsam an dich heran, umgarnt dich bald wie ein feines Netz und zwängt dich schließlich in das traurige, steife Kleid der Machtlosigkeit.

Bis die Angst vollends die Kontrolle über dich gewinnt. Bis sie dich zu ihrer Marionette werden lässt. Zu ihrem Spielstein, der von einer Ecke in die andere geschoben wird. Willenlos. Mutlos. Unfähig, der eigenen Existenz gerecht zu werden.

Von da an gehörst du der Angst! Von da an entscheidet sie über alles, was du tust, was du denkst und fühlst, warst und bist ... Die Angst allein weiß, was werden wird. Sie allein kennt den nächsten Zug, der dir beschieden ist ...

Und das ist der Moment, in dem du das Spiel für immer verloren hast!

27.

Langsam begann das tonnenschwere Gewicht der Dunkelheit zu schwinden. Die abgründige Tiefe schien sich mit einem Mal emporheben zu wollen. Hinaus aus der grauen Leere, gierig nach dem süßen Duft des Morgens, der verheißungsvoll an der Oberfläche lag.

Als Felix aus den Fluten auftauchte, waren seine Augen für einen Moment von dem verschwommenen Licht geblendet. Die schwankenden Wogen, die ihn auf und nieder hoben, spürte er wie stumpfe Steine in seinem Kopf rollen. Aber es war keine Sonne, sondern die milchige Deckenlampe, die kaum zwei Meter über ihm strahlte. Und das, was ihn trug, war keine schäumende Gischt, sondern das weiße Laken des Krankenhausbettes, in das man den Bewusstlosen nach Versorgung seiner Wunden verbracht hatte.

Eine Weile lag er reglos da und versuchte den Schwindel in seinem Schädel zu bändigen. Zusammenhanglose Bilder und Gedanken stürmten auf ihn. – Der Schuppen ... der Schatten ... die Fratze mit dem Schnabel ... – Je mehr Fetzen hängen blieben, desto erkennbarer fügte sich das verstörende Ganze.

Mit einem jähen Ruck schnellte er in die Höhe. Der Raum, in dem er sich befand, war verlassen und wies die typische Tristesse eines Klinikzimmers auf. Hinter der halb geschlossenen Jalousie kroch schütteres Abendlicht herein. Felix spürte einen heftigen Schmerz in seinem linken Oberarm, doch ihm war bereits klar, dass er hierauf keine Rücksicht nehmen konnte. Das, was noch vor Kurzem in dichten Nebel getaucht war, stand nun in bestürzender Deutlichkeit vor seinen Augen. – Er musste umgehend handeln! Und er verdammte sich dafür, dass er die Wahrheit nicht früher erkannt hatte!

Hastig blickte er sich um. In einer Nische neben der Tür erspähte er seine Schuhe, seine Jeans und sein lädiertes T-Shirt, das eine Reihe rostbrauner Flecken aufwies; sofort machte sich die Erinnerung mit einem Beißen in seiner Wunde bemerkbar.

Stöhnend stieg er aus dem Bett und schleppte sich zu seinen Sachen. Glücklicherweise steckte das Handy noch in der Hosentasche. Mit zitternden Fingern wählte Felix die Nummer der Polizei, um sich mobil mit Hauptkommissar Bechtold verbinden zu lassen. Es dauerte eine gefühlte Ewigkeit, bis dieser sich meldete.

»Hier spricht Felix Burjahn«, rief er und sah sich sogleich einem Trommelfeuer aus Fragen ausgesetzt. »Ja, seit ein paar Minuten ... Nein, noch im Krankenhaus ...« Der Anruf schien Bechtold in helle Aufregung zu versetzen. »Aber hören Sie mir doch endlich zu, Sie müssen auf der Stelle herkommen! Ich glaube, ich weiß jetzt, wie alles zusammenhängt! Und wenn ich recht habe, dürfen wir keine Sekunde verlieren!«

Bechtold startete einen weiteren Versuch, doch Felix war zu keiner Erklärung bereit. Für ihn stand fest, was zu tun war. Hierüber brauchte nicht diskutiert zu werden.

Nachdem er aufgelegt hatte, begann er sich fieberhaft anzuziehen. Die Schmerzen waren ihm inzwischen gleichgültig. Seine Omega zeigte Viertel nach neun, er musste viele Stunden bewusstlos gewesen sein. Bechtold hatte versprochen, sofort in die Klinik zu kommen.

Während Felix die Krankenkleidung gegen seine alten Sachen tauschte, streiften seine Augen den kleinen Spiegel neben der Tür. Ein unmerkliches Zucken durchfuhr ihn, als er das Abbild seiner selbst erblickte. Der linke Oberarm war mit einem dicken Verband umhüllt, das Gesicht schien kreideweiß und am Kopf prangte eine breite Bandage, die seine Haare zu einem zwirbeligen Wirrwarr toupierte. – Ein entgeisterter Lazarus, kam es Felix in den Sinn. Dem Tod entrissen, damit er nachholen kann, was er bis zuletzt versäumt hat!

Warum hatte er nur so lange die Augen verschlossen? Die Zeichen waren allenthalben sichtbar gewesen, und dennoch war er dem Teufel auf den Leim gegangen!

Jetzt lag es an ihm, das Unheil aufzuhalten! Und die Folgen seiner Dummheit nicht noch verheerender werden zu lassen.

Eine Viertelstunde später traf Bechtold mit seinem Dienstwagen ein. Felix erwartete ihn draußen vor dem Hauptportal. Seine Unruhe hatte sich mittlerweile in glühende Ungeduld verwandelt.

»Ich weiß nicht, ob ich es verantworten kann, Sie in diesem Zustand aus der Klinik zu lassen«, raunte Bechtold, als sich Felix energisch auf den Beifahrersitz schwang.

»Unsinn! Ich kann selbst auf mich aufpassen. Fahren Sie los, wir dürfen keine Zeit verlieren!«

Felix' Entschlossenheit zeigte Wirkung. Bechtold runzelte die Stirn, ließ sich dann jedoch ohne Widerspruch navigieren.

Schon wenige Minuten später hielten sie vor Philipps Haus. Der Tag hatte sich inzwischen verzogen, die hereinbrechende Dämmerung überspannte das Areal mit ihren farblosen Fäden. Felix stieg hastig über das Absperrband und stand kurz darauf vor der Eingangstür, an der man deutlich erkennbar eine weiße Amtsmarke angebracht hatte.

Eine Weile betrachtete er das unversehrte Siegel. Auf sein Gesicht hatte sich ein nachdenklicher Ausdruck geschlichen. Irgendetwas in ihm versuchte fieberhaft, die unsichtbaren Rädchen ineinanderzufügen, die sich wie von Geisterhand in Bewegung gesetzt hatten.

Bechtold beobachtete ihn neugierig. Bislang hatte ihm Felix den Grund für seine plötzliche Besorgnis nicht verraten.

»Warten Sie noch einen Augenblick«, murmelte dieser und machte sich kurzerhand auf den Weg zum hinteren Teil des Gebäudes.

Ein schmaler Pfad aus Steinplatten führte in den Garten. Felix näherte sich über den Rasen. Das Haus war unbeleuchtet, und das matte Grau der anrückenden Nacht hatte die Terrassenfenster in halbtransparente Spiegel verwandelt. Felix pirschte sich eng an die Scheibe, um einen Blick ins Innere zu erhaschen.

Doch im Wohnzimmer gab es nichts zu entdecken. Der Raum wirkte, als wären seine Bewohner nur kurz ausgegangen. Ein belangloser, alltäglicher Anblick, so wie er ihn von früheren Besuchen kannte. Und doch kam er Felix heute anders vor. Eine merkwürdige

Fremdheit hatte sich über die Szene gelegt. Als hätte sich das, was er sah, auf sonderbare Weise in sich verkehrt.

Hastig wandte er sich ab und rannte zurück zur Straße. »Hier ist er nicht. Aber ich weiß, wo er sein könnte. Wir müssen ihn finden – koste es, was es wolle!«

Bechtold startete den Wagen. Eine kurze Anweisung von Felix und schon preschten sie die steile Hangstraße hinauf, die in den Wald führte.

»Wollen Sie mir nicht sagen, was Sie umtreibt?« Bechtolds Frage klang weder vorwurfsvoll noch fordernd.

Doch Felix wand seufzend den Kopf. »Das Ganze ist zu kompliziert, um es auf die Schnelle zu erklären. Nur so viel: Die unheimlichen Morde haben alle eine Gemeinsamkeit. Eine Gemeinsamkeit, die verrückt scheint, deren Ursprung sich aber ganz in unserer Nähe befindet.« Er deutete mit dem Finger nach draußen. »Der Wald dort hinten hütet ein dunkles Geheimnis. Eine grausame Wahrheit, deren Ausmaß jede Vorstellung sprengt. Als ich zum ersten Mal davon erfuhr, dachte ich mir nichts dabei. Alles klang wie ein Kinderstreich. – Schon damals hätte ich das Böse riechen müssen! Es stank wie ein verfaulter Kadaver. Aber ich habe es ignoriert. Vielleicht, weil mein Hunger nach Normalität zu groß war? – Ich weiß es nicht ... Aber ich weiß, dass das Böse noch nicht am Ende ist! Der allerletzte, der finale Schlag steht noch aus! Wenn es uns gelingt, vorher einzugreifen, könnten wir dem Teufel wenigstens auf der Zielgeraden ein Schnippchen schlagen!«

Bechtold nickte ernst. »Und Sie glauben, Ihr Freund ist irgendwo dort draußen unterwegs, um dem Bösen die Stirn zu bieten? Fahren wir deshalb in den Wald?«

Felix zögerte. »Ich habe die Zusammenhänge zu spät erkannt«, murmelte er. »Und ich habe viel zu spät begriffen, wie tief Philipp in die Sache verstrickt ist.«

»Uns interessiert schon seit geraumer Zeit, welche Rolle er in diesem Drama spielt.«

Felix zuckte vage mit den Schultern, sagte aber nichts.

Mittlerweile hatten sie den kleinen Waldabschnitt durchquert, der dem Parkplatz vorgelagert war. Bechtold warf einen fragenden Blick auf seinen Begleiter.

»Nicht anhalten! Fahren Sie weiter!«

Bechtold hob die Augenbrauen, behielt seine Gedanken aber für sich. Obwohl der BMW für das unwegsame Gelände wenig geeignet war, gelang es dem Hauptkommissar, den Wagen halbwegs in der Spur zu halten. Mittlerweile war die Nacht hereingebrochen, doch der satte Vollmond, der sein helles Licht wie ein riesiger Scheinwerfer über ihnen ausspie, verwandelte die Wildnis in eine eigentümlich geisterhafte Kulisse.

Nach etwa zwei Kilometern erreichten sie die Weggabelung, an der sie – auf Felix' Befehl hin – nach links abbogen. Der Wald begann hier unversehens dichter und dunkler zu werden. Dann drang der Mond mit einem Mal wieder durch die Wipfel, ringsherum lichteten sich die Baumreihen. – Vor ihnen tat sich der alte Festplatz auf.

»Da!« Felix hatte den Cayenne erspäht, der am Rand der Wiese unter hohen Tannen abgestellt war. »Sein Wagen! Hab ich's mir doch gedacht!«

Bechtold stoppte und beide sprangen fast gleichzeitig aus dem Auto.

»Hier entlang!« Felix war bereits in das anrainende Waldstück gestiegen und schob sich energisch an Buschwerk und Baumstämmen vorbei. Hauptkommissar Bechtold folgte ihm mit verdutztem Gesichtsausdruck.

Nach einigen Metern hatten sie die Lichtung mit dem Spiel erreicht.

»Verdammt! Ich hätte schwören können, ihn hier zu finden!« Felix ballte die Fäuste, als wollte er sich selbst einen Schlag verpassen.

Währenddessen war Bechtold an den Rand des Schachfelds getreten. Mit Erstaunen beäugte er die Figuren, die unter dem hellen Schein des Vollmonds wie Darsteller einer bizarren Inszenierung wirkten. »Merkwürdig. Was hat es damit auf sich?«

Doch Felix antwortete nicht. Verdrossen starrte er auf das Häuflein Spielsteine. »Mein Gott«, entfuhr es ihm plötzlich. Sein Gesicht hatte von einer Sekunde auf die nächste alle Konturen verloren. Das, was er sah, spülte jeden Funken Hoffnung aus seinem Verstand: Der weiße König lag umgestoßen in der Ecke des Spiels. Geschlagen, vernichtet – wie ein gefallener Krieger.

Bechtold, der seinem Blick gefolgt war, rieb sich nachdenklich die Nase. »Ziemlich eindeutig«, raunte er. »Weiß ist schachmatt. Wer auch immer diese Partie gespielt hat, sie ist zu Ende.«

»Schachmatt«, wiederholte Felix flüsternd. Das Wort prangte wie ein Brandmal in seinem Hirn. – Für einige Augenblicke herrschte unschlüssiges Schweigen. Dann fuhr Felix herum und begann, den Rand der Lichtung abzuschreiten. »Zum Teufel! Irgendwo muss er doch stecken!«

»Warum sind Sie so sicher, dass er hier ist?«

Felix schüttelte den Kopf. Für ihn war klar, dass sich Philipp in der Nähe des Spiels aufhalten musste. Warum sonst sollte er in den Wald gefahren sein?

Plötzlich blieb er stehen und schlug sich mit der Hand gegen die Stirn. »Aber natürlich!«

Durch seinen Einfall mit neuer Hoffnung ausgestattet, tauchte er in das Dickicht ein. Intuitiv stieg er durch das Unterholz, vorbei an grauen Schemen aus Bäumen und Sträuchern, die schon die Tönung der tieferen Wildnis vorwegnahmen. Bechtold hatte Mühe, Schritt zu halten.

Als sie schließlich vor dem alten Hochsitz zum Stehen kamen, schien es, als hätte sich Felix' Ahnung zu kalter Gewissheit erhärtet.

»Warten Sie hier!«, rief er mit bebender Stimme und hatte bereits die Stufen der steilen Steige erklommen, die zu dem Bretterverschlag führte.

Oben angekommen, machte sich Felix eilig daran, die schmale Luke zu öffnen. Doch zu seiner Verblüffung ließ sie sich keinen Millimeter bewegen.

»*Verdammt!*«

»Was ist?«

Felix schenkte Bechtold keine Beachtung. Heftig an den Holzbalken rüttelnd, versuchte er sich Zugang zu dem Ort zu verschaffen, der Philipp und ihm jüngst noch als nächtliches Versteck gedient hatte.

Endlich gab die Tür nach und schlug krachend gegen die grobe Plankenwand. Mit einem Satz war Felix ins Innere gelangt.

Das Nächste, was Bechtold wahrnahm, war ein Bündel Verwünschungen, die wie ungeschliffene Körner zu ihm herabfielen. Kurz darauf sah er Felix schwankend an die Brüstung treten. In seiner linken Hand hielt er einen Rucksack aus Segeltuch, in der rechten ein langes Blockmesser.

Für einen Augenblick herrschte fassungsloses Schweigen. – Bechtold war der Erste, der sich wieder fing.

»Sie hätten die Sachen nicht anrühren dürfen! Legen Sie sie sofort zurück und kommen Sie hinunter!«

Doch Felix schien gar keine Notiz von ihm zu nehmen. Entgeistert war sein Blick auf das Messer geheftet, das wie die Monstranz des Bösen in seiner Hand lag. – Dies war die Waffe, der er hätte zum Opfer fallen sollen! Hier oben also hatte er sie versteckt!

»Haben Sie mich verstanden?«

Bechtold war jetzt entschlossen, die Kontrolle zu übernehmen. Doch gerade als er die Leiter besteigen wollte, ließ ihn ein unheimliches Geräusch innehalten. Ein leises, ächzendes Keuchen aus der Tiefe des Waldes, das kaum menschlich klang. Wie gebannt starrten vier Augen in die Richtung, aus der der seltsame Laut gekommen war.

»Was war das?«, flüsterte Felix.

In derselben Sekunde wiederholte sich das Geräusch. Diesmal lauter und deutlicher. Eine Art Krächzen, beklemmend, beinahe klagend.

Hals über Kopf warf Felix den Fund zurück in den Verschlag und kletterte nach unten.

»Dort entlang!«, schrie er, um gleich darauf loszulaufen. Wenn er jetzt noch irgendetwas ausrichten wollte, musste er den Ursprung der geheimnisvollen Laute aufspüren!

Bechtold kam ihm fluchend hinterher.

Je weiter sie vordrangen, desto beschwerlicher wurde es. Der Wald schien jetzt auf seltsame Weise verknäult zu sein. Bäume, Äste und Wurzeln wuchsen zu undurchlässigen Hindernissen. Felix war, als hätte sich alles um sie herum mit einem Mal zu einem großen Ganzen verbunden.

Nach etwa fünfzig Metern fiel das Gelände plötzlich schroff ab. Felix registrierte noch, wie Bechtold auf dem Laubteppich ausrutschte, dann war der Polizist aus seinem Sichtfeld verschwunden. Ungeduldig preschte Felix in die Richtung, von der er gar nicht mehr sicher war, dass sie ihn zum erstrebten Ziel führte.

Doch als er am Fuß der Senke angelangt war, kehrten die gespenstischen Töne unversehens zurück. Nun ganz in der Nähe ... Felix blieb stehen und ließ seinen Blick über die Umgebung streifen, die durch die silbrigen Strahlen des Vollmonds eigentümlich illuminiert war. Im Hintergrund hatten Büsche eine Schneise umschlossen, deren Saum von einer mächtigen Eiche überragt wurde. Durch das Blattwerk zeichneten sich die Umrisse eines Felsblocks ab. Die Geräusche kamen genau von dort!

Felix stürzte an den Rand des Gestrüpps, um sich mit den Händen freie Sicht zu verschaffen. Als es ihm gelungen war, gefror ihm das Blut in den Adern. – Wie betäubt starrte er auf den grauen Stein:

Auf der Kante des Felsens stand eine Gestalt. Der Umhang und die schaurige Maske mit dem Schnabel waren Felix auf beklemmende Weise vertraut. Es war der Vogelmensch, der ihn noch heute Morgen beinahe niedergestreckt hatte! Doch schien es jetzt, als wäre die Kreatur selbst von irgendeiner Macht überwältigt worden. Die Arme formten ein entstelltes Kreuz vor der Brust und wirkten dadurch seltsam verkrampft, so als würden sie sich verzweifelt aus einem Zwang befreien wollen. Beide Hände umklammerten etwas, das den Hals der Bestie umschlungen hatte.

Als Felix erkannte, was es war, stieß er einen entsetzten Laut aus: Um den Nacken lag ein Seil, dessen Ende straff mit dem Ast verknotet war, der sich über der Lichtung ausbreitete. Teils an dem Strang hängend, teils auf die Fußspitzen gestützt, schien der Körper halb über dem Steinblock zu schweben. Schwankend, wippend – als hätte ihn der Teufel zum Tanz gebeten!

In diesem Moment setzten die Geräusche wieder ein. Reflexe der Strangulation, verursacht durch den Strick, der die Kehle des Wesens wie der Griff einer Würgeschlange band. – Unwillkürlich machte Felix einen Schritt auf den Felsen zu, als ihn eine plötzliche Gebärde der gemarterten Gestalt innehalten ließ.

»Nicht – weiter!«

Die Worte klangen dumpf und verzerrt – ein gequältes Krächzen hinter der makabren Vermummung.

Felix gehorchte, ohne zu verstehen. Stattdessen sah er jetzt, wie sich eine Hand von dem Seil löste und die Maske langsam über die Stirn zu schieben begann. Es dauerte nur Sekunden, kam Felix aber wie eine Ewigkeit vor. Und als wollte er dem Aufschub Tribut zollen, verschwand der Mond in diesem Augenblick hinter einer mächtigen, dunklen Wolke.

Felix hielt den Atem an. – Der Satan hatte sich seiner Larve entledigt, und doch war er unfähig, das Angesicht des Bösen mit eigenen Augen zu sehen.

Er spürte sein Herz wie einen Hammer schlagen. Dann endlich brach der Mond wieder aus der Wolke hervor, um das Gesicht auf dem Felsen mit gespenstischer Klarheit zu bescheinen. Und in dieser Sekunde fügten sich alle Trümmer in Felix' Hirn zu einer einzigen, brennenden Erkenntnis. Zu einer furchtbaren Gewissheit, die sich wie ein tonnenschweres Gewicht auf ihn wälzte.

Entsetzt schaute Felix in das schmerzverzerrte Antlitz, das einst seinem Freund gehört hatte und das nun so grausam entstellt war. Philipp blickte ihn aus gebrochenen Augen an. Kraftlos und flehend, als wollte er ihn um eine letzte, traurige Gnade bitten.

»*Hilfe*«, stieß er tonlos hervor. Über seine bleichen Wangen liefen Tränen.

Doch Felix war zu keiner Regung fähig. Wie gelähmt stand er da und fixierte das Geschehen, dessen Unwirklichkeit ihn ganz und gar fassungslos machte.

Jetzt ging das Flehen jäh in ein röchelndes Stöhnen über. Der aufgeknüpfte Leib begann sich auf den Zehenspitzen zu drehen, abermals die Vogelfratze preisgebend, die nun grotesk verkehrt auf dem Hinterkopf saß. Dann war erneut Philipps gequälte Miene zu sehen, um Sekunden später wieder von der Schauermaske abgelöst zu werden. – Ein aberwitziges Karussell, bei dem sich die beiden Gesichter um die Vorherrschaft zu streiten schienen.

Felix empfand eine unendliche Schwere in sich wuchern. Ein Teil von ihm wollte nichts von dem glauben, was er sah. Doch ein anderer hatte sich längst der grausamen Wahrheit gebeugt. Einer Wahrheit, die finsterer war als alles, was er je für möglich gehalten hatte. Und die dennoch auf zynische Weise alles erhellte, was bisher im Dunkeln gelegen hatte.

Lautes Rascheln hinter seinem Rücken riss ihn aus seinen Gedanken.

»Nicht von der Stelle rühren!«

Die harte Stimme schallte in Richtung des Felsblocks, auf dem Philipps Körper seine bizarren Pirouetten drehte.

Felix fuhr heftig zusammen. Bechtold war unversehens neben ihm aufgetaucht und fuchtelte drohend mit seiner Pistole in der Luft herum.

»Warten Sie!« Felix wollte ihn zurückhalten, aber Bechtold war schon losgelaufen.

In derselben Sekunde musste Felix mitansehen, wie Philipp die Hände von dem Strick nahm und sich unvermittelt über die Kante des Felsens warf. Der Blick, der dabei aus seinen Augen stach, hatte nichts Menschliches an sich. Es war der Blick des Wahnsinns, der gnadenlos und unwiederbringlich Besitz von ihm ergriffen hatte.

»Nein!« – Doch Felix' Ruf erstarb in der Tiefe des Waldes.

Bechtold war stehengeblieben und fuhr sich bestürzt durch die Haare. – Felix presste die Lippen zusammen, um den Ausfluss des Entsetzens zurückzuhalten. – Beide starrten wie betäubt auf den schlaffen Körper, der leblos an seinem schaurigen Galgen baumelte.

Bleierne Stille lag über der Szene, der Herzschlag des Waldes hatte ausgesetzt. – Die Stille der Vollendung, dachte Felix. Diese würdevolle Stille, der nichts hinzuzufügen ist, die alles andere überlebt.

Schachmatt, hallte es in seinem Kopf.

Und in diesem Moment ahnte er, dass es niemals anders hätte kommen können. Dass dies das einzig mögliche Ende war. Und dass Philipps verzweifelter Versuch, das Spiel als Sieger zu beschließen, ebenso töricht sein musste wie die Hoffnung, dadurch der Herrschaft des Wahnsinns entkommen zu können.

Eines Wahnsinns, der ihm immer dicht auf den Fersen gewesen war.

Und der ihn zum Schluss wie ein großer, unbarmherziger Rachen verschlungen hatte.

Epilog

Das Polizeipräsidium von Bad Grünau war in einem ehemaligen Kasernenkomplex untergebracht. Ein wuchtiger Zweckbau, der amtliche Strenge und zugleich etwas liebenswert Überkommenes ausstrahlte.

Felix Burjahn saß in dem nüchternen Konferenzraum und trommelte nervös mit den Fingern auf der Tischplatte. Draußen hatte ein trister Spätsommerregen eingesetzt, der Stadt und Land mit grauer Trostlosigkeit überzog.

Er war rund zwanzig Minuten zu früh erschienen, aber seine Unruhe hatte ihm stärker zugesetzt als erwartet. Die Hoffnung, das, was geschehen war, mit dem heutigen Tag endlich hinter sich zu lassen, lockte ihn wie der ersehnte Schluck Wasser nach einer langen, qualvollen Durststrecke.

Die bevorstehende Besprechung sollte die letzte einer Reihe von Sitzungen werden, an denen er in den vergangenen Wochen in unregelmäßigen Abständen teilgenommen hatte. Inzwischen war seine Anwesenheit hier keine Besonderheit mehr, und doch empfand er noch immer ein leises Gefühl des Unbehagens, wenn er das schmucklose Eingangsportal durchschritt, um über lange Flure und Treppen in den Gebäudetrakt der Kriminalpolizei zu gelangen.

Deren Ermittlungen waren nun weitgehend abgeschlossen. Teil für Teil hatte sich das Puzzle zu einem bestürzenden Ganzen gefügt. Zu einem Bild des Grauens, das der Wahnsinn auf die Leinwand einer beschaulichen Kleinstadt gemalt hatte.

So gut wie sicher stand fest, dass allein Philipp Wendelstein für die mysteriöse Mordserie verantwortlich zeichnete. Niemand anders als Philipp selbst konnte hinter den Verbrechen stecken, die er stets im Kleinen auf dem Schachfeld antizipiert hatte, bevor sie von ihm im Großen vollendet worden waren. Die Schachpartie diente ihm dabei als Projektionsfläche. Dass er sie die ganze Zeit gegen sich selbst spielte, musste auf einer tiefen Persönlichkeitsspaltung beruhen, die ihn wieder und wieder zwischen den beiden Polen seines Ichs umherirren ließ.

Zum Schluss umfasste die traurige Liste seiner Machenschaften sechs Menschenleben – einschließlich seines eigenen, dem er in einem letzten Ausbruch geistiger Umnachtung ein Ende gesetzt hatte.

Mit Siegfried Harth, Viola Neureuter und seiner Freundin Tanja waren drei Personen des intimsten Umfelds zu Opfern geworden. Die Beweggründe für diese Morde mochten sich unterscheiden, allen gemeinsam war jedoch die verstörende Brutalität, mit der Philipp – oder der Teil von ihm, der dabei Besitz von ihm ergriffen hatte – vorgegangen war.

Warum ausgerechnet Viola ins Fadenkreuz des Irrsinns geraten musste, war Felix anfangs schleierhaft gewesen. Die Psychologen vertraten die These, dass Philipps dunkle Seite womöglich aus Angst vor einer Entscheidung gehandelt haben mochte. Einer Entscheidung, die Altbewährtes gegen die Unwägbarkeiten eines Neuanfangs getauscht hätte. Doch das war reine Spekulation und spielte heute auch keine Rolle mehr.

Was Dr. Arnold betraf, so konnte ebenfalls nur gemutmaßt werden, aber irgendwie schien er für Philipp zu einem Störfaktor geworden zu sein – was diesem genügt hatte, um auch den alten Arzt auf grausame Weise hinzurichten.

Blieb noch Walter Dreyfus. Seine Leiche war wenige Tage nach Philipps Selbstmord gefunden worden; in einem flachen, hastig aus dem Waldboden ausgehobenen Grab, unweit des alten Festplatzes. Wann Philipp ihn getötet hatte, konnte nicht mehr genau ermittelt werden. Vermutlich kurze Zeit nach dem Mord an Tanjas Vater und gewiss vor dem langen Regenwochenende, das seine Spuren hinterlassen hatte.

Wenn man die Schachpartie heranzog, die Felix mit Mühe aus Philipps Erzählungen rekonstruiert hatte, war Walter womöglich, ohne es zu ahnen, zu seinem eigenen Henker geworden. Hatte sich Philipp nicht lauthals über Walters Eigenmächtigkeit empört? – Mit seiner ungestümen Intervention hatte Walter dem Spiel eine Wendung verliehen, die ihn schließlich selbst zur Zielscheibe des Bösen werden ließ.

Felix überkam noch immer ein kalter Schauder, wenn er daran dachte, wie nah er selbst diesem Schicksal gekommen war. Auch er hatte sich dem teuflischen Plan preisgegeben, als er, ohne es zu wissen, in das Kostüm des Mörders geschlüpft war, um seinen bizarren Auftritt auf dem Burgparkplatz hinzulegen. Doch im Gegensatz zu Walter, der unaufgefordert in den Lauf der Dinge eingegriffen hatte, war Felix von Philipp hierzu angestiftet worden. Ein entscheidender Unterschied, der Felix – zunächst jedenfalls – vor Ungunst bewahrt und zum nützlichen Helfer des Wahnsinns gemacht hatte.

Bechtolds harsche Zurechtweisung wegen dieses Vorfalls klang Felix noch im Ohr. – »Sie haben uns einen Haufen nutzloser Arbeit beschert! Die Polizei in die Irre zu führen ist ein schwerwiegendes Vergehen, besonders in der heiklen Ermittlungslage, in der wir uns damals befanden!«

Dabei hatte er es doch nur getan, um Schlimmeres zu verhindern! Tanja den Personenschutz zu verweigern, mochte für die Polizei damals ohne Alternative gewesen sein. Philipps panische Sorge um das Leben seiner Freundin hatte jedoch nicht weniger überzeugend geklungen. Und also waren sie auf einen gemeinsamen Plan verfallen, der die verfahrene Lage ebenso einfach wie effektvoll lösen sollte: Ein inszenierter Angriff, um der Polizei eine Gefahr vorzuspiegeln, die nach Philipps Darstellung schon längst Realität war.

Heute war sich Felix nicht mehr sicher, ob der Plan wirklich ein *gemeinsamer* gewesen war. Vielleicht hatte ihn Philipp auch bloß geschickt überredet. Aber das konnte keine Entschuldigung sein. Felix hatte sich allzu leichtfertig auf das Gaukelspiel eingelassen, war zum Komplizen einer morbiden Idee geworden, deren Glaubwürdigkeit er insgeheim immer angezweifelt hatte.

Zum Glück hatte man es dabei bewenden lassen. (Ebenso wie man das getürkte Alibi für die Nacht, in der Tanja ermordet wurde, nicht weiter vertieft hatte.) Angesichts Felix' Mitwirkung bei der Aufklärung wurde auf eine Verfolgung seiner Unterstützungstaten verzichtet. Das diesbezügliche Ermittlungsverfahren war geräuschlos eingestellt worden, weitere Konsequenzen waren nicht zu befürchten. – Doch über allem blieb ein Schatten stehen: Sein Vertrauen war auf schändliche Weise missbraucht worden! Philipp hatte ihre Freundschaft zum Spielball der Täuschung gemacht, ohne jeden Skrupel und ohne Rücksicht auf eine jahrzehntelange Verbundenheit, von der Felix stets geglaubt hatte, sie würde auf Ehrlichkeit und Wahrheit fußen.

Rückblickend war diese Erkenntnis vielleicht das Erschütterndste an der ganzen Sache. Aber war es wirklich Täuschung gewesen? Auch in diesem Punkt war sich Felix heute nicht mehr sicher. Wahrscheinlich hatte der Philipp, der sein Vertrauter gewesen war, stets selbst an seine Geschichte geglaubt, war selbst zum Objekt des Blendwerks geworden, das der andere – der schwarze – Philipp gezündet hatte.

Konnte er dem Freund überhaupt einen Vorwurf machen? – Der feste Glaube an die Existenz eines verborgenen Gegners, die Überzeugung von der Unausweichlichkeit seines Schicksals, ja sogar die fixe Idee, der seltsame Förstersohn könnte etwas mit dem Spiel zu tun haben – war all das nicht ein sicheres Zeichen für einen gigantischen Selbstbetrug, dem Philipp zum Opfer gefallen war?

Die Spaltung seiner Persönlichkeit musste derart fortgeschrittene Formen angenommen haben, dass sie Philipp von einer Sekunde auf die nächste in einen anderen Menschen verwandeln konnte. Und auch wenn sich immer nur eines von beiden nach außen zeigen mochte, so waren seine zwei Gesichter doch fortwährend zugegen gewesen. Zwei Hälften eines schrecklichen Ganzen, die unvermittelt zwischen Licht und Schatten, zwischen Sinn und Irrsinn schwankten.

Dass er Felix für ihr Täuschungsmanöver bei der Burg ausgerechnet das verhängnisvolle Vogelkostüm in die Hand gedrückt hatte, machte deutlich, wie schmal der Grat zwischen Philipps beiden Welten war. Damals war Felix nicht bewusst gewesen, was es mit der eigenartigen Maskerade auf sich hatte. (Eine lohnende Requisite, hatte Philipp gemeint, um der Szene die gebührende Dramatik zu verleihen.) Erst als Felix sie später an seinem Angreifer im Schuppen wiedererkannte, war ihm klar geworden, dass sich Philipps Anteil an diesem Schauerstück nicht in der Rolle des Opfers erschöpfen konnte. Die Bedeutung der Kostümierung konnte nur kennen, wer selbst seine Hand im Spiel hatte.

Um ein Haar hätte Felix diese späte Einsicht mit ins Grab genommen!

Bei dem Gedanken daran, wie knapp er dem Tod von der Schippe gesprungen war, musste er unwillkürlich den Kopf schütteln. Die Wolken des Wahnsinns hatten Philipp so eng umschlungen, dass ihm die Unterscheidung zwischen Freund und Feind nicht mehr möglich war, selbst wenn er es bisweilen verzweifelt versucht haben mochte.

Jetzt, da man den Grund zu kennen glaubte, würde es vielleicht einfacher sein, die Muster seines Handelns zu begreifen. – Beim Studium der alten Akten war man auf eine Geschichte gestoßen, die man Felix bislang nur in Bruchstücken mitgeteilt hatte. Ein kurzer Anruf von

Dr. Lamby und Bechtolds vage Andeutungen bei ihrem letzten Treffen waren die einzigen Anhaltspunkte, über die er verfügte. Aber sie hatten ausgereicht, um noch einmal sein Interesse zu wecken.

Heute sollte er Details erfahren.

Felix war sich nicht völlig im Klaren darüber, warum man ihn überhaupt so eng in die Ermittlungen einband. Vielleicht tat man es aus Respekt – als Erkenntlichkeit für seine Mithilfe bei der Aufarbeitung –, vielleicht aber auch einfach, weil er bis ganz zum Schluss Einblick in Philipps verquere Innenwelt nehmen konnte. Ein Umstand, der ihm beinahe das Leben gekostet hatte! Dass er die Messerattacke im Geräteschuppen überlebt hatte, grenzte an ein Wunder. Wenn Philipp seinen abscheulichen Plan vollendet hätte, wäre die Geschichte gewiss anders ausgegangen – und die Polizei hätte die Zusammenhänge womöglich nie vollständig aufdecken können.

In diesem Moment öffnete sich die Tür. Bechtold betrat mit knappem Gruß den Raum, gefolgt von einer blonden Frau Mitte dreißig, die ein dickes Aktenbündel unter dem Arm trug. Ein verhaltenes Lächeln umspielte ihren Mund, als sie Felix erspähte. Dieser gab es zurück, ohne seine Freude zu verhehlen. Das Lächeln war in den letzten Wochen vertrauter geworden. Dr. Sina Lamby hatte den verstreuten Splittern des Wahnsinns eine Struktur verliehen, und Felix war hierbei zum wichtigsten Zeugen geworden. Seine Berichte waren es, die der attraktiven Polizeipsychologin entscheidende Hinweise über Philipps Charakter gegeben hatten, und im Laufe der vielen Gespräche war die anfängliche Befangenheit einer zwanglosen Unbeschwertheit gewichen. Einer Unbeschwertheit, die jetzt erneut wie eine frische Sommerbrise zu ihm herüberwehte.

Nachdem alle Platz genommen hatten, wandte sich Bechtold an Felix. »Danke, dass Sie noch einmal hergekommen sind. Wir dachten, es könnte Sie interessieren, was wir in den vergangenen Tagen herausgefunden haben.«

Felix nickte.

Der Hauptkommissar machte eine bedeutungsvolle Geste und übergab dann wortlos an Dr. Lamby.

Diese blickte ernst in die Runde, bevor sie ansetzte. »Seit Beginn der Ermittlungen haben wir nach Antworten gesucht. Antworten, die den Wahnsinn begreifbarer machen, der sich vor unseren Augen ereignet hat. Welches dunkle Geheimnis hat Philipp Wendelstein gehütet? Was hat ihn immer wieder zu der Bestie werden lassen, die im Schatten der vermeintlichen Harmlosigkeit ihr schlimmes Spiel treiben konnte?«

In ihrer Stimme schwang die Bestimmtheit der routinierten Psychologin, und dennoch schien sie jedes Wort mit Bedacht zu wählen. Felix gefiel die Art, wie die anziehende Expertin professionelle Souveränität mit aufrichtigem Interesse zu verbinden verstand. Sie gab ihm das Gefühl, zerronnene Sicherheit wiedergefunden zu haben – und die vage Hoffnung, dass das traurige Schicksal seines Freundes wenigstens im Rückblick eine angemessene Aufarbeitung erfuhr ...

»Die äußeren Abläufe der Verbrechen, die Stellung der Opfer in Wendelsteins Lebenswirklichkeit und nicht zuletzt die Aussagen von Ihnen, Herr Burjahn, haben manches klarer werden lassen. Doch das Verhalten einer Person kann man erst restlos verstehen, wenn man das ganze Bild hat. So, wie es sich uns heute zeigt, und so, wie es in früherer Zeit aussah. Also habe ich mich auf die Suche nach Philipps Wurzeln gemacht, habe Informationen über seine Vergangenheit eingeholt, Behördenakten studiert, Datenbanken gesichtet. Was ich gefunden habe, war ebenso aufschlussreich wie bestürzend. – Aber beginnen wir am Anfang.«

Sie schlug die Akte auf, die vor ihr auf dem Tisch lag, und strich sanft über die Seiten.

»Philipp Wendelstein wurde hier in Bad Grünau geboren, wo er die ersten Jahre seines Lebens mit seinen Eltern und den Großeltern, den Eltern des Vaters, verbrachte. Als Philipp vier war, wurde sein Vater überraschend ins Ausland versetzt. In eine ziemlich abgelegene Gegend, wo das Unternehmen, für das er arbeitete, eine Niederlassung betrieb. Frau und Kind folgten ihm nach, doch gemäß der Aussage eines Arbeitskollegen ist die Familie dort nie glücklich geworden. Der Vater war selten zu Hause, die Mutter begann zu trinken und Philipp wurde die meiste Zeit von einem überforderten Au-pair-Mädchen betreut. Ziemlich genau ein Jahr später ist Philipps Vater völlig unerwartet bei einem Unfall ums Leben gekommen. Die Mutter war hiervon derart geschockt, dass man sie zur Genesung in ein Sanatorium schicken musste. Doch ihr Zustand schien sich dort eher noch zu verschlechtern. Der kleine Philipp kam zurück zu seinen Großeltern, die fortan die Rolle der Eltern einnahmen. Einige Monate danach starb auch die Mutter. Sie hatte den tragischen Verlust, wie es schien, nicht verwinden können.«

Felix nickte zögerlich. Die Geschichte war ihm bekannt. Philipp hatte sie ihm einmal vor Jahren in einem

Ausbruch postalkoholischer Sentimentalität erzählt. Danach war das Thema nie wieder zur Sprache gekommen.

»Eine solch traumatische Erfahrung«, fuhr Dr. Lamby fort, »wäre schon für das Gemüt eines Erwachsenen unerträglich. Aber für ein Kind dieses Alters ...« Sie betrachtete das Papier vor sich, als hätte es durch seinen Inhalt eine fremdartige, abstoßende Stofflichkeit angenommen. Dann nahm ihre Stimme eine ungewohnte Härte an. »Und doch entspricht diese Version der Ereignisse keineswegs den Tatsachen! – Was sich in dieser Zeit *wirklich* zugetragen hat, ist viel dramatischer. Und es verwundert nicht, dass Philipps Großeltern die Wahrheit ein Leben lang vor ihrem Enkelsohn verheimlicht haben.«

Felix rutschte unruhig auf seinem Stuhl umher. Eine finstere Vorahnung begann sich Bahn zu brechen.

»Der Vorfall wurde mit größtmöglicher Diskretion behandelt«, warf Bechtold dazwischen. »Wohl zum Schutz des Kindes und der Angehörigen. Wir haben lange forschen müssen, um den wahren Sachverhalt zu rekonstruieren.«

»Philipps Vater ist mitnichten bei einem Unfall ums Leben gekommen.« Dr. Lamby stieß einen widerwilligen Seufzer aus. »Er wurde von seiner eigenen Frau getötet! Von Philipps Mutter, die in einem Anfall besinnungslosen Wahnsinns mit einem Küchenmesser auf ihn losgegangen war. – Die alten Krankenakten nennen als Diagnose eine komplexe Dissoziation – eine unentdeckte Identitätsstörung, die ihr phasenweise die Kontrolle über ihr Handeln raubte. Nach der Tat wurde sie in einer psychiatrischen Klinik untergebracht. Doch die Behandlung lieferte nicht den erhofften Erfolg. Ein halbes Jahr später fand man sie morgens erhängt am Fensterrahmen ihres Zimmers.«

Felix' Gesicht war zu einer hölzernen Maske gefroren. »Mein Gott«, stammelte er leise.

»Wir können es nicht mit Sicherheit belegen«, ergänzte Dr. Lamby, »aber die Psychose seiner Mutter scheint sich auf den Sohn vererbt zu haben. Nichtsahnend von den Vorgängen der Vergangenheit, zeigten sich bei Philipp Wendelstein Jahrzehnte später dieselben Symptome. Ohne Vorzeichen – und offenbar einzig und allein ausgelöst durch die zufällige Begegnung mit einer angebrochenen Schachpartie.«

Einer Schachpartie, dachte Felix schaudernd, die ihm als Spiegel seines eigenen Lebens erschienen war, und in deren Figuren er Abbilder der ihn umgebenden Menschen gesehen hatte. Der Beginn einer grausamen Kausalität. So wie eine Schablone, die plötzlich das passende Muster findet und dadurch einen geheimen Mechanismus in Gang setzt. – Kaum zu fassen, welche aberwitzigen Streiche der Wahnsinn spielen kann.

»Als die Krankheit bei seiner Mutter zutage trat, war sie etwa so alt wie Philipp heute.« Dr. Lamby versah diese Feststellung mit einem Schulterzucken. »Gut möglich, dass auch dieser Umstand Bedeutung für den Ausbruch hatte. Gewissheit werden wir wohl nie erlangen.«

Bechtold schüttelte langsam den Kopf. »Eine entsetzliche Geschichte«, raunte er. »Wendelsteins Großeltern hüteten das Geheimnis mit eiserner Disziplin und haben es schließlich mit ins Grab genommen ... Und dennoch scheint es *eine* Person gegeben zu haben, die sie ins Vertrauen zogen.«

Lamby nickte. »Der Hausarzt – Dr. Arnold. Er wusste die ganze Zeit Bescheid. Philipps Großeltern hatten ihn von Anfang an eingeweiht, wohl damit er anlässlich der Behandlung des Kindes umfassend informiert war.«

»Womöglich hatten sie schon damals Sorge vor einer erblich bedingten Schädigung«, murmelte Bechtold.

»Wir haben in Dr. Arnolds alten Krankenakten einige aufschlussreiche Passagen gefunden. Erstaunlicherweise hatte er sie bis heute aufbewahrt.« Die Psychologin blätterte eine Weile in den Papieren. Dann zitierte sie:

»Ich meine, immer wieder Zeichen zu erkennen, dass der Junge eine gebrochene Wahrnehmung von sich und seiner Umwelt hat. Seine Augen blicken dich eben noch sanft wie ein Engel an, um in der nächsten Sekunde die Verschlagenheit eines kleinen Teufels anzunehmen. An manchen Tagen kommt es mir vor, als sehe er in mir einen Fremden, auf den er mit Furcht und Befangenheit reagiert. Aber bei unserer nächsten Untersuchung ist er wie ausgewechselt. Wahrscheinlich handelt es sich um natürliche Gemütsschwankungen, die auf den traumatischen Verlust der Eltern zurückzuführen sind. Ich muss mich davor hüten, Geister zu sehen.«

Felix senkte den Blick und stieß einen kaum hörbaren Laut der Verbitterung aus. – Dr. Arnold hatte keine Geister gesehen! Ohne es zu wissen, hatte er damals schon erkannt, dass mit Philipp etwas nicht stimmte.

Und viele Jahre später, als das kleine Bad Grünau plötzlich von einer Häufung entsetzlicher Ereignisse heimgesucht wurde, war der alte Verdacht zu neuem Leben erwacht.

»Der greise Arzt muss etwas geahnt haben«, rief Bechtold. »Und vermutlich hat er den Fehler begangen, Wendelstein gegenüber gewisse Andeutungen zu machen. Der verirrte Teil von dessen Persönlichkeit muss dies als Bedrohung aufgefasst haben. Als Gefahr, dass sein dunkles Tun ans Licht gezerrt werden könnte. – Und das war das Todesurteil für den alten Mann!«

Der Hauptkommissar war mittlerweile aufgestanden. Den anderen den Rücken zugewandt, verharrte er vor dem regenverhangenen Fenster und blickte gedankenvoll nach draußen.

Auch Felix erhob sich jetzt. Er hatte genug gehört. Genug von den Irrgewinden der Seele – und von der Geißel des Wahnsinns, den das Schicksal in den Stamm des Lebens gespritzt hatte wie unsichtbares Gift.

Die Zeit war gekommen, das Vergangene hinter sich zu lassen. Sich dem Licht des Morgens zuzuwenden, den bösen Geistern der Nacht ein für alle Mal den Rücken zu kehren.

Als sich Felix verabschiedete, kam ihm Dr. Lambys Lächeln wie ein tröstliches Versprechen vor. Ein letztes, versöhnliches Wehen des Vorhangs, der sich soeben – hoffentlich für immer – zwischen ihm und dem Entsetzen geschlossen hatte.

⌘

Zwei Tage später betrat ein großgewachsener Mann den Bahnhof von Bad Grünau. Der Morgen hatte den letzten Stoß Pendler weggespült, und die verbliebene Handvoll Senioren, die sich hinter weitgespannten Zeitungswänden verbargen, hatten anderes im Sinn, als sich mit dem Eintretenden zu befassen.

Mit festem Schritt durchquerte er die Halle, verließ sie bald rückwärtig wieder und platzierte sich dann auf eine der metallenen Bänke, die den kleinen Bahnsteig mittig in zwei Hälften teilten.

Der große Seesack, der neben ihm auf dem Boden lag, ließ auf eine lange Reise schließen. Eine Reise, die ihn fremden Ländern und Menschen entgegenführen mochte – fernen Abenteuern, die der Enge einer verschlafenen Kleinstadt nur spotten würden. Doch auf dem ernsten Gesicht zeigten sich keinerlei Spuren dieses Vorhabens. Weder die Neugier auf das Kommende noch der Schwermut des Abschieds, wodurch sich ein Reisender in der Stunde des Aufbruchs bewegen lässt. Nichts dergleichen schien den Wartenden zu berühren.

Nur wer genau hinsah, konnte den Schatten erkennen, der sich auf seine Miene gelegt hatte. Ein müder Hauch von Demut, stumm, kraftlos, verschlossen. Der Ausdruck eines Menschen, der seinen Weg nicht frei gewählt hatte und ihm dennoch folgen würde, weil er ahnte, dass der Gang ins Ungewisse zuweilen heilsamer war, als sich einer tauben Wahrheit zu stellen.

Die Reise des Mannes galt nicht dem Neuen, dem Entdecken, dem Erfahren, war nicht Anfang, nicht freundlicher Einlass, sondern leidige Ausflucht. Ein verdrießlicher Strich unter eine Rechnung, die er nie würde begleichen können. Ein Schritt, der eine Tür verschließen sollte, durch die er nie wieder zu treten hoffte. Was ihn auch immer trieb, er würde es zurücklassen. Und der kleine Bahnhof sollte es mit seinem unschuldigen Wesen verschließen wie ein schwerer Stein, der über ein tiefes, dunkles Grab geschoben wird ...

Von Weitem machte sich der herannahende Zug bemerkbar. – Der Wartende sah nicht auf. Es war, als hätte sich sein Vorsatz wie ein strenger Geist über ihn gebeugt, jede unnütze Regung verwehrend.

Erst als die Bahn zum Stillstand gekommen war, erhob er sich und verschwand ohne Eile in einem der verlassenen Waggons, die sich wie die stumpfen Glieder einer rostigen Kette aneinanderreihten.

Dann das Zischen der Türen – ein schriller Pfiff – das neuerliche Keuchen des Eisens. Mit schwellender Kraft setzte sich die schwere Fracht in Bewegung, wurde schneller und schneller und war Augenblicke später nur noch ein fließendes Band, das unaufhaltsam mit der Ferne verschmolz.

Nachwort

Das letzte Spiel zu schreiben, war eine Herausforderung der eigenen Art. Die Idee dazu ist schon viele Jahre alt und geht auf einen Einfall zurück, der mich während einer abendlichen Wanderung durch unseren heimatlichen Stadtwald befiel. Seither schlummerte die Story zwischen Beruf, Alltag und allerlei anderen Manuskripten – bis sie irgendwann mit ziemlich lautem Geschrei erwacht ist. Und dann begann ein Entstehungsprozess, der mühsam, aber auch ungemein inspirierend war.

Neben der äußeren Handlung wollte ich dem, was in Philipps Kopf vorgeht – der inneren Handlung also –, einen mindestens gleichwertigen Stellenwert einräumen. Die Balance zwischen diesen beiden Dimensionen zu halten und zu gestalten, erwies sich als nicht immer leicht, und womöglich bin ich an der einen oder anderen Stelle der Versuchung erlegen, mich allzu tief in Philipps Gefühls- und Gedankenwelt zu verlieren. Doch gerade hierin liegt für mich der Reiz eines Psychothrillers.

Seit seinem Erscheinen hat der Roman viel Zuspruch erfahren. Ich danke meinen Leserinnen und Lesern (ebenso wie den Hörerinnen und Hörern des Audiobooks) für das tolle Feedback, die vielen Kommentare und Anregungen. Ohne diesen Austausch würde das Schreiben keinen Spaß machen!

Für die Neuauflage habe ich den Text an einigen Stellen leicht gekürzt, um der äußeren Handlung mehr Gewicht zu verleihen. Ein Dankeschön geht an den dp Verlag, der die Neuauflage möglich gemacht hat.